시간을 파는 상점

일러두기

이 소설에 나오는 PMP(휴대용 동영상 플레이어), 아르바이트 시급 4380원 등의 표현은 『시간을 파는 상점』 출간 당시 시대상을 반영하고 있습니다. 그때 감수성과 기억을 온전히 전하기 위해 최신 정보로 수정하지 않았음을 알려드립니다.

시간을 파는 상점

김선영 장편소설

(주)자음과모음

차례

첫 번째 의뢰인, 그놈

사물함이 있는 복도에 들어서자, 온조의 심장은 사정없이 두근거렸다. 거짓말일지도 모른다. 장난일지도 모른다. 사물함에 다가갈수록 심장이 터질 것처럼 부풀어 올랐다. 사물함의 자물쇠는 정자세로 곧추서 있다. 전기가 훑고 지나가는 것처럼 머리칼이 쭈뼛 일어섰다. 분명 그놈이 단단히 잠가 놓은 것이다. 온조는 평소에 사물함을 잠가 놓지 않는다. 자물쇠만 걸어 놓고 번호를 돌려 놓지 않는 경우가 대부분이다. 매번 번호 맞춰 따는 게 성가시기 때문이다. 이게 다 게으른 탓에 낚인 일이다. 잠겨 있는 폼이 사물함에 제법 굵직한 비밀이 담겨 있는 것처럼 보였다.

에이, 설마.

온조는 자물쇠의 번호를 맞추며 차라리 의뢰인의 장난이었으면 좋겠다는 생각을 했다. 장난이라면 통장에 돈이 입금될 리가 없다. 분명 '네결에'라는 아이디가 통장에 찍혔고 그 옆에 위험부담 비용까지 더 얹은 금액이 입금되지 않았던가.

번호를 맞추자 자물쇠 열리는 소리가 났다. 온조는 숨을 고르느라 잠시 멈칫했다. 눈을 감고 하나, 둘, 셋을 헤아렸다. 제발 아무것도 없기를.

세상에,

구기박질러 놓은 체육복 바지 아래 삐죽이 나와 있는 저것은 분명 최신형 PMP다. 어쩌면 좋아. 온조는 누가 볼세라, 엉겁결에 사물함 문을 쾅 닫아 버렸다.

"야, 백온조! 사물함에 뱀이라도 있냐?"

화장실을 다녀오던 홍난주가 봤다.

안 되는데, 난 뭘 해도 이렇게 티가 나냐.

온조는 등으로 사물함 문을 기대 눌렀다. 마치 아나콘다 한 마리가 무시무시한 힘으로 밀고 나오기라도 할 것처럼 온몸으로 저지했다.

“아, 아, 아냐. 영어 보충교재를 또 집에 놓고 왔네. 사물함에 있는 줄 알고 안 챙겼더니.”

“그걸 가지고 뭘 그렇게 사색이 되시나? 옆 반 가서 빌려 오면 될걸. 내가 빌려다 드릴까나? 백조공주?”

난주가 놀림 반 진담 반으로 물었다.

“그래, 지체 말고 다녀오너라. 한눈 팔면 죽느니라.”

온조는 너스레를 떨며 난주의 말투에 맞춰 답했다.

“으이구, 콱~ 이걸 그냥~.”

난주는 온조의 머리를 쥐어박는 시늉을 하며 사물함 복도를 빠져나갔다.

온조는 얼른 뒤돌아서 사물함에 다시 자물쇠를 채웠다. 자칫하다간 도둑으로 몰릴 수 있는 일이다. 아니, 지금이 딱 도둑이다. 장물 소지만큼 도둑이라는 명확한 증거는 없다.

그래서 의뢰가 들어왔을 때 간곡하게 거절하지 않았던가.

크로노스: 네곁에 님, 이 일은 제가 해 드릴 수 있는 일이 아닌 것 같습니다. 더군다나 훔친 물건을 제자리에 갖다 놓는 거라면 너무나 위험하며 자칫 잘못하다간 님은 물론 저도 위험해질 수 있습니다.

네곁에: 생각보다 실망인데요. 제가 찾던 멋진 곳을 발견한 것 같아 무척

기뻐했는데, 기대 이하인데요.

크로노스: 손님이 의뢰하신 이 일은 사실 제겐 첫 번째 일입니다. 이렇게 난감한 일이 있으리라고는 미처 생각하지 못했습니다. 제 상점이 이렇게 불온한 일에 쓰인다면 전 카페를 폐쇄하겠습니다. 제 의도는 카페 대문에도 밝혀 놓았듯이 사람들에게 도움이 되고 제가 그 일을 함으로써 저에게도 금전적인 도움은 물론 정신적 보람까지 얻고자 한 것입니다. 이 세 가지가 온전히 성립되지 않는다면 저는 절대 행동하지 않을 겁니다.

네곁에: 주인의 상도덕이 아주 마음에 드는데요~. 그렇다면 이 일은 확실히 이 상점의 목적과 취지에 딱 맞는 일인데요? 저를 도와줄 수밖에 없겠는데요. 아니, 꼭 이 일을 할 수밖에 없을 겁니다.

크로노스: 납득이 가지 않는군요.

네곁에: 이렇게 쪽지로 왔다 갔다 하기에는 사연이 깁니다. 그 이야기는 제가 메일로 보내 드리죠. 아, 한 가지, 오해가 있는 것 같은데 그 물건은 제가 훔친 게 아닙니다. 뭐, 믿거나 말거나 듣는 사람 마음이지만. 어쨌든 저는 이 일에 발을 들여놓았고 그에 대한 책임도 있습니다. 이젠 크로노스 님과 나, 이미 비밀의 일부를 알았으니 둘 다 무관하지 않다는 건 확실합니다. 주인장도 이 일로부터 이제 자유로울 수 없다는 걸 누구보다 잘 알겠

죠? 이 정도 가게를 인터넷에 오픈할 정도면 그만큼 세상을 읽을 줄 안다는 뜻일 테니까요.

크로노스: 이보세요, 손님, 지금 그걸 협박이라고 하시는 겁니까? 전 아무것도 아는 게 없습니다. 괜히 끌어들이지 마세요. 그리고 누가 훔쳤든 그건 관심 없습니다. 어쨌든 이 일은 맡지 않겠습니다.

네겔에: 아, 흥분을 가라앉히시고 성급하게 결론 내리지 마세요. 곧 메일을 보내겠습니다. 보시면 다시 생각하게 될 겁니다.

그렇게 네겔에는 사라졌다. 공짜는 없다더니 엄마 말이 딱 맞다. 세상에 쉬운 일이 어디 있을까마는 이렇게 처음 들어온 일이 발목을 잡고 난감하게 할 줄은 몰랐다.

놈에게 메일이 온 건 그다음 날, 바로 어젯밤이었다.

우선 이 일을 의뢰할 수 있는 곳이 생겨 정말 고맙게 생각합니다. 저는 그만큼 이 상점을 믿으며 상점의 주인장을 믿습니다. 제 믿음의 삼 분의 일이라도 주인장님이 갖고 있다면 제 진심이 전해지리라 믿습니다.

일 년 전 일입니다. 벌써 잊히고 있는 일이지만 전, 친구 하나를 잃었습니다. 그것도 제 눈앞에서 죽어 가는 것을 지켜봐야 했습니다. 아, 주인장도 알겠군요. 친구와 나, 주인장 모두 같은 학교니까요. 그 날 아침을 다시 떠올리고 싶지 않지만 주인장을 설득해야 하니 어쩔 수 없군요.

평범한 하루의 시작이었습니다. 우리 생활이 알다시피 어제와 다를 바 없는 일상의 연속이지 않습니까. 막 교문으로 들어서는데 학교 옥상 난간에 누가 서 있더군요. 서 있는 건 잠깐이었습니다. 아주 쉽게 마치 아래에서 무언가 부드럽게 잡아당기는 것처럼 양팔을 벌리고 가볍게 떨어졌어요. 보란 듯이 말이에요. 전교생이 보는 앞에서, 것도 등교 시간에 맞춰서 말입니다. 퍽 소리가 났고 두부처럼 깨진 그 아이 머리에서는 태연히 피가 흘렀죠. 명찰을 보니 평소에 조용해서 말도 몇 마디 나눈 적 없는 제 짝이었습니다. 머리가 깨져 형체를 알 수 없는 것이 하얀 시멘트 바닥을 적셨고 두 눈알은 튀어나왔고 혀도 반쯤 흘러나와 피를 흘리고 있었어요. 내가 알던 아이가 아니었어요. 완전 딴사람이 되어 숨을 헐떡이다 금세 숨을 쉬지 않았어요. 뜨거운 시멘트 바닥 위에 패대기쳐진 금붕어처럼 몇 번인가 몸통이 꿈틀하더니 그대로 잦아들었어요. 솔직히 순간이었지만 빨리 끝나길 바랐습니다. 그 순간 내가 할 수 있는 건 고작 그것밖에 없었어요. 파르르 떨고 있는 그 친구의 손을 잡아 줄 수 있는 용기조차 없었으니까요.

아이들이 까맣게 달려들자 선생들은 아이들을 교실로 들여보내

느라 진땀을 빼더군요. 누군가 119에 신고하려 하자 선생 중 한 명은 밖으로 알려지면 시끄럽다며 신고도 못 하게 했습니다. 아이들은 어이가 없어서 선생을 향해 야유를 보내며 휴대폰 카메라를 들이대기도 하고 몇몇은 토악질을 하기 시작했어요.

왜 그렇게 극단적인 선택을 했는지 그것까진 정확히 모르겠습니다. 어떤 흔적도 남기지 않았으니까요. 친구의 마지막 모습은 지워지지 않는 악몽이 되어 저를 괴롭혔습니다. 지금도 그 화단 앞을 지날 때면 그때의 모습이 고스란히 재생되곤 합니다.

죽은 친구는 전날 MP3를 훔쳤고 야자 시간에 바로 들통이 나고 말았어요. 그 사실을 안 담임은 내일 보자는 말로 유예시켜 버렸죠. 친구를 죽음으로 몰고 간 건 밤사이 시간이었어요. 차라리 그 자리에서 매를 맞거나 벌을 받았다면 친구는 아직도 제 곁에 살아 있을지도 모릅니다. 내일 보자는 그 말은 어떠한 협박보다 더한 폭력이 된 거죠. 그 밤이 얼마나 길었을까요? 이것이 그 친구가 죽음을 선택한 이유 중 일부라고 생각합니다. 더 복합적인 이유가 분명 있을 거라고 생각합니다. 그렇지만 모두 덮어 버렸습니다. 학교도 가족들도. MP3를 잃어버린 아이는 바로 전학을 갔고 내일 보자고 말한 담임도 어느 날 보이지 않더군요. 전 친구에게 뭔가 참을 수 없는 분노가 있었다고 생각합니다. 무언가 일을 저지르지 않으면 폭발할 수밖에 없는 발화 지점 말입니다. 저도 가끔 그럴 때가 있거든요. 숨 쉬는 것조차 버거울 때, 살아 있는 것이 오히려 견딜 수 없을 때, 그럴 때는 뭔가 자극적인 것이 필요하거든요.

엊그제 우리 반에서 이와 같은 일이 또 벌어졌습니다. 훔친 아이와 잃어버린 아이 그리고 물품의 종류가 바뀐 것뿐이죠. 난 재수 없게 그 사건이 벌어지는 순간을 목격하고 말았죠. 속이 좋지 않아 저녁 급식을 먹지 않고 교실로 들어서는 순간, 하필이면 그때 PMP를 손에 넣는 반 친구를 보게 되었습니다. 설마 했지만 저녁 급식이 끝나고 야자가 시작될 무렵 최신형 PMP를 잃어버린 아이는 난리를 쳤고 담임은 몸서리를 쳤습니다.

훔친 아이는 어떠한 징후도 보이지 않던 아주 모범적인 아이였습니다. 작년의 그 친구처럼 말입니다. 그 아이의 얼굴을 바라보자 작년의 일이 오버랩 되더군요.

모두 다 할 수만 있다면 모른 척 그냥 넘어가고 싶었을 겁니다. 교실 안에서 도난 사건이 일어나면 누구나 옥상에서 떨어져 죽은 그 친구를 떠올리며 겁에 질리곤 했으니까요. 잃어버린 아이도 반 친구들도 모두 사색이 되어 마치 살인죄라도 저지른 사람들 같았어요. 아, 그 숨 막히는 정적, 질식할 것 같은 분위기, 누구나 다 용의자이며 피해자였습니다. 반 아이들은 신경이 예민해져 눈길을 피하기만 해도 그놈을 당장 범인이라고 몰아붙일 기세였습니다. 교실에는 온통 의심의 눈초리가 떠다녔습니다. 그날 급식을 먹지 않은 사람은 그 아이와 저 둘뿐이었습니다.

이 일을 빨리 원점으로 돌려야 한다고 생각했습니다. 모든 걸 알고 있는 제가 해결할 수밖에 없다는 결론이 나더군요. 땅바닥으로 곤두박질친 짝의 마지막 모습이 눈앞에서 떠나지 않았습니다. 두 번 다시 그 아득한 절망감과 맞닥뜨리고 싶지 않았어요.

문제의 PMP를 제 손에 넣어야 한다고 생각했습니다. 모르겠어요. 저도 그 순간에 왜 그런 생각을 했는지.

아무도 눈치채지 못하는 사이에 일을 해치워야 했어요. 쉬는 시간, 어떤 신호처럼 그 아이 자리가 비어 있을 때 일을 저지르고 말았습니다. 그 아이 가방 속에서 PMP를 꺼내 곧바로 복도로 나갔습니다. 쉬는 시간 10분은 시간을 거슬러 올라 나를 아득한 곳으로 데려가는 듯했습니다. 도저히 물건을 들고 다시 교실로 들어설 수 없었습니다. 물증을 숨기기 위해 빨리 움직여야 했습니다. 그 순간, 구원의 빛처럼 시간을 파는 상점이 생각났고 재빠르게 행동할 수 있었습니다.

아, '네가 하지 이걸 왜 굳이 나한테 시키느냐'라고 반문할 수도 있습니다. 당연히 그렇지요. 제가 할 수 있다면 했겠지요. 위에도 썼듯이 반 분위기는 활시위를 팽팽하게 당겨 놓은 것처럼 빈틈을 볼 수 없었고 아이들은 섣불리 말을 꺼내지 않을 뿐 급식 시간에 누가 교실에 있었는지 다 아는 눈치였습니다. 만약 제자리에 돌려놓는 것을 실패한다 하더라도 전혀 뜻밖의 상황으로 만들어야 하기 때문에 크로노스 님이 필요했던 겁니다. 문제의 PMP는 크로노스 님의 사물함에 이미 들어가 있습니다. 사물함도 제대로 잠그지 않고, 그리고 사물함 상태가 그게 뭡니까, 남학생보다 여학생이 더 지저분하다는 말이 그냥 있는 게 아니더군요. 사물함은 단단히 잠가 놨습니다. 혹 비밀번호를 잊어버려 일을 그르치진 않겠지요? 이제껏 본인의 사물함에 어떤 물건이 있는지 모른다면 주인장도 정리정돈이 꽝인 건 인정해야 할 겁니다.

되도록 빨리 제가 지정해 준 자리에 그 물건을 갖다 놓으면 크로노스 님과 제 거래는 끝납니다. 아, 위험부담 비용을 더 넣었으니 용기 내시길 바랍니다.

추신: PMP를 잃어버린 두 번째 아이는 잠깐 당황하는가 싶더니 오히려 얼굴이 편안해 보이더군요. 그 아이의 불편함이 온전히 저한테로 옮겨 온 겁니다. 이제 크로노스 님한테 갔겠죠. 주인장과 제가 하는 일이 누군가의 생명을 구하는 일일지도 모른다는 걸 명심하십시오.

하필,

처음 의뢰받은 일이 장물을 제자리에 갖다 놓는 거라니. 온조는 얼굴을 두 손으로 감쌌다. 여전히 심장은 터질 것처럼 쿵쾅거리고 얼굴은 벌겋게 달아올랐다. 이 정도 가지고 벌벌거리면 앞으로 어떤 일을 해낼 수 있을 것인가, 하다가도 한편으로는 무슨 생각으로 이렇게 간 큰 일을 벌인 건지 후회가 막급이었다. 이 생각, 저 생각으로 머릿속이 뒤죽박죽이었다. 이 일을 계속해야 할지 아님 그만두어야 할지, 그러다 체육복 아래 삐죽 나와 반짝거리던 PMP가 떠오르면 전기라도 먹은 양 생각이 멈춰 버렸다.

'미쳤어, 미쳤어. 내가 돈 거야. 그래도 그렇지 어떻게 허락도 없이 일을 제 마음대로 처리해. 나보고 어쩌라고. 나보고 어쩌라고! 나쁜 놈.'

온조는 두 주먹을 꼭 그러쥐었다. 어쨌든 이 일은 처리해야 한다. 이미 선택권이 없다. 온조는 머리를 벅벅 긁다가 책상 위에 엎드렸다.

"백조공주! 생리하냐? 생리통이야? 왜 그래? 넋 나간 사람처럼~."

난주가 온조의 등을 쓰다듬듯 두들기며 말했다.

"아냐, 어젯밤 잠을 못 자서 그래."

온조는 부스스하게 눈을 뜨며 말했다. 정말로 어젯밤 한숨도 못 잤다. 바로 그놈 때문이다. 네곁에의 메일을 읽어 내려갈수록 숨소리가 거칠어졌다. 소설도 이렇게 재미있게 쓸 수는 없을 것이다. 메일의 거의 마지막 부분, 문제의 물건이 이미 온조의 사물함에 들어가 있다는 말에는 허걱, 그만 숨이 멎는 줄 알았다. 온조는 난주를 물끄러미 바라보며 생각했다.

'난주한테 얘기해 볼까? 이럴 때 난주는 훨씬 더 쉬운 방법을 찾아낼 수 있을지도 모르는데. 안 돼, 안 돼. 이건 계약 위반이야. 이 일의 첫 번째 조건은 의뢰인의 신분이나 사연은 철저히 비밀에 부

치는 거야.'

만약 일이 잘못되어 새어 나가면 끝장이라는 생각이 들었다. 온조는 의뢰인의 신상을 전혀 모르지만 의뢰인은 온조의 신상을 세세하게 안다. 시간을 파는 상점에는 온조의 얼굴과 신상이 자세하게 공개되어 있다.

'아, 그래, 그놈한테 도로 갖다주는 거야. 물건을 갖다 놓아야 할 곳이 7반이라고 했으니 이과 남학생반의 서른다섯 명 중 한 명일 거야. 그렇지만 어떤 놈이 그놈인 줄 알아.'

마음속에 잠시 생기가 도는 듯했다. 그렇게 되면 받은 돈을 도로 돌려줘야 할 판이다. 어쩌면 상점의 문을 닫아야 할지도 모른다. 꿈의 아르바이트가 순식간에 날아가는 것이다.

지난 겨울방학 때 알바 자리를 찾느라 쏟은 에너지를 생각하면 다소 억울한 점도 있지만 계속하여 이와 같은 일이 벌어진다면 감당할 자신이 없었다. 앞으로도 일을 맡아 처리할 수 있을지, 처음 상점을 열 때의 패기는 눈 씻고 찾아볼 수도 없다.

이렇게 되면 그놈이 누구인지 밝혀내는 일이 물건을 제자리에 갖다 놓는 것보다 훨씬 오래 걸리겠다는 생각이 들었다. 온조는 다시 머리를 벅벅 긁어 댔다.

아아, 어쩌면 좋아, 시간은 없는데…….

온조는 문제의 PMP가 들어 있는 사물함을 뚫어져라 바라보았다. 온조의 사물함만 크게 돌출되어 보였다. 자물쇠가 잠겨 있나 다시 확인했다. 온조는 자물쇠에서 굳은 동지감 같은 것을 느꼈다.

점심시간에 온조는 7반 교실로 향했다. 아무래도 사전 답사를 해야 일을 해낼 수 있을 것 같았다. 또 가슴이 두방망이질 쳤다. 대체 이놈의 심장은 어떻게 된 건지 눈길만 주어도 오버 작동을 하니 환장할 노릇이다. 분수없이 펌프질해 대는 심장 소리를 누군가 꼭 들을 것만 같았다. 이래 가지고 뭔 일을 하겠다는 건지, 그 많은 알바의 우여곡절을 겪었음에도 이 일만은 자신이 없었다. 본인이 도둑질한 것도 아니고, 잘못된 일을 원점으로 돌려놓는 일이라고 아무리 되뇌어도 여전히 자신감은 바람 빠진 풍선처럼 쪼그라들기 바빴다.

물건을 놓아둘 자리는 2학년 7반 교단에서 바라볼 때 왼쪽에서 세 번째 줄 네 번째 칸이라고 했다. 온조는 창문 너머로 그 자리를 가늠해 보았다.

"야, 백조공주! 넌, 같이 가잔 말도 없이 나가냐?"

난주가 온조의 등짝을 후려치며 말했다. 온조는 눈앞이 아찔했다. 심장이 멎는 줄 알았다. 모든 것을 난주에게 들켰다는 착각이 들기도 했다.

"뭐야, 홍난주, 심장 떨어지는 줄 알았잖아."

온조는 가슴을 감싸 안으며 그 자리에 주저앉았다.

"너, 뭔가 심상치 않다, 오느을. 여기는 금녀 구역인데 뭐 하러 이쪽으로 오냐? 너 벌써 들은 것 아니야?"

"머, 뭐, 뭘 들어?"

온조는 화들짝 놀라며 되물었다.

"왜 이래? 말까지 더듬고. 너 정말 뭔가 수상해. 나한테 비밀 없다매, 뭐니?"

저 촉수 예민한 홍난주를 어쩌면 좋단 말인가. 달리기도 느리고 공부도 느리고 밥 먹는 것도 느린 홍난주는 아무튼 촉수 하나는 알아주어야 한다.

"근데, 뭐 뭘 들었단 얘기야?"

"우리반 일본어 선택한 아이들과 7반이랑 합반이래."

7반이라는 말에 온조의 귀는 토끼 귀처럼 커졌다. 순간적으로 머릿속에 강한 볼트의 전기가 지나가는 짜릿함도 있었다. 하늘이 무너져도 솟아날 구멍이 있고, 하늘은 스스로 돕는 자를 돕는다고 했던가, 앗싸~. 역시 하느님은 여지를 주시는 인자한 분이셨다. 온조는 온갖 말을 끌어다 붙여 감사함을 표하고 싶었다.

"7반 프랑스어 선택한 아이들이 우리 반으로 오고, 우리 반 일본어 선택한 아이들이 7반으로 가는 거란다. 야, 신나지 않냐? 7반에 내가 찜한 애가 있단 말이야. 제발, 그 아이도 일본어 선택했기를 빌어야지."

이건 하늘이 도왔다고밖에 할 수 없다. 이제 남은 일은 하나밖에 없다. 물건을 제자리로 안전하게 옮기는 일이다. 누구의 눈에도 띄지 않게. 온조의 심장은 또다시 두방망이질 쳤다. 그놈은 지금 얼마나 이 순간을 즐기고 있을까. 그놈도 이 소식을 들었겠지? 그놈은 일본어일까, 프랑스어일까. 차라리 프랑스어이기를 바랐다. 온조는 그놈의 눈에서 벗어나고 싶었다.

일본어는 오후 마지막 수업 시간이다. 사물함 속에서 일본어 책을 찾아 문제의 물건을 책 사이에 끼워 넣었다. 책이 좀 불룩해졌지만 양손으로 꼭 감싸자 불룩한 것이 가려졌다. 심장의 세찬 풀무질은 코끝으로 뿜어져 나오는 더운 김과 박자를 맞추었다. 침착해야 한다. 입 안이 마르고 목젖이 뻣뻣하게 굳는 느낌이 들었다.

교탁을 마주 보고 왼쪽에서 세 번째 줄, 네 번째 칸이라고 했다. 온조는 다른 누구보다 서둘러 교실에서 빠져나와 7반으로 향했다. 촉수 예민한 난주의 눈도 피해야 한다. 온 천지가 지뢰밭이다. 자칫 한 발짝만 잘못 디뎌도 뻥뻥 터질 것 같았다. 한발 한발 조심하지 않으면 지뢰는 언제든지 터질 수 있다.

7반에서 남학생 한둘이 교실 문을 빠져나오기 시작했다. 프랑스어를 선택한 아이들이다. 온조는 앞문으로 들어가 교탁 앞에 섰다. 마른침을 꿀꺽 삼켰다. 건조하게 마른 목젖이 목구멍에 쩍 들러붙었다. 제자리를 정리하고 교실을 빠져나가느라 온조에게 신경 쓰는 사람은 없었다. 온조는 물건 놓을 자리를 가늠해 보았다.

어라,

이건 또 무슨 생각지도 않은 돌발 상황인가. 온조는 미간을 찌푸리며 머리를 벅벅 긁어 댔다. 물건을 놓아야 할 자리에 여전히 남학생이 앉아 있는 것이 아닌가. 제 반에서 듣는 아이들은 굳이 자리를 옮길 이유가 없는 것이다. 물건 주인이 일본어를 선택했다면 제자리에 그냥 앉아 있을 수밖에 없다. 것도 계산했어야 하는데, 그것까지는 생각하지 못했다. 7반에만 오면 일이 해결될 줄 알고 좋아라 설치기만 한 꼴이었다.

"야, 안 앉고 뭐 해? 오기는 귀신같이 빨리 와 놓고. 야, 너도 이 반에 뭐 꿍꿍이 있는 거 아니야? 왜 이렇게 빨리 왔어?"

어느새 난주가 귀신같이 따라붙어 악마 같은 목소리로 속삭였다. 벌써 온조네 반 여학생들은 여기저기 빈자리를 찾아 앉기 시작했다. 온조는 난주의 옆자리에 필통을 슬쩍 던져 놓았다. 일단 자리라도 찜해 놔야 한다. 물건을 잡고 있는 두 손에 땀이 흥건했다. 일본어 책이 퉁퉁 불어 흐들흐들 풀어져 문제의 PMP만 백골처럼 드러날 것 같았다. 자리를 정리하느라 꼼지락대는 물건 주인에게 차마 눈길을 거두지 못한 채 계속 쳐다보고만 있었다. 거의 다 된 일인데, 저 자리만 잠깐 점령하면 임무 완수인데. 온조는 속이 바짝바짝 타들어 갔다. 입술에 아무리 침을 발라도 금세 뻣뻣해졌다. 손끝에 하도 힘을 주어서 피가 통하지 않는 것 같았다. 손톱 밑이 아렸다.

드디어 물건 주인이 움직였다. 짜식, 그럼 그렇지. 저 아이는 프랑스어다. 물건 주인은 뭐가 그리 챙길 게 많은지 느릿느릿 자리를 빠져나와 교실을 나섰다. 물건을 한번 잃어버린 아이들은 병적으로 제 물건을 챙기는 버릇이 있다. 저 아이도 아마 엊그제 잃어버린 문제의 물건 때문에 히스테릭하게 제 물건을 챙길 것이다. 온조는 난주를 살폈다. 난주의 레이더에서 벗어나려면 여간 조심해서 될 일이 아니다. 난주는 벌써 넋이 나간 표정이다. 찜한 남자애가 이 공간에 있다는 얘기다. 잘된 일이다. 문제의 자리는 지금 비어 있다. 온조는 그 앞에 앉아 있는 희영이를 부르며 슬쩍 문제의 자리에 걸터앉았다. 책상 서랍 속에 일본어 책을 넣으며 부드럽게 PMP를 털어 냈다. 물건은 서랍 안쪽으로 스르륵 미끄러져 들어가 안착했다.

공중으로 몸이 붕 뜬 것처럼 가붓해졌다. 기쁨의 비명 소리를 지르며 만세라도 부르고 싶었지만 빨리 이 자리를 벗어나야 한다는 생각이 먼저 들었다. 그렇지 않으면 용의선상에 오를 수 있기 때문이다. 합반 이후에 물건이 돌아왔다는 것을 알면 반드시 이 자리에 앉은 사람을 의심할 것이다. 양심의 가책에 못 이겨 제자리에 갖다 놓는 설익은 도둑이라는 불똥이 온조네 반으로 튈 수도 있는 일이며 그 자리에 앉은 사람이 누구냐며 수사망을 좁혀 올 수도 있기 때문이다. 온조는 오늘 자신의 상태로 봐서 용의자로 몰린다면 그만 죄다 불어 버릴 것만 같았다. 생각만 해도 끔찍했다.

온조는 난주의 옆자리로 재빨리 옮겨 앉으며 난주를 꼭 끌어안았다.

"얘가, 왜 이래, 징그럽게. 난 남자 좋아한단 말이야. 온조야, 저기 재 보이지? 재야, 내가 찍은 애야. 이건 하늘이 준 운명 같은 거야. 재도 일본어 선택했잖아. 난 이제 일본어 시간만 기다리며 살 거야."

제법 곱상하게 생겼다. 뽀얀 얼굴에 짙은 눈썹, 어딘가 신비감이 드는 깊은 눈을 가진 아이였다. 난주가 찜할 만한 얼굴이다. 곱상하게 생긴 남자아이도, 옆에서 달뜬 얼굴로 그 아이를 바라보는 난주도 온조의 눈에는 무척이나 예쁘게 보였다.

축 개업, 시간을 파는 상점

"온조야, 오늘 아빠 기일인 거 알지?"

아, 맞다. 아침부터 무척 분주한 엄마의 손길이 심상치 않다 했더니 오늘이 바로 아빠가 돌아가신 지 5주기 되는 날이다. 아빠는 온조가 중학교에 막 입학하고 얼마 되지 않아 사고를 당했다. 소방대원이었던 아빠는 내려앉은 집 더미에서도 살아 나온 불사조였다.

봄 가뭄이 아주 심한 해였다. 황사 바람이 버석버석 날리던 5월 어느 새벽, 화재 현장으로 가는 도중 아빠는 어이없게도 속도광 운전자에 의해 영영 집으로 돌아오지 못했다.

먼저 미안하다는 말을 하고 싶다.

오랜 시간 함께하지 못해서 미안하고

아빠 없는 슬픔을 너무 일찍 알게 해서 미안하다.

아빠 없는 세상의 온조를 생각하면 가슴이 미어진다. 그렇지만 죽음이 우리를 갈라놓는다면 그 또한 받아들일 수밖에 없는 일.

우리 온조가 이 글을 생각보다 일찍 보게 된다면

그것만은 기억해 다오.

온조에게 재미있는 아빠로 남고 싶었으나 뜻한 바대로 되지 않았다는 것을.

아빠의 죽음으로 인해 우리 온조의 삶이 무거워질까 봐 그게 아프다.

또한 소방대원으로서

돌이킬 수 없는 시간 때문에 한 사람이라도 고통스럽지 않도록 최선을 다하는 대원으로 남게 해 달라고 항상 기도했다는 것을.

아빠가 간 길은 아빠가 선택한 최선이었다는 것을 기억해 다오.

마지막 가는 길에도 아빠는 후회하지 않고 기꺼이 그 길을 받아들였다는 것을 기억해 다오.

온조야,

삶은 '지금'의 시간을 살기 때문에 더욱 아름답고 아쉬운 건지도 모른다. 아무것도 영원한 것은 없다. 아빠는 다른 사람보다 조금 더 빨리 갔을 뿐이라는 것을 받아들이고 우리 온조가 너무 오랫동안 슬퍼하지 않았으면 좋겠다.

바라는 것이 있다면 온조 스스로 네 삶의 주인이 되었으면 하는 것이다. 무슨 일을 하든 어떤 일이 닥치든 힘차게 헤쳐 나갈 수 있으리라 본다.

더 이상 못 쓰겠다. 백온조, 아빠 진짜 눈물 난다, 야. 지금 연수원 뒤뜰에는 달이 거짓말처럼 크고 둥글게 떠 있다. 이 글을 쓰며 몇 번이나 쳐다봤는지 모른다. 이렇게 빛나는 달빛 속에서 울다니. 온조야 사랑한다. 온조가 어렸을 때 달 만져 보게 해 달라고 해서 아빠가 찐빵 만들어 줬는데, 온조 너는 뜨거운 찐빵을 만지다 깜짝 놀라서 달이 이렇게 뜨겁냐며 물었지. 그 생각 하니까 웃음 난다. ㅋㅋ

소방대원 시절, 아빠가 온조에게 쓴 유언장이다. 연수 중 유언장을 미리 쓰는 프로그램이 있었는데 아빠에게 그것은 진짜 유언장이 되고 말았다. 아빠의 유언장을 떠올릴 때마다 노랗게 익은 달과 김이 모락모락 나는 찐빵이 떠올랐다. 그러면 이내 가슴이 더워졌다.

아빠의 기도처럼 아빠는 누군가에 의해 일찍 거두어져 갔다. 그렇지만 그건 아빠가 그렸던 죽음이 아니었다.

엄마는 아빠를 보내는 동안 숨이 쉬어지지 않는다며 가슴을 쥐어뜯다 몇 번인가 정신을 놓기도 했다. 온조는 무서웠다. 사랑하는 사람의 죽음은 살아 있는 사람들을 죄스럽게 만드는 것이며 고통의 극한까지 몰고 간다는 것을 알았다. 아프지 않은 곳이 없었다.

이게 삶과 죽음의 차이인가? 아빠는 저렇게 편안하게 누워 있는데 살아 있는 엄마와 온조는 견딜 수 없이 힘들었다. 엄마와 온조는 서로에게 어떤 위로의 말도 건네지 못했다. 차마 마주 볼 수도 없었다.

엄마는 명치끝이 아프다며 오랫동안 밥을 먹지 못했다. 소금에 절인 것처럼 슬픔에 절여져 영영 웃지 못할 것 같았다. 온조도 꽃처럼 예쁜 엄마가 너무나 슬퍼서, 하얀 재가 되어 떠나 버린 아빠의 고통이 너무나 뜨거워서 봄이면 숨 쉬는 것조차 힘들었다.

해마다 봄은 왔다. 눈부셨다. 그래서 더욱 슬펐다.

엄마는 존재 이유를 상실한 채 몇 해의 봄을 슬픔 속에 보냈다. 그리고 온조가 죽을 때까지 떨쳐 버리지 못할 아빠의 부재가 어떤 것인지 알기에 엄마는 온조의 머리를 말없이 쓰다듬을 때가 많았다. 그런 엄마를 온조도 말없이 안아 주었다.

어느 날 엄마는 아빠의 사진을 보며 냅다 한마디 했다.

"나쁜 놈!"

그 후 엄마는 웬만한 일 가지고는 울지 않는다.

엄마는 온조를 보며 아빠를 많이 닮았다고 했다. 어려운 사람들을 보면 그냥 지나치지 못하는 성격은 꼭 빼다 박았다고 했다. 유치원 때 집에 혼자 있게 될 친구를 위해 매일 집으로 데려와 놀았고, 초등학교 입학하자마자 팔이 부러진 친구를 위해 가방을 들어 다 주는 것도 마다하지 않았다. 누가 시킨 것도 아닌데 끝나는 시간이면 친구 교실로 가서 기꺼이 가방을 들어 주었다.

그렇다고 무조건 착하게 군 건 아니다. 옳지 못한 일을 보면 우르륵 끓어넘치는 다혈질적인 면도 있다. 온조의 물건을 허락 없이 만졌다가 망가졌는데 사과가 없다거나 말꼬투리를 잡아 필요 이상으로 놀리는 아이들을 보면 주먹이 나간다거나 머리채를 잡는 것도 서슴지 않았다. 하지만 그건 어렸을 때 다 졸업한 일이다.

온조의 어렸을 적 꿈은 보디가드였다. 멋져 보였다. 검은 정장을 입고 귀에 이어폰을 끼우고 주변을 경계하는 모습은 숭고해 보이기까지 했다. 어쩌면 시간을 파는 상점은 어렸을 적 꿈의 연장선상인지도 모른다.

온조는 작년 겨울방학 때 아르바이트를 시작했다. 엄마와 함께 아빠가 못다 한 시간까지 살아 내자는 결의도 있었지만 조금이라도 엄마의 힘을 덜어 주고 싶은 마음이 더 앞섰다. 엄마는 재정 상태가 열악한 시민단체에서 일한다. 상근비를 챙기기에도 빠듯한 곳이다.

마음과 다른 게 세상이라고 하던가. 온조는 일찌감치 이 사회가 얼마나 매몰차고 사나운 풍랑을 안고 있는 바다인지 알게 되었다.

알바를 처음 하게 된 곳은 제과점이었다. 교통편도 좋고 일도 빡

세지 않은 데다 알바 자리가 비어 있어서 운이 좋았다 했는데 다 그만한 이유가 있었다. 점장이 어찌나 쫀쫀하던지. 그곳의 알바생이 한 달을 못 버틴다는 소문이 그냥 있는 게 아니었다. 매장에 있을 때 휴대전화를 받을 수 없는 건 당연했고, 손님이 없어도 앉을 수가 없다. 홀에 아예 의자가 없다.

참을 수 없는 건 팔다 남은 빵을 다음 날 되판다는 것이다. 분명 가게 유리문에는 오늘 만든 빵만 판매한다고 대빵만 하게 써 붙여 놓았는데 말이다. 거기다 남은 음식을 기부받아 좋은 일에 쓰는 푸드뱅크에 가입됐다는 인증마크까지 떡 붙여 놓았는데 순 거짓말이었다. 재고 상품까지 다 팔아 치우니 기부할 빵이 남아 있을 리 없다. 완전 구색 맞추기용이었다. 온조의 정의감은 인내심이 별로 없었다.

"저, 점장님, 이건 어제 팔다 남은 빵인데요?"

온조는 재고 상품 중 페이스트리 한 봉을 집어 들며 점장에게 물었다. 빵을 진열하던 점장은 흠칫 놀라더니 두 눈을 위로 치뜨며 말했다.

"넌, 내가 시키는 대로만 하면 돼. 뭘 안다고 알은체를 하고 그래?"

"오늘 팔아도 되는 거라면 차라리 저 앞에 써 붙인 문구를 떼시면 어떨까요? 이건 손님들을 기만하는 것 아닌가요?"

그 순간, 빵들이 하늘로 솟구쳐 올랐다. 빵이 수북하게 담겨 있는 쟁반을 점장이 집어 던진 것이다. 빵은 온조의 얼굴로 날아오기도, 어깨와 가슴을 때리며 떨어지기도 했다. 묵직한 나무 쟁반에 머리통이 깨지지 않은 게 다행이었다. 한마디로 빵 벼락이었다. 온조는 그 자리에서 앞치마와 모자를 벗었다. 더 이상 참을 수가 없었다. 온조는 메모지를 찾아 계좌번호를 적고 시급을 계산하여 점장에게 내밀었다. 점장은 코웃음을 치며 턱도 없다는 듯이 고개를 치켜들고 온조를 외면하는 거로 대거리했다.

"그동안 제가 여기서 봉사한 건 아니니까, 계산한 대로 송금해 주세요."

온조는 메모지를 점장의 손에 강제로 쥐여 주고 재빨리 매장을 빠져나왔다. 속이 다 시원했다.

"야! 너, 거기 안 서! 쥐똥만 한 것이 어디서 누굴 가르치려 들어, 엉? 너 알바비 받을 생각 꿈도 꾸지 마!"

핏대 세운 점장의 목소리가 날아왔지만 온조는 뒤돌아보지 않았다. 뒤돌아서 이렇게 큰 쥐똥 봤냐며 약이라도 박박 올려 주고 싶었지만 그것도 아깝다는 생각이 들었다. 몇 푼 안 되는 알바비마저 떼먹겠다고 악을 쓰는 점장이 차라리 불쌍했다. 흥, 떼어먹힐 이 백온조가 아니지.

이것은 화려한 알바의 시작을 알리는 신호일 뿐이었다.

"백온조, 잘했다. 나쁜 자식이네."

그날 저녁, 퇴근하고 돌아온 엄마를 붙잡고 알바 쫑 낸 얘기를 하자, 엄마는 더 흥분하며 점장 욕을 했다. 엄마는 온조가 얘기를 할 때 끝까지 들어 주는 편이다. 친구들은 대부분 엄마나 아빠와 대화가 되지 않는다고 하는데 온조는 그렇지 않았다. 엄마는 말허리를 자르는 법이 없다. 속에서 들끓고 있는 말이 다 풀어져 나올 때까지 기다리며 들어 준다. 그런 다음, 엄마의 생각을 조곤조곤 얘기해 준다. 이미 억울하고 분한 감정은 얘기할 때 다 풀어졌기 때문에 엄마와 얘기가 잘되는 것 같다. 그래서 온조는 엄마와 수다 떠는 것을 좋아한다. 어떤 때는 엄마 뒤를 졸졸 쫓아다니면서 학교에서 일어난 일을 얘기해 줄 때도 있다. 엄마는 집안일을 하면서도 추임새를 잘 넣어 준다. 온조가 몹시 화가 나거나 속상한 일이 있을 때 엄마는 전적으로 온조의 편을 들어 준다. 온조가 말이 많고 수다가 심할 때는 온전한 자기편이 필요하다는 것을 알기 때문이다.

"돈밖에 모르는 사람인가 보다. 좋은 일 하는 척 적당히 포장해서 돈이나 벌려는 사람 같다. 무섭지 않았어, 바른 소리 할 때? 그 점장 성질이 보통 아니겠던데. 역시, 백제의 딸답다."

아빠 이름은 백제이다. 아버지가 백제라면 당연히 그 자식은 온조여야 되지 않겠냐며 아빠가 지어 준 이름이다. 온조는 초등학교 때부터 별명이 많았다. 백조공주, 백제의 딸 등, 그렇게 부를 때 아빠 이름이 진짜 백제라고 말하면 아이들은 믿지 않았다. 진짜? 진짜? 믿지 못하겠다는 듯 연거푸 물으며 웃기 바빴다. 야, 너네 아빠 정말 대단하시다, 그래도 그렇지 어떻게 딸의 이름을 온조라고 지어? 다들 이렇게 덧붙이며 이름에 대한 궁금증을 풀었다. 온조는 아이들이 이름 가지고 이러쿵저러쿵 얘기해도 신경 쓰이지 않았다. 오히려 인상에 강하게 남아 선생님들도 이름을 잘 기억했고 오랜만에 만난 초등학교, 중학교 때 친구들도 너, 백제, 백온조 이렇게 아빠 이름과 함께 기억해 주었다.

며칠 후, 점장에게 전화를 해 알바비 왜 안 보내냐고 따졌다. 점장은 아무런 대꾸도 없이 전화를 끊었다. 온조는 다시 전화를 해 알바비 안 보내면 노동부에 신고할 테니 양해하시라고 했다. 그때 혈기로는 알바비 떼어먹는 악덕 업주라고 피켓 들고 1인 시위라도 할 수 있을 것 같았다. 다음 날, 통장에 알바비가 찍혔다.

그렇게 하여 첫 번째 알바 자리는 삼 일 만에 날아갔다. 1학년 겨울방학이 다 가기 전에 온전한 알바를 구해 제대로 일을 해 보고 싶었다.

두 번째로 구한 알바 자리는 베트남 쌀국수집이었다. 난주와 시내를 가다 알바생 구한다는 메모를 보고 들어갔는데 난주보다 온조에게 관심을 보이며 서류를 구비해 오라는 것이었다. 온조는 지난번 빵집과 같은 점장만 아니면 어떤 일이든, 누구든 다 감당할 수 있을 것 같았다. 난주는 입을 삐죽거리며 용모 차별하는 이 집도 지난번 빵집 주인과 별반 다를 게 없다며 나가지 말라고 꼬드

졌다. 난주는 마음이 단단히 상했다. 온조는 우선 점장의 인상이 마음에 들었다. 그렇게 쫀쫀할 것 같지도 인색할 것 같지도 않으며 손님을 기만할 것 같지도 않았다. 그런 생각을 난주에게 말하자 사람은 겪어 봐야 안다며 너무 속단하지 말라고 예의 부정적인 심사를 드러냈다.

꽤 넓은 홀에 알바생도 여럿 되었다. 온조는 이곳에서 난생처음 코피를 흘렸다. 알바 삼 일째 되던 날, 코피가 툭 떨어졌다. 하얀 거품이 버글버글 묻어 있는 유리잔을 막 돌려 닦을 때였다. 온조는 거품 묻은 손을 털며 코를 훔쳤다. 이번엔 쌍코피다. 후끈한 주방 열기와 후드 돌아가는 소리, 주문한 음식을 외쳐 대는 매니저 목소리, 홀에서 들려오는 음악 소리와 손님들 소리 때문에 정신이 다 나갈 지경인데 코피라니.

"야, 백온조. 너 코피다."

지금 막 홀에서 빈 그릇을 수거해 오던 매니저가 온조를 보며 말했다.

온조는 흠칫 놀라며 뒤돌아서 코피를 또 훔쳤다. 잽싸게 휴지로 틀어막고 다시 설거지통에 손을 담갔다.

"너, 주말에 풀로 뛴다고 했을 때 내가 알아봤다. 인마, 그 많은 알바 지원생 중에 너를 왜 뽑았는지 알아? 몸은 가늘가늘 다리는 새 다리에 접시를 몇 개 들겠나 싶었는데도 네 눈빛 때문에 깡은 있겠다 싶었다. 근데 내가 잘못 봤나 보다. 허구한 날 코피를 쏟으면 인마, 내가 너를 어떻게 쓰냐? 이러다 애 잡겠다."

하필, 이럴 때마다 매니저 눈에 띌 게 뭐람.

온조는 찌푸린 미간을 풀고 매니저를 향해 돌아서며 헤헤거렸다.

"지금 적응 기간이라 그래요. 저도 일생일대 처음 흘리는 코피예요. 이러다 금방 말 거예요."

매니저는 손수건에 물을 묻혀 온조 입 주변에 묻은 피를 닦아 주었다.

빈 그릇을 산더미처럼 들고도 날렵하게 홀과 주방을 미꾸라지 빠져나가듯 잘도 돌아다니는 선배 알바가 온조와 매니저를 향해 말했다.

"매니저님, 온조만 너무 예뻐하는 거 티 난다."

그랬다. 선배 언니 오빠들도 좋았고, 매니저도 좋았고, 거기다 점장까지 좋아 때때로 간식을 챙겨 주며 알바생들을 대우해 주는 곳이었다. 정말 인간다운 냄새가 물씬 풍기는 베트남 쌀국수집이었다. 다 좋은데 힘이 문제였다. 엄청난 체력을 요구하는 노가다 알바 자리였다. 코피는 계속해서 터졌고 어느 날, 빈혈로 쓰러졌다. 그래서 그 알바도 접어야 했다.

며칠간, 링거병을 매단 채 침대 신세를 져야 했다.

"온조야, 굳이 알바 안 해도 돼. 엄마는 그 시간에 책 읽고 공부를 좀만 더 했음 좋겠는데. 네가 알바한다고 했을 때 엄마가 말리지 않은 이유는 세상 공부하라는 뜻이었어. 그만하면 공중전은 아니더라도 산전수전까지는 갔네. 하하하."

엄마는 알바 쫑 내고 링거병을 매단 채 누워 있는 딸이 안됐다기보다는 외려 잘됐다는 반응이었다.

"엄마~ 너무하는 거 아니야?"

엄마는 웃음기를 거두더니 말을 이었다.

"초반부터 알바 자리가 세서 문제지, 세상 공부하기에는 딱 좋았네, 뭐. 빵집 점장도, 쌀국수집도 나름 좋은 경험이었네. 공주님, 세상에 공짜는 없는 법이다. 이게 이러면 저게 이렇고 저게 맘에 들면 이게 마음에 안 들고, 물 좋고 정자 좋은 데는 없다는 얘기야. 반드시 대가가 있기 마련이라 지나치게 편안하면 다른 어떤 것이 불편하고 지나치게 힘들면 다른 어떤 것이 위안이 되기도 하는 거야."

"맞아, 그런 것 같아."

온조는 고개를 끄덕였다. 엄마는 온조의 머리를 쓰다듬으며 말했다.

"우리 온조, 거기서 쓴은 코피 땜에 보약이라도 먹어야겠다. 어디 한번 소감 좀 얘기해 보셔. 이번 겨울방학에 산전수전 겪어 보니 어땠나, 하하하!"

"엄만, 난 심각하단 말이야. 이렇게 체력이 바닥이라는 거에 얼마나 실망했는지 알어? 뭔 일을 하든 몸을 만들어야겠다는 생각을 했고, 또 한 가지, 시간에 대한 생각을 했어. 알바생들은 시급이잖아. 시간에 따라 돈이 된다는 걸 알았어. 무엇보다 그 사람이 시간당 얼마를 받느냐에 따라 그 사람의 신분이나 지위도 알 수 있겠다는 뭐, 그런 생각."

"예를 들면?"

엄마는 웃음이 가시지 않는 얼굴로 추임새를 넣었다.

"음— 우리 같은 학생들은 시간당 4380원을 받잖아. 쌀국수집 선배 알바는 시간당 나의 두 배였어. 그리고 매니저는 안 따져 봤지만 훨씬 많을 거고. 그러니까 시간당 20만 원에서 30만 원 받는 사람들도 분명 있을 거란 말이야, 아니 그보다 더한 사람들도 있을 거고. 그 사람이 시간당 얼마 버는지 알면 그 사람의 직업도 알 수 있겠다는 생각을 했어. 그리고 또 한 가지, 그 사람이 얼마나 빨리 이동하는지 알면 그 사람이 뭐 하는 사람인지도 알 수 있을 것 같았어. 그냥 시간과 속도에 대해 한번 생각해 본 거야."

온조는 머리를 벅벅 긁은 뒤 쑥스러운 웃음을 띠며 말했다.

"어머? 웬일이니? 우리 온조, 제법이다. 벌써 그런 생각을 다 하고. 그래서 시간은 금이다, 라는 말이 왜 나왔는지도 알았겠네?"

엄마는 링거 바늘이 꽂혀 있는 손을 부드럽게 쓰다듬었다. 엄마의 손은 언제나 따뜻한 전류가 흘렀다.

"응. 시간을 그냥 추상적으로만 생각했는데, 이렇게 피부로 느낀 건 처음이지. 내가 움직이는 시간이 돈으로 환산되니까, 그제야 드는 거지. 엄마, 나 떡볶이 먹고 싶어. 매운 카레가루 듬뿍 넣어서 해 줘."

온조는 벌써 입 안에 침이 고였다. 체력이 떨어지는 느낌이 들 때마다 매운 것을 찾는 것도 아빠랑 똑 닮은 것이다.

"많이 지치시긴 한 모양이네, 우리 공주님. 그래, 알았어."

엄마는 가붓한 몸놀림으로 일어났다. 엄마는 벌써 신바람이 났다. 엄마가 해 준 집밥이 짱이라거나 엄마가 만든 음식이 최고라고 하면 엄마는 자다가도 벌떡 일어나 주방으로 향한다. 엄마는 문 앞에 멈춰 서더니 뒤돌아보며 말했다.

"그런데 백온조, 시간은 우리가 생각하는 것처럼 그렇게 딱딱하게 각져 있지만은 않다는 거, 그리고 시간은 금이다, 라는 말이 좋은 말이기도 하지만 그 말이 얼마나 폭력적인 말인지도 한번 생각해 봤으면 좋겠다."

엄마는 그 말을 남겨 놓고 방을 나섰다. 폭력적이라, 온조는 그 말이 무슨 뜻인지 아무런 감도 잡히지 않았다. 하지만 그 말은 동굴 속에 뱉어 놓은 말처럼 온조의 머릿속에 여러 차례 메아리가 되어 울렸다.

그렇게 화려한 알바는 끝이 났다. 겨우 두 번 해 보고 이렇게 끝을 내야 하는 것인가, 하는 생각이 들었지만 온조에게는 무척이나 버거운 경험이었다. 고등학생이 무슨 알바야, 그 시간에 시험공부 더 해야 하는 거 아닌가, 하는 주변의 우려를 신경 쓰지 않은 건 아니다. 온조도 대한민국의 고등학생은 양쪽 눈 가장자리에 시야 가리개를 한 경주마처럼 오로지 앞만 보고 질주해야 한다는 것

쯤은 알고 있다. 그렇지만 온조는 로봇 같은 경주마가 되고 싶지 않았다. 최소한 왜 뛰는지는 알아야 경주에서 이기든 지든 의미가 있을 것 같았다.

어느 순간, 시간은 돈이 될 수 있으니 시간을 팔면 어떻게 되는 것일까, 하는 생각이 들었다. 시간이라는 추상적인 개념이 물리적으로 확 다가왔다. 어느 한곳에 매어 시급을 받는 것보다 일도 마음대로 고를 수 있고 시급도 올려 받을 수 있으며 무엇보다 세상의 다양한 모습을 볼 수 있겠다는 생각이 들었다. 누군가의 지시에 따라 움직이는 것보다 스스로 판단하고 스스로 운영하는 오너가 되는 것도 매력적이었다.

얼마나 많은 사람들이 시간을 사갈까? 사람들마다 그들 앞에 놓인 시간의 모습은 그들의 수만큼 다를 것이다. 그렇다면 앞으로 만날 시간도 그들의 다변적인 모습만큼 다채로울 것이다. 시간을 판다……. 생각할수록 묘한 끌림이 있었다. 그 후 온조의 머릿속에서는 시간에 관계된 여러 가지 상점이 세워졌다 부서졌다 했다. 그야말로 시간의 만리장성을 쌓았다가 허물기를 여러 번 반복했다.

아빠의 제사상 앞에 향불을 피웠다. 향불은 푸른빛의 꼬리를 만들며 허공으로 흩어졌다. 저 푸른빛의 연기를 타고 올라가면 아빠를 만날 수 있을까.

어렸을 때부터 고집이 센 온조를 설득하기 위해 아빠는 큰소리 치지 않고 조곤조곤 낮은 목소리로 설득했다. 윽박지르지 않고 폭력을 쓰지 않아도 사람은 생각을 하기 때문에 누구나 대화가 가능하다고 했다. 아빠는 불길 속에서 도무지 나오지 않던 할머니를 구한 적이 있는데 그때도 그랬다고 했다. 할머니는 충분히 불길을 피해 나올 수 있는데도 오히려 불길을 기다리고 있는 것처럼 초연한 자세로 앉아 있었다고 했다. 그때 아빠는 할머니의 손을 잡으며 저 밖에서 발을 동동 구르며 할머니를 애타게 찾는 손주가 있다고, 할머니가 나오지 않으면 손주를 이 불길 속에 들여보낼 수밖에 없으며 할머니가 꼼짝 안 하시면 젊은 소방관 한 사람도 여기서 생을 마감할 수밖에 없다고 말하자, 할머니는 단숨에 일어나 아빠와 함께 불길 속을 빠져나왔다고 했다.

초등학교 6학년 때 아빠가 일일교사를 한 적이 있는데 당시 온조의 어깨에 힘깨나 들어가게 만들어 주었다. 다양한 직업의 세계와 어떤 마음가짐으로 자신의 일에 자부심을 가져야 하는지 배우는 시간이었다.

"사람은 혼자 사는 것이 아닙니다. 다른 사람들과 더불어 살아갑니다. 그들과 살아갈 때 미워하고 싫어하는 것보다 사랑하고 도와주며 사는 것이 훨씬 행복하게 사는 길입니다. 여러분 친구나 가족을 미워해 본 적 있지요? 그랬을 때 마음이 어땠나요? 아마 무척 힘들었을 겁니다. 누군가를 미워하는 건 자기 자신을 괴롭히는 것과 같습니다. 나쁜 짓을 해도 마찬가지입니다. 마음이 불편하다는 건 자기 살을 스스로 뜯어내는 것과 같습니다. 그러니까 이왕이면 좋은 마음, 좋은 일을 하며 살면 더욱 좋겠지요? 거기다 내 도움으로 누군가 목숨을 구하고 어려운 지경에서 빠져나올 수 있다면 더더욱 좋겠지요? 제 욕심만 채우고 남을 해치는 사람도 있지만 이 세상에는 남들과 나누며 누군가에게 도움이 되고자 하는 사람들이 있기에 살아 볼 만한 세상이 되는 겁니다. 한 사람 한 사람이 그렇게 노력한다면 그것은 큰 파도가 되어 세상을 바꾸기도 합니다. 자신의 신념을 굽히지 않고 아름답게 살다 가는 사람들이 우리 곁에 희망처럼 있습니다. 내가 하는 일이 누군가에게 도움이 되고 그 일에 대해 자부심을 갖는다면 소중하지 않은 것이 없습니다. 화장실에서 똥을 퍼 나르는 궂은일을 하더라도 말입니다."

아이들은 아빠의 말을 알아듣는 건지 아닌지 모르겠지만 어쨌든 똥을 푼다는 말에 인상을 찌푸리면서도 박수를 쳤다.

불길 속에서 갓난아기를 구한 일, 꼼짝할 수 없는 장애인을 업어 나른 일, 옥상에서 밧줄을 타고 내려가 창가에 매달린 사람의 손을 떨어지기 일보 직전에 잡은 일 등, 그때 반 아이들은 눈 하나 꿈쩍하지 않고 아빠의 이야기를 들었다.

바보 같은 아빠였다. 심한 화상을 입은 환자를 위해 불길 속에서 나와 곧바로 헌혈 침대에 누워 그에게 피를 건네던 아빠였다. 뉴스를 보다 병원으로 달려온 엄마를 끝내 울게 한 아빠였다. 아빠가 생각했던 삶을 채 펼치기도 전에 어느 미치광이에 의해 온조와 엄마의 손을 놓아 버린 바보 같은 아빠였다. 그런 아빠가 미웠던 날도 더러 있었다.

온조는 은연중에 아빠의 못다 이룬 뜻을 되새김질하고 있는 자신을 발견하게 되었다. 그러는 동안 온조의 머릿속에는 시간을 파는 상점의 설계도가 제법 모양새를 갖춰 가고 있었다.

인터넷 카페에 상점을 열어 보기로 한 건 순전히 모의실험 같은 거였다. 솔직히 실험해 보고 싶은 마음이 더 컸다. 과연 시간을 사 가는 사람들이 있을까? 반신반의한 상태로 골조 먼저 세우고 카페를 서서히 꾸며 보기로 했다.

나름 몇 가지 조항을 달았다. 자신의 능력 이상은 거절할 것. 옳지 않은 일은 절대 접수하지 않을 것. 의뢰인에게 마음이든 뭐든 조금의 위로라도 줄 수 있는 일을 선택할 것. 무엇보다 시간이 돈이 될 수 있다는 것을 확실히 보여 줄 것.

카페 대문에는 고대 그리스의 신 크로노스의 모습을 올려놓았다. 오른손에는 모래시계를, 왼손에는 하르페(반월도)를 잡고 구름 위에 앉아 땅을 지그시 내려다보는 모습이다. 크로노스는 턱수염을 다보록하게 달고 있는 노인이다. 등에는 커다란 천사의 날개를 달고 있지만 아버지 우라노스의 성기를 하르페로 거세하고, 제 능력보다 뛰어난 아들이 태어난다는 말에 레아가 낳은 자신의 핏덩이를 심장부터 집어삼키는 무시무시한 힘을 지닌 신이다. 시간이란 그렇게 가차 없다는 뜻일까?

시간의 경계를 나누고 관장하는 크로노스야말로 온조가 생각했던 물질과 환치될 수 있는 진정한 시간의 신이었다. 시간을 분초 단위로 조각내어 철저하게 계산된 시간 운용은 반드시 생산적인 결과물을 낳아야 하는 이 시대에 딱 맞는 신이었다.

세상에서
가장 길면서도 가장 짧은 것,
가장 빠르면서도 가장 느린 것,
가장 작게 나눌 수 있으면서도 가장 길게 늘일 수 있는 것,
가장 하찮은 것 같으면서도 가장 회한을 많이 남기는 것,
그것이 없으면 아무것도 할 수 없고,
사소한 것은 모두 집어삼키고,
위대한 것에게는 생명과 영혼을 불어넣는 그것,
그것은 무엇일까요?

어 서 오 세 요.
여기는 '시간을 파는 상점'입니다.
당신의 특별한 부탁을 들어드립니다.

크로노스의 얼굴 위로 문구를 깔아 놨다. 영국의 물리학자 M. 패

러데이가 누군가에게 수수께끼처럼 물은 말인데, 상점의 메인 화면으로 쓰기에는 딱이었다. 제법 폼이 났다.

온조는 상점의 주인, 크로노스가 되었다.

엄마가 잔에 술을 따르고 온조가 제상에 술잔을 올렸다.

할머니는 올해부터 아빠 기일에 오지 않겠다고 했다. 할머니는 작년 오늘, 아빠의 제상 앞에서, 시간이 지나도 이토록 가슴을 후벼 파는 자식이 밉다며 우셨다. 아까운 놈, 생각할수록 아까워서 가슴팍이 저며 와 살 수 없다고 했다. 죽어서라도 우리 제야 곁으로 갈 수 있다면 이까짓 세상 얼른 손 놓고 싶다고 말하는 바람에 엄마와 온조를 또 울렸다.

온조는 아빠의 영정 사진을 보며 약속했다. 아빠가 바라는 대로 씩씩하고 당당하게 살아가겠다고. 아빠의 제상 앞에 서 있는 온조의 손끝에서는 PMP를 제자리에 돌려 놓았을 때의 손맛이 짜릿하게 살아났다. 온조는 열 개의 손가락을 옴지락거려 보았다. 미끄러지듯 제자리로 돌아간 PMP는 분명 많은 사람들에게 평화를 선물해 주었을 것이다. 온조는 아빠에게 자랑하고 싶었다. 나도 누군가를 위해 움직였다고. 어쩌면 어떤 한 생명을 구했을지도 모른다고. 아빠처럼.

잘린 도마뱀 꼬리

아이린: 언니, 전 초등학교 6학년인데요, 시간이 궁금해서요. 『한밤중 톰의 정원에서』라는 동화를 봤는데요, 거기에는 열세 시가 있거든요? 괘종시계가 열세 번을 친다고 나오는데 실제로 그럴 때가 있나요? ^^;

크로노스: 어렸을 때 있었던 일인데요, 친구와 TV만화를 볼 때였어요. 아주 재미난 만화였는데, 아마 아이린 님은 모를 거예요.☺ 벌써 십 년도 넘은 일이니까요. 만화 속에 빠져 있는데 갑자기 뻐꾸기시계가 울기 시작하는 거예요. ㅠㅠ; 그 소리는 너무 커서 한번 울기 시작하면 아무 소리도 들을 수 없을 정도예요. 그래서 친구와 둘이 뻐꾸기시계 밑에서 소리를 지르기 시작했어요. 들어가, 들어가, 들어가라고 소리쳤죠. 악을 바락바락 쓰며 세 번 정도 소리쳤을 때예요. ㅎㅎㅎ 글쎄, 그때가 아마 여섯 시쯤 됐을

텐데, 뻐꾸기는 네 번만 울고 집으로 들어가는 게 아니겠어요. 지금 생각해도 신기해요. 그 뻐꾸기시계는 지금도 있어요. 항상 5분 늦게 가는 게 흠이지만. 엄마는 5분 늦게 가는 뻐꾸기시계가 마음에 든대요. 지금은 뻐꾸기가 울지 않아요. 우는 기능이 고장 난 것 같아요. 그런데 가끔 아스라이 깊은 산속에서 우는 듯한 뻐꾸기 울음소리가 들릴 때가 있어요. 환청인가 의심한 적이 있는데 아니었어요. 마치 꿈속에서 들리는 것처럼 현실감이 없지만 가끔 시계 속의 뻐꾸기는 살아 있다고 소리를 내는 것 같아요. 끊길 듯 끊길 듯 가냘픈 목소리로요. 과학적으로 설명할 수는 없지만 동화 속 괘종시계도 누군가의 바람대로 열세 번 친 건 아닐까요?^^

아이린: 아, 정말요? 그럼 주인공 톰만이 누릴 수 있는 시간인가요?

크로노스: 그 동화를 읽지 않아서 잘은 모르지만, 그 열세 시라는 시간은 분명 존재할 거 같아요. 시간이라는 것은 인간이 정해 놓은 약속 같은 거예요. 처음부터 정해진 것이 아니라, 사람들의 필요에 의해서 만들어진 거란 얘기예요. 그렇다면 하루는 24시간이 아니라 25시간, 30시간도 될 수 있지 않을까요?

엄마가 말한, 시간은 그렇게 각져 있지 않다는 말과 통하는 것이 아닐까. 시간이란 흐르는 것이지만 흘러가 버린 시간은 그것으로 끝이 아니라는 생각이 들었다.

아이린: 어려워요, 약속이라는 것은 알겠는데……. 그럼 그 열세 시라는 시간은 어떻게 존재하는 걸까요?

크로노스: 우리의 시간은 현실 속에서 시계로만 재단할 수 있는 것 외에 그것으로 재단할 수 없는 것도 있겠다는 생각을 했어요. 예를 들면 상상 같은 거 말이에요. 아니면 추억도 현실 속의 시계로 재단할 수 없지만 우린 분명 그때의 시간을 불러올 수 있잖아요. 음— 이런 말도 있어요. 좀 어려운 말이긴 하지만, "그때 그 시간과 장소에 머물러 있기를 바란다면 시간은 당신을 뒤로 물러나게 한다."
상상, 추억, 기억 이런 것들은 지금 내 눈앞에서 일어나는 것들은 아니지만 분명 지금의 나를 움직이는 것이 분명해요. 왜냐하면 그런 것들이 있기에 지금 이 자리에 내가 있는 거거든요.

아이린: 그럼, 제가 어렸을 때 미역국을 먹고 다 토한 이후 지금도 미역국을 먹지 않는 것도 그때의 시간에 영향을 받는 거네요.

크로노스: 네, 맞아요. 시간은 그냥 지나가는 게 아니라 어쩌면 우리 몸에 켜켜이 쌓이는 건지도 모르겠어요. 아이린 님이 말한 건 기억이지만, 상상 속에서는 열세 시가 아니라 그 이상의 시간도 존재할 수 있는 것 아닐까요? 어떤 이야기 속에는 단지 하룻밤 꿈을 꾸었을 뿐인데 60년, 100년이 흘러 젊은이를 노인으로 만드는 경우도 있잖아요. 그렇다면 미래의 시간

도 불러올 수 있을 것 같아요. 일테면 내가 스무 살이 된다면 난 반드시 무얼 하고 있을 것이다, 생각하며 행동하면 미래의 시간도 현재로 가져오는 것 아닐까요?

실은 언니도 시간에 대해 잘 몰라요, 이제 알아 가려는 것뿐이죠.

혹시 도마뱀 본 적 있어요?

아이린: 네, 할머니집 갔을 때 본 적 있어요. 징그럽기도 하지만 귀엽기도 했어요.

크로노스: 네, 맞아요. 손바닥에 올려놓고 보면 연미복 입은 깔끔한 신사 같기도 해요 ㅎㅎ. 도마뱀은 잡히면 꼬리를 끊고 도망가잖아요. 어느 순간 바위틈으로 몸을 숨겨 손바닥 위에는 꼬리만 남을 때가 있어요. 시간도 그런 것 같아요. 우리가 맞닥뜨린 사건은 도마뱀 몸뚱이가 되어 어느 순간 사라지고 도마뱀 꼬리 같은 기억과 흔적은 고스란히 남아 현재의 우리에게 영향을 주거든요.

아이린: 그럼 열세 시도 톰이 어떤 것에 영향을 받아 만들어 낸 것인지도 모르겠네요. 어쩌면 톰의 간절한 바람이 만들어 낸 도마뱀 꼬리 같은 거란 말이죠?

크로노스: 오우~ 말귀도 제법, 초등학생 맞아요? 옛날얘기 좋아해요? 언

니도 초딩 때 옛날얘기 껌뻑 넘어가게 좋아했는데. ㅋㅋ

아이린: 네, 좋아해요~~~.

크로노스: 이상하게 옛날얘기 주인공들은 죽지 않는 것 알아요? 옛날이야기 끝 문장은 항상 오래오래 행복하게 살았대요 라거나, 그때부터 줄곧 그랬대요 라거나, 아직도 연못 속에는 살고 있단다로 끝날 때가 많아요. 그러니 이야기 속 등장인물은 영원히 살아 있는 거로 기억되기 때문에 몇백 년이 지나도 지금 어딘가에서 재미나게 살고 있을 것 같은 생각이 들어요. 잘린 도마뱀 꼬리가 여전히 내 손바닥에 있는 것처럼 말이에요.

아이린: 우와~ 그러네요. 그러고 보니 내가 알고 있는 옛날이야기 주인공들도 여전히 살아서 내 머릿속 어딘가에서 놀고 있는 것 같아요. 마술 같아요. 시간의 마술…….

크로노스: 시간의 마술? 멋진 말이네요? 역쉬 멋진 초딩이얌~ ㅋㅋ

아이린: ㅎㅎㅎ 고마워요, 언니. 또 와도 되죠? 시간에 대해 궁금한 것을 말하면 친구들이 놀려요. 이상한 소리 한다고요. 그냥 받아들이라는 거예요. 의심하지 말고 있는 그대로 받아들이면 편한데 왜 자꾸 다시 생각하고 의심하느냐고 하거든요.

크로노스: 난 아이린 님의 그런 태도가 정말 좋다고 생각해요. 그 말이 맞을까? 정말 그럴까? 난 늘 이렇게 의심하며 증명해 보려는 태도가 결국 그 말이나 현상을 더욱 깊이 받아들이는 거라는 생각이 들어요. 주어진 대로 그냥 받아들이고 사는 건 생각하고 산다는 것보다 그냥 기계적으로 사는 것에 더 가까운 것 같아요. 아, 미안해요. 내가 또 어렵게 말을 하나 봐요.

아이린: 아니요, 언니 안 그래요. 무슨 말인지 정확히는 모르겠지만 제 생각을 알아주는 곳이 있는 것 같아 마음이 놓여요. 친구들 사이에 있으면 내가 정말 이상한 사람인가? 하는 생각이 들거든요. 이제 안심이에요.

시간을 파는 상점이라는 카페 이름을 보고 무작정 들어와서 쪽지를 보낸 초등학교 여자아이였다. 시간에 대해 궁금한 친구가 있다는 게 온조에게는 큰 힘이 되었다. 네곁에의 장물 사건 처리 때 쪼그라든 자신감이 조금씩 회복되는 듯했다. 그렇게 뿌듯함에 젖어 있을 때 네곁에로부터 또 한 통의 메일이 왔다.

크로노스 님,

물건은 무사히 제자리에 와 있더군요. ㅎㅎ

솜씨가 제법이던걸요.

손놀림이 보통이 아니던데요.

그런데 문제가 생겼습니다. ㅠㅠ

이제껏 도난당한 물건이 제자리로 오는 경우가 없었는데 물건이 돌아왔으니 그 황당함은 물건을 잃어버렸을 때의 충격과 크게 다르지 않았습니다. 아니, 더 큰 충격이라고 할 수 있었습니다. 다들 누군가의 손아귀에서 조롱당한다고 생각하는 것 같았습니다.

생각해 보세요.

어느 날 우리 집에 도둑이 들었습니다. 그런데 며칠 후 잃어버린 물건이 아무렇지도 않게 제자리에 있다고 생각해 보세요. 우리가 모르는 사이에 도둑이 한 번 더 왔다 갔다는 것을 아는 순간, 얼마나 끔찍하고 섬뜩할까요?

어제저녁, 우리 반 풍경이 꼭 그랬습니다. 얼마 전에 잃어버린 물건이 교탁 밑에서 나온 적이 있는데 그때와는 다른 반응이었습니다.

담임도 뭔가 미심쩍어합니다. 분명 어제 일본어 합반 이후 벌어진 결과이기 때문에 그쪽 반을 주시하고 있으니 조심하시길 바랍니다.

뭐야?

심장이 다시 후둑거리기 시작했다. 물건을 제자리에 돌려 놓았다고 해서 마음 놓을 일이 아니었다.

그래서 나보고 어쩌란 말이야.

온조는 계속해서 혼잣말처럼 중얼거렸다. 잘린 도마뱀 꼬리가 손바닥 위에 고스란히 잡히는 것 같았다. 이를 어떻게 처리해야 한담. 온조는 도마뱀 꼬리를 풀숲에 휙 집어 던지고 싶은 심정이었다. 목숨을 담보로 일한 것과 마찬가지인데 일이 끝나고도 이렇게 깔끔하지 않다니. 장물 사건은 내내 온조의 발목을 잡을 것 같은 불길한 예감이 들었다.

크로노스 대 카이로스

레스토랑에서 흘러나오는 피아노 선율에 비하면 터무니없는 상황이었다. 피아노 곡은 부드러운 선율로 레스토랑을 적시고 있었다. 쿵쾅거리는 온조의 심장박동에 비한다면 전혀 얼토당토 않는 박자였다. 가끔 두 가지 음악을 동시에 들을 때, 예를 들어 전화기에서 흘러나오는 컬러링과 시디플레이어의 음악이 겹칠 때, 아무리 훌륭한 선율이라도 얼마나 웃기는 소음으로 변질되던가.

호수가 내려다보이는 2층 창가에 나이 지긋한 분이 앉아 있다. 저 사람일 것이다. 희끗한 턱수염을 얄게 기르고 머리칼은 희다 못해 은은한 미색을 띠고 있다. 온조는 온몸에 힘이 들어간 탓에 뻗정다리가 되어 걸음이 잘 걸리지 않았다. 출입구부터 창가까지 100미터도 넘는 것 같았다. 이 뜬금없는 상황을 저 나이 지긋한 분이 어떻게 받아들일까. 어떻게 하면 자연스러운 상황으로 만들지 고민하였지만 새뜻한 생각이 떠오르지 않았다. 그냥 두 눈 질끈 감고 부딪쳐 보자는 생각뿐이었다.

"저, 안녕하세요? 전 강토 친구입니다."

온조는 머리 숙여 인사했다. 노인은 두 눈을 동그랗게 뜨더니 이내 얼굴에 미소를 띠었다.

"우리 강토 여자 친군가?"

탄력을 잃지 않은 목소리였다. 비록 나이는 먹었지만 아직 이빨 빠지지 않았노라고 포효하는 호랑이 같다고 해야 할까? 고집과 능력이 적절히 배합된 중후함이 풍겼다.

"네? 아, 그건 아니고요, 그냥 친구입니다."

"어찌 됐든, 우리 강토는?"

노인은 레스토랑 입구를 기웃거리며 쳐다보았다.

"아, 네…… 사실은 오늘 강토가 올 수 없어서요. 할아버지께는 연락할 방법이 없다고 하여, 제가 대신 왔습니다."

"우선 앉아요. 올 수 없다니? 혹 우리 강토한테 무슨 일 있나요?"

"그건 아니고요, 오늘 급한 일이 생겨서 도저히 올 수 없다고 하여……."

"그건 그렇고, 우리 강토랑 가까운 사이인가? 어쩐 일로 그놈이 제 아명을 알려 줬을까?"

이건 또 무슨 소리인가.

온조는 하마터면 네? 아명이라니요? 하고 반문할 뻔했다.

"나는 강토라는 이름을 좋아하는데 이놈은 그 이름을 아주 싫어해. 어렸을 때 말이야, 학교에 다녀오더니 친구들이 강토를 깡통이라고 놀린다며 어찌나 서럽게 울어 대는지, 당장 이름을 바꿔 달라는 거야. 깡통이라는 별명을 들을 때마다 머릿속에서 깡통 깡통, 울린대나 어쩐대나, 하하하. 듣고 보니 나도 그렇더구먼, 내 귀한 손자가 어디 깡통 소리를 들어서야 되겠나 하는 생각이 들었지. 근석이 말이지, 이름을 고쳐 주기 전까지는 학교도 안 가고 밥도 안 먹겠다고 얼마나 을러대는지 고 공깃돌만 한 것을 해 넘길 수가 있어야지. 결국 이름을 바꿔 주었지. 아예 호적까지 바꿔 버렸다니까, 하하하. 근석 참, 한 고집 하는 놈이지. 한데 강토라는 이름은 나밖에 부르지 않았네. 할애비가 지어 준 이름이라 버리기가 아깝다고 했더니 나만 부르도록 근석이 허락했지. 즈이 에미, 애비도 못 부르게 했다니깐. 나 말고도 강토라고 부를 수 있는 사람이 있다는 건 근석에게 나쁜 일 같지는 않구먼."

의뢰인들은 대부분 실명을 쓰지 않는다. 그런데 의뢰란에 올라온 이름에 이강토라고 쓰여 있어서 의아하긴 했다. 개명할 정도로 상처를 준 이름을 쓴 데는 피치 못할 사정이 있는 것이다. 지금 앞에 앉아 있는 이 노인분에게 통할 수 있는 카드는 오로지 '강토'라는 이름 두 글자밖에 없다. 그게 이름이 되었든, 암호가 되었든 온조는 두 글자에 기댈 수밖에 없다. 강토에겐 미안한 일이지만 이름을 반복할수록 이상하게 온조의 머릿속에서도 깡통, 깡통, 빈 깡통이 달그락대는 소리가 났다.

강토가 의뢰한 것은 호수그릴 레스토랑에서 할아버지와 점심을 맛있게 먹는 것이다. 반드시 맛있게, 라는 것을 강조하였다. 밥은 입과 손으로만 먹는 것이 아니라고 했다. 귀와 눈과 마음으로 먹는 것이라면서 반드시 맛있게 먹어 달라는 조건을 달았다. 강토라는 이름을 대면 단박에 할아버지와 가까워질 것이라고 알려 준 것밖에 없다. 나머지는 알아서 둘러대라는 것이었다. '맛있게' 먹어 달라는 말에 의뢰를 받긴 했다. 온조는 강토에 대해 아무런 정보도 없이 호수그릴 한복판에 내던져진 셈인데, 생각보다 나쁜 상황이 아닌 것 같아 마음이 놓였다. 이 할아버지와는 최소한 마음까지는 아니어도 귀와 눈은 편안하게 두고 밥을 먹을 수 있을 것 같았다.

강토는 지금 할아버지와 밥을 맛있게 먹을 상황이 아니라고 했다. 그 상황이 무엇인지 알아야 도움을 줄 수 있지 않겠냐며 설명을 요구해도 강토는 끝내 말하지 않았다.

침묵이 흘렀다. 할아버지는 강토 이름에 대한 사연을 한꺼번에 쏟아놓은 후 그만 입을 다물어 버렸다. 온조는 말이 없을 때의 어색함이 이렇게 힘든 것인 줄 미처 몰랐다. 몸 둘 곳은 물론 눈 둘

곳도 없었다.

창밖 호수 위에는 오리배가 떠다니고 있다. 분수에서는 물보라가 치솟고 있었다. 바람이 불 때마다 물보라는 왼쪽으로 혹은 오른쪽으로 까무러쳤다 다시 살아나곤 했다. 바람에 어찌할 바를 모르는 물보라를 보며 온조는 지금 자신의 처지가 저러하리라 생각했다.

평범한 일요일이다. 호수 주변에는 사람들이 걷거나 뛰고 있었고 벚나무 터널과 이깔나무 아래로는 바람이 지나가는지 나뭇가지가 흔들렸다. 이 모든 것이 당연한 현실인데 온조는 눈앞에 보이는 모든 것이 꿈결처럼 현실감이 나지 않았다. 아무리 일이라고 되뇌이며 세뇌 교육을 시켜도 낯모르는 노인분과 식사를 해야 하는 이 시간이 서름서름한 건 어쩔 수 없었다.

"그래, 내가 강토 본 지가 오래됐어. 사정이 있어서 그간 얼굴을 볼 수가 없었지. 이 약속은 오래전에 강토와 단둘이 한 것이기 때문에 그나마 가능했던 건데, 그것마저도 참……."

할아버지 얼굴에는 실망의 그늘이 짙었다. 백호와 같은 카리스마는 온데간데없고 손자를 볼 수 없게 되어 실망스러움을 감추지 못하는 평범한 할아버지였다.

"아쉽지만 강토 여자 친구로 만족해야겠지? 아마, 우리 강토는 이 할애비를 무척 원망하고 있을 게야. 제 애비한테 몹쓸 짓을 했다고 말이야. 강토에게 전해 주게, 할애비도 어쩔 수가 없었다고."

온조는 웃어야 할지 어째야 할지 주춤거리다 살짝 웃어 준다는 게 그만 입 주변의 근육을 씰그러뜨리고 말았다. 난감했다. 앞뒤 다 잘라 내고 몸통만 그것도 몸통의 부속만 듬성듬성 들여다보는 기분이랄까. 몹쓸 짓이라는 말이 걸렸지만 그것을 물어볼 수도 궁금한 것을 티 내서도 안 되었다.

"아, 네……."

"그나저나 우리 강토가 사람 보는 눈이 있는 것 같긴 하네. 아주 예쁘고 참한 학생이구먼. 예의도 있고."

할아버지는 그간 상대에 대한 탐색을 마쳤는지 약간의 경계를 풀며 말했다.

"네, 감사합니다."

어중간하게 서 있다가 누군가의 참한 여자 친구가 된 것이 썩 마음에 들진 않지만 어쩔 수 없는 일이다. 온조에게는 일일 뿐이다.

"점심 먹고 가게나. 뭐 먹겠는가?"

할아버지가 메뉴판을 펼쳐 온조 앞에 내밀었다. 점심 먹는 것이 그것도 아주 맛있게 먹는 것이 의뢰받은 일이다. 내심 기다린 말이었다.

"먼저 주문하세요, 할아버지."

할아버지라는 말을 꺼냈을 때 왠지 입에 쩍 붙지 않아 이물감이 들었다. 앞으로도 계속하여 이 일을 하려면 그런 이물감 정도는 아무것도 아니어야 한다.

"난 런치 정식으로 할 참인데. 아, 참, 내가 이름도 물어보지 않았군."

"네, 백온조입니다. 저도 같은 거로 하겠습니다, 할아버지."

"내가 손녀딸이 없어서 허전했는데 온조 양이 부르는 할아버지라는 말이 무척 듣기 좋구먼, 허허허. 앞으로 두 달 후 세 번째 일요일 이곳에서 이 시간에 다시 보자고 우리 강토한테 꼭 전해 주게."

온조는 할아버지가 말한 시간을 머릿속에서 다시 한번 되뇌었다. 이들의 약속은 꼭 이런 식이어야 하나? 첨단 디지털 시대에서 시계도 통신 수단도 없는 중세 시대로 돌아간 기분이었다. 기기 대신 사람이 꼭 개입해야 하는 그런 시대 말이다.

"난 휴대폰도 연락처도 없네. 아니, 없는 게 아니라 없애 버렸다네. 속도가 너무 빨라서 어지러울 지경이야. 따라잡느라 허둥대는 것보다 내 식대로 내 시간대로 사는 게 낫다는 생각이 들었어."

온조의 두 귀는 쫑긋했다. 시간, 속도 뭐, 이런 류의 말이 나오면 심장의 박동이 자동적으로 빨라졌다. 요즘 한창 그것에 관심이 있고 더군다나 시간을 파는 상점의 주인이라는 생각에 더욱 그러했다. 일명 시간으로 먹고사는 사람 아닌가. 비록 물리적 시간과 환치된 유의미한 일로 돈을 벌어 보고 싶긴 하지만 말이다.

"그건 핑계인지도 모르지. 기계란 기계는 잔뜩 장만해 놓고 오지 않는 연락을 기다리는 건 더 못 할 짓이거든. 차라리 그런 것들이 없었다면 착각일망정 버려졌다고 생각되지는 않을 거야."

할아버지는 창밖을 바라보며 읊조리듯 말했다. 할아버지의 얼굴에서 쓸쓸함이 배어났다. 물빛 차가움이 할아버지의 눈가에 찰랑댔다.

드디어 런치 정식이 나왔다. 그야말로 화려한 접시가 온조 앞에 놓였다. 새우너트에 이탈리안 돈가스, 치즈롤, 비프커틀릿도 있었다. 다 먹을 수 있을지 걱정이었다. 그렇지만 아주 맛있게 먹어야 한다. 맛있게 먹어야 한다는 조건이 붙었을 때 그 우스운 것을 조건이라고 붙이나 생각했는데 막상 닥치니 그것이 얼마나 까다롭고 어려운 일인지 실감이 났다.

온조는 말랑말랑한 치즈가 차르르 녹아내리는 치즈롤부터 한 입 크기로 잘라 입에 넣었다. 살살 녹았다.

할아버지도 치즈롤부터 자르기 시작했다. 품위 있게 나이 드신 분이다. 그런데 자식에게 어떤 몹쓸 짓을 했다는 것일까. 그다지 모질어 보이지도 않는데. 할머니는 늘 사람은 겉보기와는 다르니 사탕발림처럼 말 잘하는 사람과 겉보기만 번지르르한 사람은 경계하라고 했다. 그 말처럼 겉보기와는 영 다를 수도 있다. 그렇지만 몸은 마음의 그릇이라는 말도 있는 것처럼 그 그릇이 괜찮아 보인다는 건 마음도 괜찮다는 뜻이 아닐까. 어쩌면 자식이 더 몹쓸 짓을 했기 때문에 할아버지도 그에 맞선 것인지도 모른다.

"저, 할아버지, 아까 말씀하신 할아버지만의 시간이란 것은 어떤 것일까요?"

할아버지는 손을 내저으며 입 안에 든 음식물을 씹기에 바빴다.

“난, 밥 먹을 때 말하지 않네. 그 얘긴 식사 끝나고 얘기하지. 맛있게 먹게. 난 음식을 먹을 때 아주 맛있게 먹는 것이 내 인생의 철칙이네. 거 잡생각은 떨쳐 내고, 눈 속에 무슨 생각이 그리 많아? 온조 양은.”

온조 양은, 이라는 말은 아주 단정적이고 단호했다.

“아, 네…….”

온조는 순간 제 얼굴 크기의 세 배도 넘는 정식 접시에 얼굴을 푹 떨어뜨리고 말았다. 상대의 눈빛만 보고도 그 사람 상태가 어떤지 아는 사람들이 있다. 특히 엄마는 온조의 눈빛만 보고도 무슨 생각을 하고 있는지 금방 알아챘다. 엄마는 뒤통수에도 눈이 달린 것처럼 보지 않고도 온조가 교복을 벗어 아무 데나 던져 놓고 나온 것까지도 알아챘다. 무심히 주방에서 음식을 차리다가도 백온조, 교복 걸어라, 하는 소리를 들을 때는 섬뜩할 정도이다. 그건 많은 시간을 함께한 관계의 긴밀함에서 오는 것이라고 생각했는데 꼭 그렇지만도 않은 모양이다. 처음 보는 관계라도 그 사람의 됨됨이를 한눈에 알아보거나 지금 어떤 생각을 하는지 단박에 알아채는 사람들이 있다. 감각 중 어떤 하나가 뛰어나게 발달한 사람일 것이다. 이 할아버지도 만만치 않은 분이다.

마지막 남은 비프커틀릿 한 조각까지 입에 넣었다. 온조는 이렇게 충실하게 식사를 한 적이 없다. 오로지 먹는 거에만 집중했다.

이게 다 할아버지의 철칙, 식사 때는 말하지 않는다, 덕분이다.

"음식을 아주 맛있게 잘 먹는군."

할아버지는 흡족한 얼굴로 온조에게 말했다.

"네, 맛있게 잘 먹었습니다."

이 정도면 오늘 미션의 인증 숏까지 끝낸 셈이다. 강토는 온조가 음식을 맛있게 먹든 아니든 그 사실을 확인할 수는 없다. 미션의 인증은 온조 자신만이 할 수 있다. 자기가 한 일의 만족도는 스스로가 제일 잘 아는 법이다. 온조는 자신도 모르게 입가에 미소가 피어올랐다.

"지나간 시간을 되돌아보면 어떻게 그 많은 일을 헤치며 왔을까 싶네. 그러다가도 꿈결처럼 아스라한 옛일이 되어 현실감이 나지 않기도 해. 요즘은 속도가 너무 빨라. 왜 이리 빠른지 모르겠어. 빠르다고 해서 더 행복한 건 아닌 것 같은데 말이야. 오히려 속도 때문에 사고가 나는데도 말이야. 기계든 사람의 관계든 지나치게 빠르면 꼭 문제가 생기게 되어 있어. 온조 양도 명심하게."

"네에……."

지나치게 빠르면 문제가 생긴다…… 아빠도 속도 때문에 사고가 생긴 것이다. 속도광 운전자가 타고 있던 스포츠카가 아니었다면, 아니 그 운전자가 조금이라도 속도를 줄였더라면 아빠는 지금 온조 곁에 살아 있을지도 모른다.

온조는 할아버지의 말을 다 알아듣지는 못했다. 칠십을 살아온 사람과 이제 열여덟 해를 살아온 사람의 언어는 다를 수밖에 없다.

"할아버지께서 말씀하신 속도는 어떤 것을 말하는 것인가요?"

"가장 쉬운 예가 자동차겠네. 자동차의 달리는 속도도 속도지만 자동차의 모델이 하루가 멀다 하고 바뀌는 것도 내가 얘기한 문제의 속도에 속하지. 어디 자동차뿐이겠어? 휴대폰과 컴퓨터는 어떤가? 나 같은 노인네는 따라갈 수도 없고 안 따라붙자니 자꾸만 소외되는 느낌이 들어. 그 소외를 부추기면서 자꾸만 새로운 걸로 소비하게 만드는 게 요즘 시대야. 그렇지 않으면 뒤처진다고 서로 부채질해. 사람들은 그것에 발맞추기 위해 더 많이 일하고 더 빠른 속도로 소비하는 거지. 그런 걸 쓰지 않아도 살아가는 데 아무 지장이 없는데도 말이야. 똑같은 성분의 약을 먹고 하나같이 취해 있는 거 같아. 된통 홀려 있는 거지."

할아버지는 숨 가쁘게 속도에 대해 쏟아 놓았다. 곰곰이 할아버지 말을 되짚어 보았다. 반 아이들 중 한둘이 스마트폰을 가지고 있었는데 이젠 거의 다 가지고 있다. 휴대폰이 아예 없는 아이는 외계인이며 아직도 스마트폰으로 바꾸지 않은 아이는 박물관감으로 취급한다. 아이들은 스마트폰 앞에서는 휴대폰을 꺼내지 않는다. 그렇게 대입해 보니 할아버지 말은 멀리 있는 것이 아니었다.

"나도 거기의 중심에 있었지. 달리지 않으면 넘어진다고만 생각했지, 달리다 힘들면 멈출 수도 걸어갈 수도 있다는 걸 뒤늦게 알았어. 어느 순간, 뭔가에 둘러싸여 둥둥 떠밀려 간다는 느낌을 떨쳐 버릴 수가 없었네. 그것을 알아챈 순간 아주 기분 나빴어. 내가 가야 하는데 누군가한테 등 떠밀려 간다고 생각해 보게. 죽을 때가 되니까 정신이 든 거지, 허허허."

잘은 모르겠지만 등골이 송연해졌다. 밑도 끝도 알 수 없는 동굴 속으로 떨어지는 기분이랄까. 달리는 것이 최고의 미덕이자 경쟁만이 살아남는 거라고 배웠다. 한데 할아버지 말씀은 그게 아니었다. 그것이 최고의 가치가 아니었을 때도 있었고 지금의 이 가치는 언젠가는 변할 수도 있으며, 후에 경쟁하라고만 했던 지금의 시간을 부끄러워할지도 모르겠다는 얘기인 것 같았다.

"눈빛이 무척 골똘하구먼."

할아버지는 얼굴에 미소를 띠며 말했다.

"네, 그냥 멍해요. 뒤통수를 세게 얻어맞은 것 같다고 해야 하나요?"

"더 많이 혼란스러워야 해. 그래야 뭔가 결단을 내리거든, 허허허."

동굴은 끝없이 깊었다. 할아버지의 웃음소리가 동굴 속의 메아리가 되어 울렸다.

"기계는 사람을 홀딱 반하게 하는 아주 매력적인 물건이지. 그래서 중독되는 거야. 쓰나미 같은 충격이 오기 전에는 절대로 벗어나지 못해. 난 더 늦기 전에 때려치웠네. 휴대폰도 내버리고 컴퓨터고 텔레비전도 다 없애 버렸네. 그 덕분에 우리 강토와 007첩보작전 하듯 얼굴 보긴 하지만 말이야. 불편해 보이지만 꼭 그렇지만도 않아. 은근히 매력 있어. 그런 것이 없으니 사람에 대한 믿음이 더욱 견고해지는 것 같아. 기계 대신에 사람이 들어오고 사람이 가지고 있는 미덕들이 살아나. 시간이 나를 위해 움직인다고 해야 하나? 시간이 나를 지배하는 것이 아니라 내 뒤로 물러나 있는 듯한 느낌 같은 거야. 한결 부드럽고 친절한 시간이 되는 거지. 내가 별소릴 다 하네, 손자뻘 앞에서. 노인네가 무슨 말 하는지 알아듣겠어?"

내 눈앞에 있는 할아버지는 시간을 관장하는 또 다른 신의 모습이었다. 온조가 일 분 일 초의 시간을 조각내어 끊임없이 움직이게 하는 크로노스라면 할아버지는 카이로스였다. 행과 불행을 가르는 기회의 신으로 시간 너머, 의미를 관장하는 카이로스.

"무슨 말씀인지 어렴풋하게나마요. 제가 생각하는 시간과는 정반대인 것 같은 느낌이 들어요. 잘은 모르지만요."

"어허, 그래? 이거 오랜만에 말이 통하는 친구를 만났군. 그 나이 때는 흔히 이런 말을 이해할 수 없을 텐데. 그때는 속도에 열광하고 시간 또한 얼마나 더디 가는가. 그런 거에 비해 나 같은 늙은 이들은 시간이 너무 빨리 흘러 탈이지. 안 그래도 빨라서 어지러워 죽을 지경인데, 거기다 부채질까지 할 건 뭐 있나 싶어 결단을 내린 거지. 난 너무 늦게 깨달았어. 그 뒤늦은 깨달음 때문에 애꿎은 우리 마누라만 피해를 본 셈이지만. 그것도 아주 참혹하게."

할아버지는 시간을 얘기할 때와는 다르게 할머니 얘기를 하며 시르죽은 얼굴이 되었다.

"할머니는……."

"우리 마누라? 입에 올리는 것만으로도 미안한 사람이야. 이미 이 세상 사람이 아니야."

"아, 네……."

온조는 할아버지의 눈길을 피해 창밖으로 시선을 주며 고개를 주억거렸다. 사랑하는 사람을 잃었다는 것은 타인이 아무리 이해한다고 해도 그 당사자 외에는 누구도 그와 같은 심정이 될 수 없다는 것을 안다. 그것은 온전히 그 사람이 감당해야 할 슬픔이고 시간인 것이다.

잠시 어두운 그늘이 스쳤던 할아버지의 얼굴은 다시 환하게 펴져 있었다. 마치 온조의 마음을 읽고 환기시켜 주려는 것처럼 부러 얼굴빛을 밝게 하는 것 같았다. 처음 강토의 친구라고 했을 때 온조에게 보였던 경계심은 찾아볼 수 없다. 밥을 함께 먹는다는 것은 대단한 힘이 있는 것이다. 왜 어른들이 걸핏하면 밥 먹자는 말로 인사하는지 조금은 이해할 수 있을 것 같았다. 같은 시간 같은 공간에 같은 공기 속에서 같은 음악을 들으며 마주 보고 밥을 먹는다는 것은 묘한 힘이 작용하는 것 같았다. 학교에서도 밥을 함께 먹는 친구는 따로 있다. 반이 달라도 급식실에서 기필코 한자리에 모여 밥을 먹는다. 인간의 본능 중 행복한 행위를 함께하고 싶은 욕구, 그게 바로 카이로스의 시간을 나누는 것이 아닐까?

그 시간이 하나의 의미로 남는 것.

"온조 양은 어쩌다가 그런 것에 관심을 갖게 되었나? 그 나이 또래라면 대부분 그런가? 우리 강토도 책을 제법 많이 읽는 편인데, 언젠가 한번 보니 시간의 법칙이라든가 시간의 물리학 뭐, 그런 책을 주로 보더구먼. 나도 한때는 그런 거에 관심이 좀 있었지. 그러고 보니 그때의 생각이 지금 영향을 주고 있는 건지도 모르겠네. 우리 강토를 보면 젊었을 때 나를 보는 것 같아. 나를 많이 닮았어."

어쩐지, 할아버지한테서 풍기는 이미지가 예사롭지 않다고 느꼈는데, 역시나였다. 할아버지는 강토 얘기를 할 때마다 흐뭇한 표정을 감추지 못했다.

"네…… 아직 전, 많이 생각해 보지는 않았어요. 그렇지만 요즘 제가 사는 시간에 대해서는 곰곰이 생각해 보고 있는 중이에요. 결국 삶은 시간의 내용인 것 같은 뭐, 그런 생각도 들고요."

강토가 어떻게 해서 시간을 파는 상점에 들어왔는지 알 것 같았다. 지난번에 우연히 시간에 대해 검색해 들어왔다가 가입했다는 초등학생과 다르지 않을 것이다. 대개 상점에 들어오는 사람들의 공통점이다.

"어이고, 이거 제법인걸, 벌써 그 나이에 삶이 무엇인지도 생각해 보고. 두 달 후 우리 강토랑 같이 나오게. 다시 꼭 보고 싶구먼."

"네? 같이요?"

방금 먹은 음식이 배 속에서 일제히 일어서는 느낌이 들었다. 딸꾹질이 나왔다. 온조는 허겁지겁 물을 마셨다.

"왜? 안 되는가? 왜 이리 놀라지?"

"아, 아닙니다. 알겠습니다. 강토에게 그렇게 전하겠습니다."

물도 목에 걸리는 것 같았다. 온조는 간신히 목을 누르며 답했다.

"그럼 약속했네."

할아버지는 먼저 자리를 떴다. 온조는 그 자리에 털썩 주저앉았다. 다리에 힘이 쫙 풀렸다.

온조는 강토가 오랜 시간 함께한 친구 같다는 생각이 들었다. 할아버지가 단박에 친구라고 했으니 나이는 온조 또래와 비슷하거나 몇 살 더 많거나. 책을 좋아하고 시간에 대한 궁금증이 있다고 했으니, 말이 통하는 것 이상의 호감이 갔다.

강토에게 메일을 보냈다. 할아버지에게 받은 좋은 인상을 자세하게 설명했다. 호수그릴 정식으로 아주 멋진 점심식사를 했노라고 덧붙였다. 두 달 후 세 번째 일요일 같은 시각 같은 장소에서 할아버지가 보자고 한다고, 온조도 함께 오라는 말씀을 하셨다고 했다. 그 문제는 걱정하지 않아도 될 것 같다고 했다. 일이 생겨 못 온다고 해도 충분히 이해할 분이라는 것을 의뢰인이 더 잘 알 것이라고 했다.

강토에게서 회신이 왔다. 고맙다고 했다. 세상에서 유일하게 마음 주는 분이었는데 그런 할아버지마저도 볼 수 없는 자신의 처지가 몹시 괴롭다고 했다. 두 달 후면 아직 시간이 있으니 그때 가서 생각해 보자고 했다. 내일 일도 보장이 안 되는데 두 달 후면 아직 먼 일이라고 제법 어른스러운 말을 했다. 두 달 후에 크로노스 님과의 인연이 어떻게 변해 있을지 누구도 장담할 수 없다는 밑도 끝도 없는 내용으로 말을 맺었다. 앞뒤 자르며 얘기하는 건 집안 내력인 모양이다.

강토에게서 따뜻함이 느껴졌다. 온조를 압도하는 신중함과 어른스러움이 풍긴다고 해야 할까. 한 번쯤 만나 보고 싶은 생각이 들었다. 그냥 미친 척 다음 번 식사 때 나가 보는 것도 괜찮겠다는 생각이 들었다. 아이, 아니다. 이건 분명 계약 위반이다. 자신이 만든 계약 조항을 먼저 깨면 그건 상점 주인으로서 자격이 없는 거다.

강토가 괴롭다고 한 말이 걸렸지만 스스로 얘기하기 전에는 그 사연을 강요할 수 없는 일이다. 어떤 사람에게는 차마 입 밖에 낼 수 없는 상처겠지만 어떤 사람에게는 단순한 호기심 이상이 아닐 수도 있기 때문에 섣부른 말 걸기는 삼가야 한다.

온조는 침대에 벌렁 드러누웠다. 오늘 하루는 며칠을 한꺼번에 산 듯한 기분이 들었다. 이런 게 카이로스의 시간일까?

열어 놓은 창문 틈새로 봄바람이 시원하게 불어왔다.

지구의 균형을 잡아 주는 사람

드디어 올 것이 오고야 말았다. PMP 장물 사건의 파장은 걷잡을 수 없이 커져 버렸다. 그 파장 위에 온조가 있는 건 당연했다. 일본어 합반 때, 자리를 옮긴 온조네 반 아이들은 모두 우선순위로 용의선상에 올랐다. 그 사실을 알고 난주를 비롯한 반 친구들은 흥분해서 날뛰기 시작했다. 무슨 근거로 그렇게 무지막지한 소리를 하느냐, 기분 더러워서 못살겠다, 그 시간에 맞춰 그 반 아이 중, 아니면 다른 반 아이가 한 짓이면 어떡할 거냐, 아무 근거 없이 함부로 말하는 인간들은 무고죄로 경찰에 신고해야 한다는 아이도 있었다. 문제가 커질 조짐이었다. 쉬는 시간만 되면 벌집 쑤셔 놓은 듯 웅웅대기 시작했다. 아이들이 보통 똑똑한 게 아니었다.

제 관심사가 아니면 평소에 말 한마디 않던 혜지도 오늘은 헤드폰을 벗고 한마디 거들었다.

"이 문제는 정식으로 경찰에 신고하고 수사 의뢰해야 한다고 생각해."

혜지의 말이 그 어떤 말보다 설득력이 있는 것인지 아이들은 대번 수긍이 가는 듯 일제히 동조의 눈빛을 보냈다. 늘 떠벌리고 다니는 홍난주의 백 마디보다 백 년 만에 처음 입을 연 혜지의 말이 더욱 큰 힘을 발휘했다. 문제는 이 사실을 학부모도 안다는 것이다. 학부형 중 한 사람이 학교에 전화를 걸어 항의를 한 모양이다. 괜히 애먼 아이들 잡지 말고 누가 범인인지 철저히 가려내라는 것이었다. 이상하게 어른들이 개입하면 문제가 커진다. 그 전화로 인해 곤란을 겪은 건 담임이었을 것이다.

점심시간이 끝날 무렵, 자리로 가던 온조는 머리를 벅벅 긁으며 혜지가 벗어 놓은 헤드폰을 손에 쥐었다. 차라리 헤드폰을 쓰고 아무 소리도 듣고 싶지 않았다. 아이들의 말을 더 듣다가는 피가 말라 지레 죽을 것 같았다. 아이들 입에서 흘러나오는 말들은 온조의 심장을 사정없이 난도질하는 것 같았다.

"야, 백조공주? 너도 한마디 해야지. 지금 이 상황이 말이 된다고 생각하니?"

난주가 온조의 어깨를 치며 말했다.

"나, 나, 나는 나는……."

"야, 백온조! 대체 너 어디서 그렇게 못된 버릇은 배워 온 거냐?

아님 누구한테 전염된 거냐? 왜 그래, 상태가?"

난주는 온조의 이마를 짚었다. 온조는 난주의 손을 뿌리치며 혜지의 자리에 앉아 버렸다. 끝없는 낭떠러지로 떨어지는 기분이었다. 혜지의 헤드폰에서는 음악이 흘러나왔다. 비트가 아주 빨랐다.

온조는 아이들을 진정시켜야 한다는 생각이 들었다. 이대로 맥을 놨다가는 모든 일이 틀어지고 말 것이다. 어떻게든 아이들을 설득해야 한다. 한데 무슨 말로 어떻게 설득해야 하지? 잘못했다간 용의자들 중 가장 혐의가 짙은 아이로 찍혀 버릴 가능성이 크다. 그렇게 되면 서서히 조여 오는 올무로부터 벗어날 자신이 없다. 온조의 머리는 엉킨 실타래처럼 복잡했다. 갑자기 아빠의 얼굴이 떠올랐다. 아빠는 할 수 있다는 표정으로 활짝 웃었다. 그 순간, 한 줄기 빛처럼 네곁에가 보내 주었던 메일이 떠올랐다.

온조는 마른침을 삼키며 벌떡 일어서 아이들을 향해 말했다.

"얘들아, 지금 우리가 이렇게 흥분하고 흥분한 채로 문제를 해결하려고 해선 안 된다는 생각이 들어. 실제로 그 일을 저지른 아이를 생각해 보자. 물건을 훔치고 그것을 다시 제자리에 갖다 놓기까지 얼마나 많은 공포의 시간을 견뎠을지 생각해 보자는 거야. 아마 죽음에 가까운 공포를 느꼈을지도 몰라. 작년에 우리 학교에서 일어난 일을 벌써 잊은 건 아니겠지? 그 일이 어떻게 일어났는지 벌써 우린 까마득히 잊은 거야, 아마 이 일이 계속 커진다면 누군가 또 목숨을 버릴지도 몰라. 어쩌면 그 물건이 다시 제자리로 돌아왔다는 건 누군가 살기 위해 혹은 누가 누군가를 살리기 위해 한 일이 아닐까? 만약 그렇다면 우린 어떻게 해야 할까?"

사방이 너무나 조용했다. 서른네 명의 아이들은 숨소리조차 내지 않고 온조의 말에 귀 기울였다. 온조의 말이 끝났는데도 잠시 정적이 흘렀다. 곧이어 아이들 입에서 신음 소리 같은 말들이 흘러나왔다.

"헐, 맞다."

"작년에 맞아, 그랬어."

"아우~ 재수 없게 왜 그런 소리는 하고 그래?"

눈을 감고 머리채를 흔드는 아이도 있었다.

아이들은 차마 입에 올리고 싶지 않은지 끝내 말을 잇지 못했다.

혜지가 온조에게 다가왔다. 혜지는 누구와도 말을 섞지 않는 아이였다. 그렇다고 존재감이 없는 아이가 아니다. 우월한 성적이 그 아이를 두드러지게 했다.

혜지는 말없이 온조의 어깨에 손을 올렸다.

"백온조, 여긴 내 자리인데 비켜 줄래? 그리고 너, 제법이다."

"으응?"

온조는 혜지가 무슨 말을 하는지 알아듣지 못했다. 난주가 온조의 팔을 잡아당기며 말했다.

"백온조, 정신 차려. 비키라잖아. 쟤 재수 없는 건 알아줘야 돼. 분위기 파악 진짜 못 하는 애가 쟨지, 너 백온존지 정말 모르겠다."

온조는 엉거주춤 서 있던 엉덩이를 빼며 제자리로 향했다. 촉이 빠른 난주는 내내 입을 가만히 두지 않고 속삭이듯 말했다.

"너, 백온조, 수상해. 너 뭔가 알고 있는 거 아니야?"

온조는 또 숨이 턱 막혔다.

"뭘 알고 있다고 그래? 홍난주? 거 아는 척 좀 하지 마, 아무것도 모르면서 생사람 좀 잡지 말라고. 아니거든? 이번엔 니 촉이 틀렸어, 알아?"

온조는 소리를 팩 질렀다. 난주는 깜짝 놀랐는지 멈칫했다. 아이들이 일제히 온조와 난주를 주시했다.

"왜 그래 얘가? 왜 이리 소리는 지르고 그래? 아주 마이크 대고 전교에 방송을 해라, 방송을."

난주는 신이 났다. 무언가 난주의 레이더에 걸려 파닥대고 있다고 확신하는 것 같았다.

저녁 급식을 먹고 야자 시작 종이 울릴 때, 담임의 호출이 있었다.

"백온조, 잠깐 교무실로 올래?"

담임의 입에서 백온조가 호명되었을 때 가장 놀란 반응을 한 건 온조가 아니라 난주였다. 드디어 올 것이 오고야 말았다는 표정으로 고개를 돌려 온조를 걱정스러운 눈으로 쳐다보았다.

담임이 교실에서 나간 뒤, 온조가 엉거주춤 일어서 교실을 빠져나가려던 찰나였다.

"우리 반에 첩자가 있는 게 분명해. 담임의 끄나풀이냐 뭐냐? 우리끼리 한 얘기도 담임한테 일일이 꼰지르는 인간이 대체 누구야? 너, 오혜지냐? 아님 실장, 너냐? 비겁하기는. 야, 무서워서 어디 입이라도 뻥긋하겠냐? 이것들도 친구라고 믿는 것들이 등신이지."

난주였다. 난주는 목에 핏대를 세우며 비아냥거렸다. 온조는 마치 형장으로 끌려가는 사형수 같은 낯빛으로 반 아이들과 난주의 얼굴을 바라보았다. 다시는 이 세계로 돌아오지 못할 것 같은 서러움이 밀려왔다. 세상은, 온조가 이 교실을 나가기 전과 다시 돌아왔을 때로 나누어져 확연히 달라져 있을 것 같았다.

혜지는 헤드폰을 쓰고 있었다. 난주의 말을 들은 건지 아닌 건지 모르겠다. 난주의 성질대로라면 혜지의 헤드폰을 확 벗겨 버리고도 남았을 것이다. 실장 또한 말없이 이어폰을 낀 채 문제집을 풀고 있었다.

담임의 책상 위에는 교재와 교구가 산더미처럼 쌓여 있었다. 한 옆에 23.5도로 기울어진 지구본이 놓여 있어서 더없이 산만해 보였다. 그 어떤 것도 각을 맞추어 똑바로 놓여 있는 것이 없었다. 제각각 각을 내세우며 놓여 있거나 쌓여 있기 때문에 그 모든 것은 개별적인 존재감을 드러내었다.

담임은 물건들을 손으로 쓱 밀친 후 책상 위에 한쪽 팔을 걸쳤다. 그 바람에 책상 가장자리에 있던 지구본이 밀려 모서리에 간당간당 걸려 있는 꼴이 되었다. 온조는 재빨리 손을 뻗어 지구본을 잡았다. 담임은 지구본을 건네받아 뒤죽박죽 쌓여 있는 교재 위에 올려놓았다. 지구본의 기울기는 더욱 심해졌다. 뭔가 한쪽으로 심하게 기울어진 공간에 서 있는 기분이었다. 어지러웠다.

담임은 의자를 가리키며 온조에게 앉으라고 했다. 얘기가 길어진다는 신호이다.

"온조야, 오해는 하지 마. 아까 점심시간에 잠깐 교실에 들어가려다가 네가 하는 이야기를 들었어. 네 말속에 해법이 있을 것 같다는 생각이 들었어."

주변의 선생들도 모두 온조를 주시하고 있는 것 같았다. 다들 제 볼일을 보는 것 같지만 흘끔거리는 눈빛은 감추지 못했다. 어, 그리고 저 아이는? 어딘가 낯이 익었다. 맞다, 7반의 일본어 합반 때 보았던 난주가 찜한 아이였다. 그동안 둘의 관계에 진척이 있었는지 모르겠지만, 어떻게든 번호를 따겠다는 말을 난주에게서 얼핏 들은 기억이 있다. 남의 일이라면 열일 제쳐 두고 참견하는 스타일이 정작 제 일은 벙어리 냉가슴 앓듯 혼자 끙끙대는, 실속이라고는 약에 쓸래도 없는 아이가 홍난주이다.

그 아이는 담임의 노트북을 제 것처럼 두들기며 자료를 정리하고 있는 듯했다.

"그냥, 작년 그 친구 생각이 났어요. 아, 참. 선생님은 올해 오셨으니 잘 모르실 수도 있겠네요."

최대한 시니컬하게 드라이하게 하드보일드하게 말해야 한다.

담임 목에 걸려 있는 은회색 목걸이가 찰랑찰랑 흔들렸다.

"알지, 그때 뉴스에도 나왔잖니. 알고 있어. 그런데 이게 그 사건과 무슨 상관이 있어?"

담임이 유도신문을 하는 건지도 모른다. 해법 운운한 것은 밑밥일 수도 있다. 잘해야 한다. 온조는 말려들지 않도록 감각을 예민하게 벼려야 한다고 생각했다. 그래야만 촘촘하게 짜인 이 그물을 무사히 빠져나갈 수 있으리라 생각했다. 어쨌든 해법이라는 말에 낚인 듯 말해야 하는 건 분명하다.

"저를 비롯한 우리 반의 일본어 합반 친구들이 용의자로 몰려서 좀 억울하긴 하지만 입장을 바꿔 생각해 봤어요. 누군지 모르지만 행위를 한 그 아이의 입장 말이에요. 그 물건을 훔치고 제자리에 갖다 놓기까지의 시간을 한번 헤아려 봤어요. 그러는 동안 작년에 그 친구가 떠올랐어요. 이렇게 자꾸 조여 가다간 또 희생자가 나올지도 모른다는 생각이 들었어요. 물건이 제자리에 돌아왔다는 건 충분히 반성했다는 뜻 아닐까요? 더군다나 버릴 수도 있었을 텐데 다시 돌려 놨다는 건 또 한 번의 용기를 낸 거잖아요. 그걸로 그냥 덮어 두는 것도 그리 나쁘지 않겠다는 생각을 했어요. 그래서 그렇게 말했을 뿐이에요."

가슴이 조마조마했다. 말하는 중 어떤 단서라도 흘렸으면 어쩌나 하는 조바심이 일어 심장이 오그라드는 것 같았다. 담임은 고개를 숙인 채 곰곰이 생각하는 것 같았다.

"응, 네 말 무슨 말인지 충분히 알아듣겠다. 그리고 고맙다. 아까 선생님이 해법이라고 얘기했지? 선생님도 그걸 찾고 싶어서 너한테 도움을 청한 거야. 조금 있으면 교사 회의가 열릴 거야. 사실은 이 문제의 열쇠는 나와 7반 담임의 손에 달려 있는 것 같아서 고민 중이었거든."

담임은 그 아수라장 같은 책 더미 속에서 작은 상자를 하나 꺼냈다. 그 바람에 지구본이 다시 기우뚱 중심을 잃고 쓰러졌다. 책상 아래로 떨어지면 지구본은 반구형으로 갈라져 두 동강이 날 것이다. 온조는 재빨리 지구본을 받았다. 그러거나 말거나 담임은 상자를 풀어서 초콜릿 한 개를 꺼내 온조의 입 안에 넣어 주었다.

"선생님, 책상 정리 좀 하세요. 지구과학 담당 티 내는 것도 아니고, 이게 뭐예요? 우리보고 만날 정리 안 한다고 잔소리하시면서……."

온조는 아귀를 맞춰 가며 몇 권의 책을 차곡차곡 쌓았다. 그런 다음 자리를 만들어 지구본을 올려놓았다.

"하하하, 이 자식이~ 선생님한테 잔소리까지 하고. 대신 너같이 이렇게 깨지기 일보 직전에 지구의 균형을 잡아 주는 녀석이 있잖니. 난 너희들을 믿는다."

담임은 온조의 팔뚝을 툭 치면서 말했다. 지구의 균형을 잡아 준다……. 온조는 입 안에 녹아드는 초콜릿의 달콤함을 만끽하며 담임이 했던 말을 되뇌었다. 멋진 말이다. 지구의 균형이라, 그건 네겔에일 수도 온조일 수도 그 누구일 수도 그 누가 될 수도 있는 일이다. 아빠가 이미 그랬던 것처럼.

교무실에서 나와 복도를 천천히 걸었다. 서쪽 복도 창으로 붉은 노을이 비쳐 들었다. 운동장가의 자작나무 가지 사이로 저녁노을이 타오르고 있었다. 이제 막 새잎을 틔우기 시작한 자작나무 이파리는 여름이 되면 바람을 타고 스사악스사악 소리를 낼 것이다. 차가운 풀 냄새가 훅 끼쳐 오는 여름 어스름 녘이 생각나기도 했다.

야자 끝날 무렵 담임은 종례 시간에 깔끔하게 정리해 주었다. 아이들은 모두 수긍하는 터였지만 혜지만은 손을 들어 이의를 제기했다.

"그런 식으로 용서를 하고 덮어 두는 것이 과연 최선일지는 생각해 봐야 한다고 생각합니다. 분명하게 분별하는 것이 없다면 올바름이나 정의는 과연 어느 자리에 서야 할까요?"

혜지가 했던 말 중 가장 긴 말이었다. 혜지의 헤드폰에서는 여전히 비트 빠른 음악이 흐르고 있을 것이다. 얄밉긴 했지만 틀린 말은 아니었다. 담임은 침착하게 혜지의 말을 받아 말했다.

"이 세상에는 분명하게 선을 그을 수 없는 것들이 훨씬 많아. 우린 법에도 눈물이 있다는 판결을 종종 볼 수 있는데, 얼마 전에 선생님이 신문에서 본 이야기가 있어. 너희들 또래 이야기인데, 들어 볼래?"

아이들은 초딩들처럼 책상을 두들기며 얘기해 주세요, 라고 외쳤다. 하여간 얘기라면 사족을 못 쓰는 건 고딩이나 초딩이나 다를 게 없었다. 침침하고 무겁던 교실에 갑자기 환한 조명이 떨어진 것처럼 단박에 분위기가 밝아졌다.

"오토바이를 훔쳐 달아난 소녀에게 눈물의 판결을 내려 준 예가 있어. 절도죄로 얼마의 형량과 얼마의 벌금이 내려질지 자못 긴장된 분위기의 법정이었는데 판사가 들어오더니 그 소녀에게 자리에서 일어나 큰 소리로 따라 외치라고 했단다. 나는 이 세상에서 가장 멋있게 생겼다, 라고 판사가 외치자 영문을 모르는 소녀는 다 기어들어 가는 목소리로 따라 했겠지? 그것도 끝까지 다 맺지 못하고 주저하면서 말이야. 그러자 판사가 더 큰 소리로 외치라고 했단다. 나는 그 무엇이든지 할 수 있다, 나는 이 세상에 두려울 게 없다, 나는 이 세상에 혼자가 아니다. 판사의 말을 따라 외치던 소녀는 나는 이 세상에 혼자가 아니다, 라는 말을 다 맺지 못하고 눈물을 터뜨리고 말았어."

여기저기서 신음 소리가 흘러나왔다. 담임도 목이 메는 듯 몇 차례 말을 끊고 침을 삼키며 이어 갔다.

"판사는 마지막으로 이렇게 외쳤다. 나는 그 누구보다 소중하다, 라고. 소녀가 마지막으로 외쳤을 때 이미 법정은 울음바다였어. 판사는 그 소녀가 그동안 11건의 절도와 폭행으로 여러 차례 소년 법정에 섰음에도 불구하고 소녀가 법정에서 일어나 외치는 걸로 판결을 내린 데는 그 소녀의 과정을 알았기 때문이야. 중학교 때까지만 해도 모범생이었던 그녀는 귀갓길에 성폭행을 당했고 그 이후 자기 자신을 버리듯 겉돌기 시작한 거야. 치료를 받았지만 그것으로 회복되지 않았고 더욱 심한 탈선으로 이어졌어. 판사는 마지막으로 방청석을 향해 이렇게 말했다. 우리가 모두 이 소녀의 가해자라고. 우리가 해 줄 수 있는 것은 이 소녀의 자존심을 다시 세워 주는 것뿐이라고. 소녀가 다시 자신을 사랑할 수 있도록 용기를 주는 것뿐이라고. 그것이 우리가 해야 할 일이라고 하면서 눈물의 판결을 내렸다는 이야기야."

담임의 목소리도 그 법정의 판사처럼 떨고 있었다. 여기저기서 훌쩍거리는 소리가 났다. 난주는 코를 킁킁 풀고 그 휴지로 눈물을 닦느라 바빴다.

"더 이상 덧붙이지 않아도 아까 혜지가 했던 말에 충분히 답했으리라고 본다. 조심해서 들어가라. 자, 공주님들, 귀갓길은 차 조심, 나쁜 사람 조심, 알았죠?"

아이들은 눈시울이 붉어진 채, 또다시 초딩들처럼 한껏 소리 높여 답했다.

"네에에~."

온조는 날개를 달고 날아오르듯 집으로 달렸다. 신기한 봄밤이었다. 진실은 저 멀리 우주까지 움직일 수 있다는 말이 실감 났다.

온조는 집에 오자마자 컴퓨터를 부팅시키고 상점 안으로 들어

갔다. 아니나 다를까, 네겔에로부터 쪽지가 와 있었다.

네겔에: 일이 잘 해결될 것 같군요. 당분간 마음 놓으셔도 될 것 같습니다. 이 일을 슬기롭게 넘겨 주신 크로노스 님께 모든 공을 돌립니다. 크로노스 님은 이 상점의 주인 될 자격이 충분히 있는 사람이라는 것을 인정하고 또 인정하는 바입니다.

일이 잘되어 간다는 건 어떻게 알지?

생각할수록 기분 나쁜 일이었다. 마치 네겔에의 손바닥에서 놀아나는 기분이랄까. 어떻게 다 본 것처럼 알고 있는 거지? 네겔에의 정체가 점점 궁금했다. 정면충돌, 이건 온조가 문제가 생길 때마다 푸는 방법이다. 어떤 문제가 생기든 죽기 아니면 까무러치기로 정면충돌할 마음만 먹는다면 일이 오히려 술술 잘 풀렸다. 오늘도 만약 점심시간에 어떻게 할까, 고민만 하다 아이들한테 한마디도 하지 못했다면 결과가 이렇게 나올 리 없다. 정면충돌할 때 다소 무섭고 두렵지만 오히려 그게 제일 빠른 방법일 때가 있다. 궁금한 것이 있다면 그리고 미심쩍은 것이 있다면 짚고 넘어가는 게 맞는 거다.

크로노스: 제가 슬기롭게 넘겼는지 아닌지 님이 어떻게 알죠?

네겥에: 어쨌든 문제의 진원지는 우리 반 아닙니까? 그 사건에 대한 파장은 우리 반에 가장 큰 진동이 오는 건 당연한 거죠. 가장 예민하고 가장 강력하게. 그동안 크로노스 님이 속을 얼마나 태웠을지 미안한 마음뿐입니다. 담임이 종례 시간에 정리를 해 주더군요. 우린 아직 미성년자이고 단순한 호기심이나 유혹에 약할 나이라고 하면서 그 나이 때는 물건을 되돌려주고 자신의 행동을 반성하는 것만으로도 충분히 용서가 가능하다고 하더군요. 그래서 이 일은 여기서 그만 덮기로 하고, 차후에 이런 일이 다시 일어나지 않도록 각별히 주의하자며 교사회의서 다 합의 보고 학부모도 진정시키기로 했답니다. 그렇다면 이 결과는 그 반에도 전달되었겠지요? 이제, 됐습니까?

크로노스: 미안하다고 하는 말이 진심인지 아닌지 판단이 안 서지만, 일단 믿기로 하죠. 저도 힘든 만큼 이번 일로 많은 것을 배웠습니다. 지구의 균형을 잡아 주는 사람이라는 말도 들었으니까요.

네겥에: 지구의 균형을 잡아 주는 사람? 이거 너무 거창하게 나가는 거 아닙니까?

크로노스: 슬슬 기분이 나빠지는데요. 그리고 실망인데요, 실은 거기의 한 사람으로 네겥에 님도 포함시켰는데 다시 생각해 봐야겠는데요? 지구의 균형은 저 땅속에서 자기가 낳은 알도 아니지만 그 알을 보호하기 위해 제

몸의 몇 배나 되는 돌덩이를 들어 올리는 일개미에서도 나오는 게 아닐까요? 이 상점의 주인으로서 네곁에 님과의 거래는 다소 힘들긴 했지만 좋게 마무리되어 다행이라고 생각합니다. 과정이야 어찌 됐든 말입니다.

네곁에: 제가 더 고맙지요. 저와의 거래가 마무리인지 아닌지는 더 지켜봐야 할 것 같은데요? 왠지 일이 너무 쉽게 풀린다는 생각이 들지 않나요? 간신히 급한 불은 껐지만 불씨는 남아 있는 듯 찜찜합니다.
어쨌든, 좋은 밤. 바이.

매너라고는. 네곁에는 제 할 말만 하고 로그아웃해 버렸다. 불씨가 완전히 사라진 것은 아니라는 네곁에의 말에 날아갈 듯 가벼웠던 마음이 땅바닥으로 툭 떨어졌다. 귀가 얇아도 보통 얇은 게 아니다. 아무래도 오너감은 아닌 모양이다. 네곁에 말처럼 문제의 진원지는 건드리지 않은 채 변죽만 울려 놓은 꼴이라면? 가슴 한편이 다시 묵직해졌다.

오늘도 역시 긴 하루였다.

어머니를 냉동실에 넣어 주세요

운동장 가의 자작나무 이파리가 바람에 날리는 6월이다. 생물 선생님은 창밖을 바라보며 올봄은 꽃향기가 사라졌으며 꿀벌이 실종되었다고 말했다. 덥수룩한 더벅머리에 밀리터리룩을 걸치고 봄잠에서 막 깨어난 불곰 같은 덩치로 한숨을 푹푹 쉬는 생물 샘을 볼 때면 봄날의 나른함에 그만 질식할 것 같았다. 이 시대에 마지막 남은 로맨티스트라는 별명을 갖고 있는 생물 샘은 곧 울 것 같은 표정이었다. 짝 없이 홀로 울고 있을 그 한 사람을 위해 아직 결혼하지 않은 것이라고 자신만의 싱글론을 주장하는 사람이다. 불곰은 살구꽃 닮은 여자를 기다린다고 했다. 살구꽃이라, 과연 어떤 여자일지 다들 궁금해했다.

"얘, 얘 얘들아, 꾸굴버얼이 사라지면 어 어 어떻게 되는지 아,

아니?"

생물 샘이 또 말을 더듬는다는 것은 우울 모드라는 징후이다. 멀쩡하다가 뭔가에 빠지면 말을 더듬는 것이 생물 샘 불곰의 특징이다.

"어 어 어떻게 되는데요? 선 선 선생님?"

홍난주였다. 아이들은 키득키득 웃기 시작했다.

"너, 너 호옹 홍난주? 마 말해 봐."

불곰의 얼굴이 벌겋게 달아올랐다. 난주는 잽싸게 일어나 한껏 예의를 갖춰 말했다. 좀 전에 불곰의 말투를 흉내 내던 짓궂음은 온데간데없다.

역시 난주는 촉이 빠른 아이다. 불곰의 얼굴이 붉게 달아오른다는 것은 걷잡을 수 없는 야생의 본능이 살아난다는 징조이다. 그건 전교생이 다 아는 바다. 그럴 때는 눈도 마주치지 말고 지레 겁먹은 척 무릎 꿇어야 한다.

"죄송합니다, 선생님. 꿀벌이 사라지면 벌꿀을 못 먹습니다."

"와하하하."

아이들이 일시에 웃었다. 불곰도 빵빵한 애드벌룬에서 바람 빠지는 소리를 내며 웃음을 터뜨렸다. 얼굴의 붉은 기운이 서서히 가셨다. 불곰은 더부룩하게 솟아오른 머리칼을 벅벅 긁으며 말했다.

"인류가 사라지는 거다."

불곰의 범지구적 거대 명제가 교실 안에 꽝 떨어졌다. 불곰은 말도 더듬지 않았고 방금 지었던 어수룩한 표정도 언제 그랬냐는 듯이 말끔하게 치워 버렸다. 저렇게 모드가 휙휙 바뀌는 사람도 참 드물 것이다. 엿가락 늘어지듯 늘어지는 봄날의 나른함은 어느새 자취를 감추었다.

"이 명제를 증명할 수 있는 사람? 어이, 식물박사 백온조!"

온조는 어렸을 때부터 엄마 덕에 산으로 들로 끌려다니며 식물 이름을 세뇌당했기 때문에 웬만한 건 좀 아는 편이다. 요즘 아이들 상태로는 그것도 진기명기에 속한다. 그래서 붙은 별명이다. 생물 담당 불곰은 온조 입에서 나무나 풀 이름이 척척 나올 때마다 신기하다며 무척 기특해했다. 그 특유의 웃음을 흘리며, 으흐흐흐.

어물쩍 일어서려는데 혜지가 손을 들었다. 요즘 혜지에게 부는 바람도 심상치 않았다. 2학년 들어 처음 있는 일이다.

"생태적으로 꿀벌의 역할은 수분 매개체입니다. 꿀벌이 사라진다면 수많은 충매화들은 꽃가루받이를 못하게 될 것이고 그 결과로 열매를 맺지 못하게 됩니다. 그렇게 되면 우리 곁에서 수많은 먹거리가 사라질 것이고 그것은 도미노 현상처럼 다른 생태계에도 영향을 주어 결국 인간이 사라지게 되는 것입니다."

"우……와."

여기저기서 박수 소리가 났다. 얼음 같은 얼굴로 고막이 터질 듯한 록을 즐기는 혜지는 도대체 어느 별에서 온 아이일까? 온조는 혜지가 쉬는 시간마다 듣는 음악이 궁금했다. 어느 날 혜지의 헤드폰에 귀를 댔을 때 한마디로 충격이었다. 혜지의 헤드폰을 써 보기 전에는 감히 그녀에 대해 논하지 말라고 써 붙이고 싶은 심정이었다. 엄청난 비트의 빠르기와 유스타키오관의 기압을 무력화시키는 로커의 찢어질 듯한 목소리 때문에 정신이 혼미할 지경이었다. 혜지의 말없음과 저 얼음 같은 차분함 뒤에는 화산이 폭발할 때 분출하는 용암의 뜨거움 같은 록이 숨어 있었다.

난주는 혜지를 볼 때마다 3대까지 재수 없을 왕재수라고 했다. 하지만 왕재수도 터널을 통과하기 위한 나름의 안간힘을 쓰는 대한민국의 평범한 고딩 중 한 명일 뿐이었다.

온조는 혜지와 단박에 가까워진 느낌이었다. 상대가 화성에서 온 것이 아니라 같은 지구인이라는 동질감이 혜지 사이에 놓여 있던 반투명 막을 찢어 주었다.

"잘했다. 오혜지. 그렇게 말 잘하는 아이가 그동안 이빨에 본드 붙인 것처럼 하고 있었냐? 너도 참 모를 애다. 나처럼. 으흐흐흐."

불곰은 다시 제 머리를 벅벅 긁었다. 불곰이 머리를 한번 만질 때마다 머리칼은 그대로 부풀어 올라 잔뜩 힘을 주고 있었다. 머리를 감긴 감나?

"그렇다면 꿀벌이 사라지는 이유는 뭘까?"

"……."

"이빨에 꿀 붙이고 왔나? 아님 말 못 하는 사람이랑 뽀뽀라도 하고 왔나? 제발 말 좀 해라."

아이들이 까르르 웃었다.

"웃기는, 웃을 때만 이빨이 떨어지지? 지구온난화로 인해 기온이 맞지 않는 탓도 있고 과다한 살충제의 사용, 전자파, 특히 사천팔백만이 하나같이 들고 다니는 휴대폰으로 인한 꿀벌 신호체계의 교란, 그다음엔 기후변화로 인한 식물들의 반란 때문이다. 그 증거는 멀리서 찾을 것도 없다. 바로 우리 눈앞에 있다. 봐라, 창문을 열고."

불곰이 창밖을 가리키며 말했다. 아까시 나무에 흰 꽃이 피어 있다. 창가에 앉아 있는 아이들이 창문을 열었다.

"향기가 나냐?"

아무 냄새도 나지 않았다. 그러고 보니 올해는 아까시 향도 맡을 수 없었다. 작년만 해도 언덕에서 아까시 꽃향기가 진하게 밀려와 멀미가 날 정도였는데 올해는 꽃이 피고 지는지도 모르게 6월이 왔다. 그나마 도심의 숨구멍처럼 남아 있는 공원에 딸린 야산에서 아까시 꽃이 피고 지는 것으로 봄이 가고 여름이 오는 것을 알았는데.

"홍난주 말처럼 이제 벌꿀도 안녕이다. 꿀벌은 자연이다. 거대 자연 말이다. 아주 사소하고 작은 일부 같지만 실은 그것이 자연 질서의 전부인 것이다. 왜냐? 그것으로 인해 전부가 무너지기 때문이다. 아주 견고하기 때문에 절대 무너지지 않을 것 같은 것이 오히려 어이없게 무너질 수 있는 것이다."

불곰의 표정은 심각했다.

"나는 그래서 이 봄이 슬프다. 하염없이 슬프다. 변화의 속도가 너무 빨라 슬프고 그 결과로 흐르던 물이 거꾸로 치솟는 것처럼 말 그대로 자연스럽지 않은 일이 벌어질 것 같아 두렵다. 그 자연스럽지 않음은 브레이크가 파열되어 멈추지 않는 자동차와 같다. 절대 불변이라고 믿고 있는 것들의 반란이 시작된 거다."

마침 수업 끝종이 울렸고 불곰은 고개를 축 늘어뜨린 채 교실 문을 나섰다.

불곰은 환사교(환경을 사랑하는 교사 모임)에서 활동한다. 처음엔 환상적인 사교 모임인 줄 알고 불곰이 장가를 가기 위해 발악을 한다며 놀려 대곤 했다.

"에효, 우리의 사랑스러운 불곰은 지구의 자전이 멈출까 봐 밤새 잠도 못 잘 거야, 아마. 그러니 만날 저렇게 부스스하지. 불면증에 걸린 괴로운 불곰처럼 말이야. 그래도 우리 불곰 선생 귀여움 쩔지 않냐? 저 순수한 표정과 눈빛 좀 봐, 귀여움 터진다~."

불곰이 나가자 쪼르르 달려온 난주가 말했다. 온조는 난주를 쏘아보며 말했다.

"대체 넌~ 누구한테 마음이 있는 거니? 7반 완소남이니, 불곰이니?"

"백조공주, 넌 날 몰라도 한참 모른다. 하긴 공주님이 뭘 알겠어. 폭풍우 몰아치는 궁궐 밖의 세상과 사랑을~."

일본어 합반 시간이다. 온조는 7반의 남학생을 휘둘러보았다. 이들 중에 네곁에가 있다. 아무리 둘러봐도 낌새를 보이는 놈은 없다. 너냐고? 일일이 멱살을 잡고 따지고 싶은 마음이 굴뚝같았지만 시간을 파는 상점의 주인으로서 체신을 지켜야 하기 때문에 참아야 한다. 의뢰인의 신분을 밝히려고 해서는 안 되는 것이 첫 번째 계약 조항이다. 온조는 도리질을 쳤다.

온조는 난주가 찍어 놓은 완소남을 찾아보았다. 완소남은 앞에 앉은 아이와 얘기를 나누고 있었다. 무심한 놈. 아무래도 난주는 좋아하는 사람 앞에서는 한없이 순한 양이 되는 병에 걸린 모양이다. 최근 도무지 납득이 가지 않는 사건 중 하나는 완소남 앞에서의 홍난주 모습이다. 설레발치던 난주는 일본어 시간만 되면 한풀 꺾인 양 수굿해졌다. 완전 내숭이다.

강토에게서 연락이 온 건 그즈음이다. 그러니까 약속한 두 달이 가까워진 것이다. 강토는 아직 할아버지와 만날 준비가 안 되었다면서 다시 식사를 해 달라고 정식으로 요청했다. 강토의 마음은 두 달 전과 달라진 것이 없는 듯했다. 여전히 할아버지에 대한 것은 함구한 채였다.

처음이 아니라는 것은 그만큼 심적 안정을 준다. 두 달 전, 이곳에 처음 왔을 때와는 판이하게 달랐다. 〈기쿠지로의 여름〉 OST 피아노 곡인 〈Summer〉가 발랄하게 호수그릴을 누비고 다녔다. 금방 소나기라도 경쾌하게 호수 위로 달려올 것 같은 분위기였다. 호수 주변에는 물풀이 우거져 초록의 띠를 만들고 있었다. 한창 물이 오른 수양버들 나뭇가지는 낭창낭창 늘어져 손을 흔들고 있었다. 할아버지를 다시 만나 얘기 나눌 생각을 하니 설레기까지 했다. 할아버지는 떠올리는 것만으로도 기분 좋은 사람이었다. 도대체 강토는 왜 할아버지를 만나지 않으려는 것일까. 할아버지에 대한 따뜻한 감정이 강토 안에 넘쳐흐르는 것 같은데 그것을 가까스로 막고 있다는 느낌이 들었다. 그것이 고이고 고여 목까지 차오르면 감당할 수 없을 만큼 마음이 아플 것이다.

"왔는가? 이거 내가 늦었나?"

할아버지는 감색 양복 안에 인디언핑크빛 스카프를 두르고 환하게 웃으며 앉았다.

"아, 아니에요, 할아버지. 제가 좀 일찍 왔어요. 그간 안녕하셨어요?"

"강토는? 강토는 여전히 나오지 않겠다고 하던가?"

할아버지는 두리번거리며 강토를 찾았다. 강토에게 일이 있어 못 나오는 것이 아니라는 걸 알고 있었다.

"네? 아직 마음의 준비가 안 되었다고……."

"됐네. 온조라고 했지? 이렇게 온조 양이라도 보게 되니 그것만도 다행이라고 생각해야지. 실은 강토를 본다는 생각도 있었지만 온조 양을 다시 본다고 생각하니 무척 설레었어. 이거 할아방이 주책이지?"

"아니에요, 할아버지. 강토랑 함께 왔어야 하는데……."

입에서 거짓말이 술술 흘러나왔다. 잠시 강토의 여자 친구가 된 것 같은 착각이 들기도 했다.

강토가 나온다면 당연히 온조가 나올 필요가 없다. 의뢰인은 모든 것을 비밀에 부치고 싶기 때문에 얼굴 볼 일은 만들지 않을 것이다. 의뢰인들은 자신의 비밀 유지를 위해 상점에 대한 얘기도 함부로 하지 않는다. 그래서 카페, 시간을 파는 상점을 방문하는 사람은 몇몇으로 한정되어 있다. 대부분 우연찮게 시간과 관계된 검색어를 쳤다가 찾아 들어오는 경우가 많다. 그래서 온조가 카페를 운영한다는 것은 쉽사리 알려지지 않았다. 난주도 아직 모른다. 온조가 얘기하기 전에는 알지 못할 것이다. 난주는 시간이니 크로노스니 카이로스를 검색할 일도 없거니와 관심도 없기 때문이다.

"우리 강토 말이야, 혼자 두면 안 될 것 같은데 저리 고집을 피우니, 원."

할아버지의 목소리는 낮게 가라앉았다. 손자에 대한 걱정과 애정이 듬뿍 담겨 있었다.

"온조 양~."

할아버지는 무척 부드럽게 온조를 불렀다. 마치 할머니가 온조를 구슬릴 때 내는 목소리와 비슷했다.

"네?"

"내 부탁 하나 하려는데 들어줄려나?"

"네, 말씀하세요. 제가 할 수 있는 일이라면요."

무슨 부탁일지 겁나기도 했지만, 할아버지의 목소리에는 거절하면 안 될 것 같은 간절함이 들어 있었다.

"우리 강토와 허물없이 지내는 친구일 테니 강토를 잘 부탁하네. 현재 강토가 제일 믿는 사람은 온조 양 같네. 이제 난 살날보다 죽을 날이 더 가까운 사람이야. 죽기 전에 강토에게 좋은 모습을 보여 줘야 하는데. 강토가 무슨 말을 하든 그 아이 말을 들어 줄 사람이 필요한데 온조 양이 그 역할을 해 줬으면 하네."

강토가 정말로 온조를 가장 믿는 거라면 그건 익명성 때문일 것이다. 익명성은 사람을 모든 경계로부터 해제시키는 힘이 있다. 강토에게 자신의 신상을 밝히지 않고도 얼마든지 원하는 대로 해 줄 수 있는 사람은 현재 온조밖에 없을 것이다.

"나도 시간이 더 필요해. 아직 내 마음이 용납을 안 해. 강토 애비 말이야. 그게 강토에게 가장 큰 짐일 거야, 아마."

온조는 도통 알아들을 수 없었다. 마치 뒤죽박죽된 퍼즐 조각을 쌓아 놓고 하얗게 비어 있는 퍼즐판을 보는 기분이었다. 온조가 알 수 있는 퍼즐 조각은 단 두 개, 강토와 할아버지. 아니다. 한 개 더 있다, 강토의 아버지. 도대체 이들 가족에게 무슨 일이 있었던 것일까.

식사가 나왔다. 할아버지는 지난번과 다르게 경쾌하지도 단호하지도 않았다. 불땀이 식어 버린 장작불이라고 해야 하나? 아님 풀기 없이 후줄근해진 옷 같다고 해야 하나. 식사는 지난번만큼 맛있게 먹을 수 없을 것 같았다. 두 번째라는 것은 그만큼 상대에게 마음을 많이 보일 수 있는 여지를 준다. 같은 사람을 여러 번 만난다고 하더라도 똑같은 만남은 없다. 무엇이든 바뀌어 있다. 오늘의 나는 분명 어제의 나와 다른데 타인과의 만남이란, 얼마나 많은 변수를 갖고 있는 것일까.

온조는 무슨 곡절인지 궁금해 죽을 지경이었지만 선뜻 묻지 못했다.

"이거, 내가 분위기를 너무 무겁게 만들었는걸. 맛있게 먹게나."

온조 앞에는 오븐치즈스파게티가 놓였고 할아버지 앞에는 해물볶음밥이 놓였다. 온조는 스파게티의 마지막 면발이 입 안에 들어가는 대로 용기를 내 보리라고 결심했다. 강토가 통 말을 하지 않아 어떤 도움을 주어야 할지 감이 잡히지 않는다고 둘러댈 참이다.

호수 위 풍경은 지난 두 달 전과 별반 다르지 않았다. 여전히 하얀 오리배가 떠다녔고 지난번보다 더 많은 사람들이 호수 주위에 자리를 펴고 누워 있거나 걷거나 벤치에 앉아 있었다. 맞은편 것대봉에 걸려 있는 먹구름만이 지난번과는 다른 모습이다.

"아무래도 우리 강토가 온조 양에게 아무 말도 안 한 모양이군. 그래, 강토가 어찌 제 입으로 말할 수 있겠나. 그 험한 일을."

온조는 귀가 번쩍 뜨였다. 고대하던 말이다. 온조는 목을 두어 번 가다듬은 후 스파게티의 마지막 면발이 넘어갔을 때 내려던 용기를 불러왔다.

"흠흠, 저, 할아버지, 죄송한데요. 제가 조금이라도 강토에게 도움이 되려면 아무래도 무슨 일이 있었는지 알아야 할 것 같은데, 강토는 통……."

온조는 어떻게 말을 이어야 할지 몰라 부러 말끝을 흐렸다.

"그래, 그놈은 속이 깊은 놈이야. 나보다, 즈이 애비보다 말이야. 이러지도 저러지도 못하는 강토의 마음을 내가 모르는 것도 아닌데, 어쩌다 보니 일이 이렇게 됐네. 강토는 차마 제 입에 올리지 못할 거야. 더군다나 한껏 잘 보이고 싶은 여자 친구에게는 더 가리겠지. 내 얘기해 줌세. 나도 차마 입에 올리고 싶은 일은 아니네만. 우리 강토를 위해서 말이야."

강토네 식구들은 강토가 중학생 되던 해 미국으로 떠났다. 한미 합작회사에 근무하던 강토 아빠는 본사로 들어가게 되었고 강토 엄마도 마침 박사학위를 위해 미국으로 가려던 참이었다. 강토는 자연스럽게 조기 유학길에 오르게 되었다.

할아버지는 앞만 보고 달리던 생활에 염증을 느끼던 차였다. 묘비명에 누구처럼 '내일이면 행복할 사람 여기 잠들다'라고 쓰고 싶진 않았다. 더 이상 이게 아닌데 하면서 뭔가에 떠밀려 가는 생활을 접고 싶은 마음이 간절했다. 사업을 정리하여 아들에게 물려 주고 싶었지만 아들은 그것보다 미국 생활의 정착금으로 보태 주길 원했다. 할아버지는 이제껏 자식들이 원하는 것을 거부해 본 적이 없었다. 오직 자식 잘 키우겠다는 일념으로 사업장을 서울로 옮겨 교육시켰으며 사업 규모를 줄여 가며 유학 뒷바라지도 마다하지 않았다.

재산을 자식들에게 송두리째 주는 것이 아니라는 뒤늦은 후회를 했을 때는 이미 강토네 가족이 미국으로 들어간 뒤였다.

할아버지는 우물쭈물대며 미루었던 자유스러운 삶을 실행에 옮기기 위해 과감해지기로 했다. 모든 기기를 없애고 여행을 떠나기로 한 것이다. 할아버지 나름대로 절박한 욕구였다.

할머니는 누군가 집을 지키고 있어야 외국에 나가 있는 자식들이 돌아올 곳이 있는 것이라며 함께 떠나길 극구 거부했다. 일 년, 길지 않은 시간이라고 다잡으며 떠나게 되었다. 여행지에서 할머니에게 아무것도 쓰지 않은 엽서를 보내는 것으로 안부를 전하곤 했다. 인도에서는 갠지스강 가의 화장장 모습을, 네팔에서는 사랑코트에서 찍은 히말라야의 마차푸츠레를, 터키에서는 이스탄불의 화려한 모스크 문양이 담긴 모습을, 독일에서도 스위스에서도 프라하에서도.

가끔 통화를 할 때마다 할머니는 잘 있다고 내 걱정 하지 말고 영감 건강이나 잘 챙기라며 오히려 할아버지 안부를 걱정하곤 했다. 집에 있는 사람보다 밖에 있는 사람이 더 걱정이라며.

할아버지는 할멈도 잘 지내는 줄만 알았다. 할머니의 건강이 갑작스레 나빠지리라고는 생각지 못했다. 가족이 떠나 버린 텅 빈 집, 외로움이 할머니의 몸을 속속들이 파고들어 하나씩 무너뜨렸다.

할아버지가 집에 돌아왔을 때 할머니의 병세는 악화되어 있었다. 무너져 가는 할머니에게 유일한 소망은 가족이 함께 모여 식사를 하는 것이었다. 할머니는 병석에 누워 매일 아침 눈뜰 때마다 강토 얼굴 한번 만져 보고 싶다고 말했다. 아들에게 연락했지만 들어올 형편이 아니라고만 했다.

할 수 없이 할아버지는 미국으로 아들 내외를 찾아갔다. 아들의 회사로 며느리의 학교로 찾아갔지만 만날 수 없었다. 아들은 다른 나라로 출장 간 상태였으며 며느리와 딸하고는 연락이 닿지 않았다. 다 닳아 버려 더 이상 쓸모없어진 건전지 취급을 받는 느낌이었다. 에너지를 다 쓴 건전지는 쓰레기통밖에 갈 곳이 없다. 할아버지는 허위허위 걷다가 어느 곳인지도 모르는 곳에서 교통사고를 당했다. 의식불명 상태에서 깨어났을 때 엄청난 고통이 찾아와 다시 의식 없는 상태로 도망치고 싶었다.

그러니까 할아버지가 병원에 있던 시간에 할머니는 세상을 떠났다. 집으로 돌아와 보니 할머니는 병원 냉동실 서랍칸에 놓여 있었다.

"할아버지와는 연락이 안 되고 아드님께 연락해도 지금 당장은 올 수 없다는 거예요. 글쎄, 뭐라는 줄 아세요? 댁의 아드님이? 할머니를 병원 냉동실 서랍칸에 넣어 달랍디다. 세상에 살다 살다 그런 망종은 처음 봅니다. 그래서 제가 주제넘는지는 모르겠지만 욕을 해 댔습니다. 야, 이 거지 같은 새끼야? 너도 인간이냐? 박사학위 백 개를 받으면 뭐 하냐? 제 부모도 몰라보는 새끼가. 그랬더니 전화를 뚝 끊더군요. 분을 삭일 수 없어서 다시 전화를 걸었습니다. 제 평생 입에 담을 수 없는 욕은 그날 다 했습니다. 할아버지 아들딸 다 외국에서 박사학위 받았다고 동네잔치 하던 게 엊그제 같은데 기가 막히고 코가 막힐 노릇 아닌가요? 생판 남인 저도 그런데 할머니 당신은 어떻겠어요. 그러니까, 저한테 그런 유서를 남기고 가셨죠. 차마 할머니 유언대로 할 수 없어서 아드님 말씀대로 냉동실 서랍칸에 넣어 드렸습니다. 할머니께는 제가 용서를 빌면 되니까요."

옆집 아주머니는 씩씩대다가 결국 훌쩍이며 할아버지에게 그날의 일을 전했다. 할아버지는 할머니의 유언대로 유해를 화장하여 훨훨 날렸다.

그날 할아버지는 아들을 상대로 법원에 소를 제기했다. 유학 비용을 포함한 정착금으로 내준 금액을 모조리 청구했다.

"그날, 할멈이 가루가 되어 날아가던 날, 강토가 곁에 있었네. 강토만이 할멈의 죽음을 슬퍼했지. 할멈은 죽은 후에 하얀 뼛가루가 되어 비로소 강토의 손을 부비다가 바람결에 흩어져 갔네. 강토는 다시 미국으로 돌아가지 않겠다고 하더니 나와도 살지 않겠다고 하더군. 강토에게 좋은 본을 보이지 못했어. 강토와는 이렇게나마 끈을 잇고 있는 것이 고마울 따름이야. 시간이 필요하겠지. 내게 시간이 필요한 것처럼 강토에게도 말이야."

건너편 산에 걸려 있던 먹장구름이 기어이 소나기를 만든 모양이다. 소나기가 쳐들어오는지 호숫가 사람들이 이리저리 뛰기 시작했다. 소나기는 산을 넘어 호수 위로 걸어왔다. 소나기의 걸음걸이가 보였다. 먼 데부터 호수의 수면이 차례로 빗방울에 떨기 시작했다. 식당 안에는 〈기쿠지로의 여름〉 OST 〈The Rain〉이 처연하게 흐르고 있다. 호수그릴 식당 안과 밖은 너무 대조적이다.

"일차적인 잘못은 내게 있지. 공부만 잘하면 된다고 했으니까, 앞만 보고 가라고 했으니까. 돌이켜 생각해 보니 내가 한 대로 그대로 되돌려 받은 셈이야."

할아버지는 깊은 숨을 몰아쉬었다. 말하는 것조차 괴로워 보였다.

"강토 애비가 고3 막 올라가던 때였어. 그놈이 공부를 좀 했거든. 명절 때는 고사하고 시골의 노모가 다 죽어 가는데도 데려가지 않았어. 공부하라고. 이제 와 후회한들 무슨 소용이 있어. 아무리 되돌리려고 해도 이미 늦은 헛걸음이야. 그런 나한테 몹시 화가 났지. 그런 강토 애비가 괘씸해서 도저히 참을 수가 없었어."

할아버지는 한숨을 몰아쉰 뒤 한동안 말을 잇지 못했다.

"내가 순리를 거스르는 일을 한 거지. 부모는 자식을 배반하지 않을 거라는 그 믿음을 깨 주고 싶었네. 그런 세상에 내가 경종이 되어야 한다고 생각했어. 그 와중에 애먼 우리 강토만 마음고생이 이만저만한 게 아니야."

온조는 자신이 죄인 같은 생각이 들었다. 할아버지의 눈을 마주할 용기가 나지 않았다. 그 시간을 담담히 견디고 있는 강토의 슬픔이 느껴져서 가슴이 먹먹했다.

할아버지 얼굴 위로 불현듯 불곰의 얼굴이 겹쳐 왔다. 절대적이라고 믿고 있는 것들의 배반, 불곰이 슬프다고 했던 말이 그런 것은 아니었을까. 늘 우리 곁에 있을 거라고 믿고 있는 것들의 반란. 그것들은 등을 돌리는 순간 서로가 서로에게 비수를 꽂는 부메랑이 되는 것은 아닐까.

"남부끄러운 일이지. 이런 상황에 무방비로 놓아둔 우리 강토에게 미안하고. 내가 죽기 전까지 강토에게 용서를 구해도 모자랄 거야, 아마."

할아버지는 두 달 후 다시 보자고 했다. 그때는 강토가 마음을 바꾸어 할애비를 만나러 왔으면 좋겠다고 했다. 할아버지도 그때쯤이면 확신할 순 없지만 뭔가 달라져 있을 것 같다고 했다. 할아버지는 작별 인사 끝에 꼭 강토와 함께 나오라며 두어 번 온조의 손등을 토닥였다.

천국의 우편배달부

봄이 가는 동안, 세 번의 모의고사가 있었고, 한 번의 중간고사가 있었으며 여러 번의 수행평가와 쪽지시험이 있었다. 그사이에 온조는 몇 개의 일을 의뢰받았다. 그중 2PM 콘서트 인터넷 예매나 샤이니 콘서트장 앞에서 줄서기, 그리고 장보기였다. 그것은 심부름센터나 마트 직원이 할 수 있는 일이기 때문에 정중히 거절하였다. 그건 온조가 크로노스에게 맹세한 조약에 위배되는 것이 아니기 때문에 당당히 거절할 수 있었다.

하지만 한 달에 두 번 우편배달부 노릇을 하는 일은 여간 즐거운 일이 아니었다. 배달할 수 있는 편지가 한 통씩 줄어들 때마다 아쉽기까지 했다. 장물 사건을 간신히 마치고 한숨 돌릴 때 들어온 일이다. 편지를 지정해 준 곳에 한 달에 두 번 직접 배달해 달라는 것이다. 그것도 우체국을 통해서가 아니라 직접 지정해 준 우편함에 넣어 달라고 했다. 갱영화를 보면 흔히 불온한 물건을 전달하는 중간책으로 쓰는 방법이었다. 께름칙했다. 온조는 의뢰 이유를 요구했다. 그러자 그는 '시간을 좀 더 잡아 두고 싶은 간절함'이라고 쪽지를 보내왔다. 간절함, 이라는 말에 온조의 심장이 툭 떨어지는 느낌이었다. 그렇지만 그의 편지를 택배로 한꺼번에 받기 전까지도 의심의 경계를 풀지 못했다. '들꽃자유'라는 이름으로 여러 통의 편지가 든 택배를 받은 후 마음을 놓을 수 있었다. 택배 박스에는 여러 통의 봉한 편지와 색색의 누름꽃이 들어 있었다. 누름꽃은 빠스락 소리가 나는 미농지 갈피마다 정성스럽게 끼워져 있었으며 그 아래 꽃이름도 정갈하게 쓰여 있었다. 같은 주소인데 편지마다 수신인은 달랐다. 수신인 이름 또한 특이했다. 구슬붕이, 민들레, 꽃마리, 진달래, 주름잎, 노루귀, 깽깽이풀, 돌단풍, 꽃잔디, 금낭화, 수선화……. 누름꽃은 거칠게 만지면 바스러지는 통에 여간 조심스러운 게 아니었다. 누름꽃은 이 세상 것이 아닌 것처럼 아스라했고 슬퍼 보였다. 편지는 번호순으로 전달하며 수신인 이름에 해당하는 누름꽃을 편지 겉봉에 붙여 달라는 메모가 있었다.

의뢰 비용은 교통비를 빼고 나면 남는 게 없었다. 오히려 더 보태서 우체부 노릇을 해야 했다. 택배를 보낸 이후 들꽃자유는 어떤 연락도 취해 오지 않았다. 순전히 '간절함'이라는 의뢰 이유와

황홀하도록 아름다운 누름꽃에 단단히 홀린 것 같았다.

버스를 여러 번 갈아타며 갈 정도로 먼 거리지만 온조는 그 시간이 오히려 소풍 가는 것처럼 즐거웠다. 차마 말을 건넬 수 없는 사람에게 편지로나마 마음을 전달하는 당사자가 된 양 설레기까지 했다. 누름꽃을 붙인 편지 봉투는 정성스레 책갈피 사이에 끼워 넣고 행여 그것이 움직일세라 조심했다. 꽃편지를 들고 동화 속 세상으로 걸어 들어가는 기분이었다. 한 달에 두 번, 온조는 이때만큼은 천국의 속삭임을 듣는 것만 같았다.

오늘은 다섯 번째 편지를 배달하는 길이다. 편지 봉투에는 연보랏빛 노루귀가 붙어 있다. 습자지처럼 얇은 노루귀 꽃잎이 바스러질까 봐 신경을 썼다. 우편함은 소읍의 초등학교 뒤 언덕배기에 있는 작은 도서관 앞에 있다.

언덕배기를 오를 때마다 숨이 찼다. 오늘따라 땀이 날 정도로 더웠다. 여름이 오는 모양이다.

우편함 옆에는 작은 여자아이가 턱을 괴고 앉아 있다. 네 번째 편지를 배달할 때까지 도서관 앞에서 누군가를 만난 적은 없었다. 혹시 저 아이가 노루귀 아닐까? 온조는 우편함으로 다가가려다가 주춤했다. 편지 배달을 비밀리에 하라는 말은 없었다. 그렇지만 시간을 파는 상점에 의뢰했다는 것은 비밀이 전제된 것이다.

"누구 기다리니?"

온조는 턱을 괴고 언덕 아래 먼 데를 바라보는 꼬마를 향해 물었다. 꼬마는 턱을 괸 채 고개만 돌려 온조를 올려다보았다.

"네, 풀잎반에서 나한테만 아직 편지가 안 왔어요. 그래 가지고 편지 기다리고 있는 거예요. 근데 누구세요?"

"으응? 도서관이 하도 예뻐서 지나가다가 들른 거야. 다른 친구들은?"

온조는 도서관 안을 기웃댔지만 조용했다.

"들꽃반 언니들은 지금 벌받고 있어요."

"왜?"

"저어기."

꼬마의 손을 따라간 끝에는 화단이 있었다. 핑크빛 꽃잔디가 뜯겨 나간 자리에는 붉은 흙이 드러나 있었다.

"들꽃반 언니들은 편지를 한 통도 못 받았어요. 들꽃반 언니들이 작은선생님은 약속도 안 지킨다며 저걸 뜯어냈어요. 나도 뜯고 싶었지만 꾹 참고 그 옆에 가만히 서 있었어요. 언니들은 큰선생님한테 들켜서 지금 혼나고 있어요."

"그럼, 작은선생님은 지금 어디 계셔?"

꼬마는 말없이 오른손 검지손가락으로 하늘을 가리켰다. 흘러가는 구름이 와락 땅으로 떨어지는 것처럼 눈앞이 어찔했다. 입 안이 쩍쩍 들러붙을 정도로 갈증을 느꼈다. 마른침도 삼킬 수 없을 정도로 입 안이 빽빽했다.

"예쁜 꼬마 아가씨, 언니한테 물 한 잔만 줄래?"

꼬마는 도서관 옆 안마당으로 뛰어 들어갔다. 온조는 얼른 편지를 꺼내 우편함에 넣었다.

물을 마시고 언덕을 내려오다 뜯겨 나간 화단 옆을 지났다. 가슴팍이 할퀸 것처럼 쓰렸다. 온조는 남아 있는 편지를 떠올렸다. 그것들은 '시간을 좀 더 잡아 두고 싶은 간절함'들이었다. 아니, '절박함'이었다.

돌아오는 버스 안에서 내내 울음이 올라왔다. 눈시울이 뻑뻑하고 매웠다. 작은선생님도 할머니가 아빠한테 말한 것처럼 아까워서 떠나보낼 수 없는 사람인 것 같았다. 왠지 모를 서러움이 밀려왔다. 소리 내어 울고 싶었다.

시간은 그렇게 안타깝기도 잔인하기도 슬프기도 한 것인가. 삶은 시간을 함께하고 싶은 사람과, 함께하고 싶지 않은 사람 사이의 전쟁 같기도 했다. 함께하고 싶은 사람과는 그렇게 애달파하고, 싫은 사람과는 일 초도 마주 보고 싶지 않은 그 치열함의 무늬가 결국 삶이 아닐까? 작은선생님의 에너지는 시간을 뛰어넘어 죽음도 저만치 미뤄 놓는 힘이 있었다. 죽음이 끝이 아니었다. 아빠와의 시간이 죽음을 넘어 지금 온조의 가슴에 오롯이 살아난 것처럼 말이다.

자작나무에 부는 바람

난주는 눈에 띄게 말수가 줄었다. 그 예민 발랄했던 촉도 마비된 듯 날 세우는 일이 드물었다. 7반의 완소남 때문이다. 완소남은 난주에게 통 관심을 보이지 않았다. 문자를 해도 답이 없어 제풀에 지쳐 나가떨어질 판이라고 했다. 풀 죽어 있는 꼴이 영 난주답지 않았다.

난주는 창밖을 바라보는 일이 많아졌으며 온조에게 징징대기까지 했다. 홍난주가 백온조에게 징징댈 날이 올 줄이야. 사람이 사람의 마음을 몰라주는 건 가슴 한복판을 도려내는 것처럼 아픈 거라며 눈시울을 붉히기도 했다.

야자 끝종이 울려도 난주는 가방을 싸지 않은 채 맥없이 앉아 있다. 좀처럼 볼 수 없는 일이다. 어깨가 축 늘어지다 못해 손이 땅에 닿을 지경이다.

"왜 그래, 너답지 않게? 아주 땅 파고 들어가게 생겼다. 너 되게 쿨한 줄 알았는데 왜 이렇게 고전적이냐?"

온조의 말에 난주는 멍한 시선을 그러모으더니 강팔지게 말했다.

"야, 백온조! 다른 사람은 몰라도 네가 그렇게 얘기할 줄 몰랐다. 다른 사람들한테는 그렇게 바다처럼 넓은 척하더니, 심지어 도둑놈한테도 그렇게 너그러운 척하더니 뭐, 고전적? 쿨한 게 대체 뭔데? 그 애가 내게 관심이 없다고 그래, 니까짓 거 트럭으로 갖다줘도 안 갖는다 뭐, 그런 식이 니가 말하는 쿨한 거니?"

둔중한 물건으로 뒤통수를 맞은 기분이었다. 척, 척은 그렇다 치더라도 이제껏 온조가 알던 난주가 아니었다. 온조가 아는 난주라면 싫음 말고, 하면서 툭툭 털어도 백 번은 털고도 남았기 때문이다.

난주는 따발총 쏘듯 쏘아붙인 후 앞서 걷기 시작했다. 온조는 뛰어가며 난주를 불렀다. 느긋함과 짓궂음, 때로는 진지한 것 같기도 아닌 것 같기도 한 난주가 아니었다.

"미안해, 내가 아무 생각 없이 말했어. 쿨하다는 말, 고전적이라는 말, 다 취소할게. 화 풀어."

난주는 가던 걸음을 우뚝 멈춘 후 고개를 돌려 온조를 정면으로 쏘아봤다.

"너, 요새 어디다 신경 쓰고 다니니, 대체? 너야말로 딴 나라에 가 있는 애 같아. 너 지난봄부터 수상하다고 했지? 나한테 통 신경도 안 쓰고 말이야. 겨우 한다는 말이 고따구로 남의 가슴 후벼 파는 소리나 하고."

"미안하다고 했잖아. 그만해라, 이제."

온조는 머리를 벅벅 긁으며 난주의 손을 잡고 흔들었다. 난주는 지금 누가 시비만 걸어 봐라, 걸리면 죽을 줄 알라고 을러대고 있다.

"야, 눈에 힘 좀 풀어. 무서워 죽겠다."

"온조야, 나도 모르겠다. 내가 왜 이러는지. 쪽팔리지만 머릿속에서 그 아이 얼굴이 떠나질 않아. 꽂혔다는 말이 뭔 말인지 팍팍 온다야. 아침에 눈뜨고 잠잘 때까지, 아니 꿈속에서도 그 아일 생각하는 내가 한심스럽고 지겨워. 처음엔 나도 헷갈렸어. 그 아이를 좋아하는 건지 아닌지."

온조는 깍지 낀 난주의 손에 더욱 힘을 주었다. 생각보다 심각했다.

"난주야, 이제 그 부분은 더 이상 헷갈릴 게 아닌 것 같아. 지난번에 네 입에서 그 아이 말이 나온 순간 그건 이미 네 마음속에 확신이 섰기 때문일 거야. 말은 그런 힘이 있는 것 같아, 불확실한 걸 확실하게 만드는."

"그렇지? 그런 거지?"

온조는 고개를 끄덕이며 걸었다.

"도대체 그 아이 어떤 면이? 다른 사람도 아닌 홍난주 너를?"

"첫눈에 반한다는 말은 네 말대로 고전적인 것인 줄 알았어. 엄마 아빠 세대나 있는 일인 줄 알았거든. 이건 논리로는 설명이 안 되는 것 같아. 그냥 가슴으로 쑥 들어와서 다짜고짜 눌러앉아 파내지도 못하게 만드는 거 있지. 말로 설명 못 해."

단단히 고장 난 게 분명했다. 논리로 성립되지 않는 아주 비논리적인 것. 난주는 계속 말을 이었다.

"지난주 일요일에 도서관 가는 길이었거든? 너 약속 있다고 한 날 말이야. 터덜터덜 도서관 언덕배기를 막 올라갈 때였어. 언덕 위에서 자전거 타고 내려오는 남학생이 있었는데 바로 그 아이였어. 바람에 그 짧은 머리를 날리며 내려오는데 짱이었어. 신선한 청량감 있지? 갈증 날 때, 사이다 캔 뚜껑을 막 따서 들이켰을 때 첫 모금의 그 짜릿함 같은 거. 또 심장이 뛰기 시작하더라."

비논리에는 가속도가 쉽게 붙는 모양이다. 걷잡을 수 없이 속도를 올리고 있는 차를 난주가 잡아탔다는 생각이 들었다.

"그 아이는 나를 못 보고 그냥 지나친 것 같아. 그 아이 눈에는 내가 영 들어가지 못할 모양이야. 그렇다고 마음이 쉽게 접어지지도 않아. 내가 왜 노력을 안 했겠니. 내가 지금 한눈팔 때니? 내신도 엉망이고 모의고사 등급도 바닥으로 곤두박질치고 있는데. 사람 마음이라는 게 진짜 마음대로 안 된다는 걸 알았어. 그리고 선생이나 어른들이 공부할 때는 왜 공부만 하라는지도 알겠더라. 책을 봐도 수업을 해도 눈에 들어오질 않아. 온통 그 아이 생각뿐이야."

난주의 목소리는 축축하게 잦아들었다.

"어쩌면 좋아. 우리 홍난주. 어쩌다가 우리의 홍난주 여사가 이리 약해지셨누. 명석고 2학년 오지랖에 해결사가 왜 제 일은 이렇게 해결 못 하고 졸아드는지 모르겠네."

온조는 난주의 어깨를 감싸며 눙쳤다.

"7반에 중학교 동창 송경의 있잖아, 너 걔랑 꽤 친했었잖아. 좀 물어보지, 묵묵부답의 답답이는 어떤 애냐고?"

"물어봤지~. 여자한테 관심 없는 애래. 나처럼 관심 보이는 애들이 한둘이 아닌 모양인데, 꿈쩍도 안 한대. 3학년 여자 선배가 매일 아침 그 애 책상 위에 초콜릿, 빼빼로, 초코파이, 추파춥스를 올려놓고 가는데 거들떠도 안 본대. 다 나눠 줘서 7반 애들 입이 날마다 달달하댄다. 라이벌이 한둘이 아니야."

난주의 어깨가 더 처졌다.

"내가 만나 볼까?"

온조의 말이 떨어지자 난주는 화들짝 놀랐다.

"정말? 그럴 수 있어? 백온조 네가?"

난주는 또 온조를 얼마나 알고 있으며 또 얼마나 모르고 있는 것일까.

"그 아이 이름과 번호 대 봐."

온조는 담백하게 말했다.

"정말 만나려고?"

"그럼, 내 하나뿐인 절친이 이렇게 공부도 못 하겠고 밥도 못 먹겠다고 하는데 지옥불에 들어가 모란꽃이라도 꺾어야 한다면 해야지. 할 수 있는 데까지 최선을 다해서 말이야."

"백온조, 네 마음이 눈물겹게 가상키는 하다만, 과연 그 답답이가 대답이나 할까? 그리고 미안하지만 밥은 먹는다야. 내 식욕은 끄떡없다. 우울할수록 잘 먹어야지. 난 배고프면 더 우울해지거든. 어젯밤도 고슬한 쌀밥 위에 삼겹살 척척 올려서 쌈 싸 먹었다. 입에 착착 달라붙더라. 많이 먹는 거 보고 아빠가 돈 많이 드니까 빨리 독립하라고 그러더라."

"아빠한테 그런 소리 들어도 안 서운해?"

"아니, 삼겹살도 아빠가 구워 줬는걸?"

하여간 성격 좋은 부녀지간이다. 친아빠보다 더 격 없는 저 끈끈함은 어디서 나오는 것일까? 그러고 보니 난주의 평수가 더 넓어진 것 같다.

"홍 여사~ 욕구불만을 먹는 거로 푸시누만. 너 그러다 큰 나겠다. 굴러가는 건 시간문제야. 당장 이름과 번호 대!"

온조는 난주에게 비상경계령을 내리듯 말했다.

"만나서 뭐라고 하려고? 너 때문에 목맨다는 애 있으니 제발 만나 달라고 하려고?"

"홍난주, 너는 이 백온조를 그렇게밖에 안 보니?"

"정 이 현, 번호는 네 폰에 찍어 줄게."

초여름 밤공기가 시원했다. 내일은 놀토다. 중간고사도 끝났겠다, 여유로울 때 마음이 너그러운 법이다. 온조는 일단 정이현에게 문자를 넣어 보기로 했다. 온조의 시도에도 묵묵부답이면 난주는 깨끗하게 접기로 했다. 온조의 입에서 'so cool'이란 말이 절로 나오게 해 준다고 했다.

안녕? 난 3반 백온조야.

할 말이 있어서 그러는데

만났음 해서.

부러 이모티콘도 넣지 않고 담백하게 썼다. 잡다한 것은 딱 질색할 스타일 같았다. 전송 버튼을 눌렀다. 의뢰 들어온 일을 할 때와는 또 다른 느낌이었다. 유쾌한 긴장이라고 해야 하나? 과연 이 묵묵부답이 답을 줄까? 난주와 정말 인연이라면 어떻게든 연결되겠지. 온조는 엄마가 타다 준 유자차를 입 안에 궁굴리며 중얼거렸다. 향긋했다.

요즘 엄마는 생기가 넘쳤다. 아침저녁 잠깐 보지만 뭔가 달라졌다는 것을 확연히 느낄 수 있다. 24시간 중 고작 30분의 공존이지만 그 정도면 상대의 변화를 충분히 감지할 수 있는 시간이다. 뭔가 자신에게 골똘하게 집중된 느낌이랄까? 온조의 경험으로는 비밀이 생기면 그렇게 되던데.

아침 일찍 알람 소리에 깨어 일어나려다가 멈칫했다. 놀토라는 것을 아는 순간 온몸의 근육이 이완되었다. 다시 침대에 몸을 던지려는 순간 어젯밤 문자를 보냈던 묵묵부답이 떠올랐다. 문자 표시창이 떠 있다. 온조는 두근대는 마음을 누르며 수신메시지함을 열었다. 난주였다. 정이현에게 문자 보냈냐는 내용이다. 난주는 어젯밤 잠이나 잤을까? 어제 헤어지기 전, 일생일대의 가장 어려운 문제를 만난 것 같다는 난주의 말에 온조는 푸하하 웃음을 터뜨리고 말았다. 뭘 그리 많이 살았다고 일생일대까지 들먹이냐고 덧붙이려다가 오지랖 여사가 또 예민 아씨로 변할 것 같아, 아무것도 아니라고 얼버무리고 말았다.

정이현에게 문자가 온 것은 꼬박 열일곱 시간이 지난 토요일 오후였다.

문자를 잘못
보낸 것 같은데….

역시 이모티콘 없이 간결하게 왔다. 답이라도 해 준 게 어딘가 싶어 가슴 저 밑바닥에서 우렁우렁 감동의 샘물이 솟아났다. 이것만 가지고 난주에게 보고할 수는 없다. 열일곱 시간 동안 뜸을 들인 후 답을 했다는 건 소통의 의사가 있다는 것 아니겠는가. 온조는 바로 답장을 하려다가 좀 시간을 두고 보내는 것이 낫겠다는 생각을 했다. 기다림의 고통이 어떤 건지, 묵묵부답 너도 알아야 한다는 무언의 메시지이기도 했다. 정이현의 태도로 봐서는 그러거나 말거나일지도 모르지만.

맞아, 정이현한테 보낸 거.

만나자. 잠깐이면 돼.

오해는 하지 말고

난 너한테 별로 관심 없거든.

이번엔 24시간이 지나도 답이 안 올지도 모른다. 늘 오던 문자는 사귀자, 만나 달라, 뭐 이런 유였을 텐데, 관심 없다는 말을 어떻게 받아들일지 궁금했다. 대개 자존심이 세거나 뻣뻣한 아이들은 쉽게 열 받는 속성이 있다. 그런 아이들은 상대가 원하는 것의 반대로 하는 것이 자존심 세우는 일인 줄 알고 행동하는 경우가 많다. 부아를 건드려 놓으면 어라, 이것 봐라 하면서 그물망 안으로 들어오는 경우가 있는데 정이현은 어떻게 반응할지 자못 궁금했다. 이게 다 중딩 때 인터넷소설이나 순정만화를 과도하게 판 덕에 알게 된 것들이다.

30분도 채 지나지 않아 문자가 왔다. 그럼 그렇지, 인간의 보편적인 마음은 사람들의 기대를 결코 저버리지 않는다.

6시

광장 티아모에서 보자.

이 소식을 난주가 알면 좋아할까? 어쩌면 난주의 기분이 더 상할지도 모른다. 아무리 두드려도 제 신호에는 무반응이었다가 그냥 무심히 돌 던진 듯한 온조의 제스처에 반응했다는 사실에 심한 배신감을 느낄지도 모른다. 온조는 난주에게 문자를 하려다가 그만두고 광장으로 뛰기 시작했다. 택시 타고 가기에는 가깝고 걸어가기에는 조금 먼, 애매한 거리다. 그 거리는 애매한 온조의 입장 같기도 했다.

후텁지근한 바람이 척척 달라붙었다. 광장에 다다랐을 때 땀이 비 오듯 흘렀다.

정이현은 광장이 내려다보이는 창가에 앉아 있다. 그때 본 첫인상이 그대로 살아났다. 문제의 PMP를 제자리에 돌려놓고 난주 옆에 앉았을 때 보았던 냉랭하면서도 깊은 눈매가 고스란히 되살아났다. 서늘할 정도로 차가워 보이면서도 많은 이야기를 품고 있을 것 같은 묘한 매력이 풍겼다.

“안녕?”

온조는 자리에 앉으며 말했다. 창밖으로부터 서서히 시선을 거두던 정이현은 온조를 보고도 너무나 차분했다. 온조는 정이현이 바라봤던 창밖을 보았다. 광장이 훤히 내려다보였다. 저 광장을 가로질러 올 때 온조가 땀에 달라붙은 머리칼을 이리저리 손질하는 것부터 헐레벌떡 뛰어오는 모습까지 죄다 보고 있었던 것이다.

"어, 안녕. 뭐 마실래?"

정이현의 말투는 고저가 없었다. 최대한 드라이하고 시크하게 보이고 싶은 모양이다.

흠, 꽤나 무게 잡고 있는걸.

둘 다 한동안 말이 없었다. 온조는 무슨 말을 어떻게 꺼내야 할지 몰라 머릿속에서 많은 말을 궁굴리고 있었다. 두 잔의 아이스 카페라테가 왔다. 온조는 라테를 한 모금 빤 후 정이현을 정면으로 바라보았다.

"저, 실은 말이야. 내 친구가 있거든?"

"알아, 홍난주. 그 문제니? 할 말이라는 게?"

허걱, 이 자식, 성질 되게 급한 녀석이네. 인마 네가 그렇게 나오면 내 역할이 없어지잖아~.

온조는 허겁지겁 다시 라테를 마셨다.

"그 문제로 네가 무슨 할 말이 있는데? 되나 가나 네가 무슨 해결산 줄 아니? 그런 문제야말로 본인들 문제 아니니? 내가 홍난주한테 무반응이건 뭐 하건 그건 홍난주와 나의 문제지 그런 걸 중간에 껴서 뭐 하려고?"

남의 일이라면 온갖 일에 끼어드는 찌질한 여동생 나무라는 듯한 말투였다. 온조는 자신의 어떤 한 부분이 홀딱 드러난 기분이었다.

도대체 뭐지?

머리와 꼬리는 모르겠지만 네 몸통만은 알고 있다는 듯이 들렸다.

"너, 나 아니?"

"아니, 안다고도 모른다고도 할 수 없어."

정이현은 다시 시니컬한 모드로 돌아갔다. 온조는 너무 들이댔나, 하는 생각이 들었다.

"그런데 되나 가나는 뭐고 해결사는 또 뭐야? 내가 아무거나 껴든다고? 그건 좀 초면에 실례 아니니?"

땀에 젖은 머리칼이 에어컨 바람에 서서히 식어 가자 가려웠다. 온조는 머리를 벅벅 긁었다.

"초면은 아니지."

"뭐라고? 그래, 뭐 같은 학교니 초면은 아니겠지."

"그런 뜻은 아니고."

남의 말허리를 뚝뚝 자르는 못된 버르장머리가 있는 놈이었다. 말하고자 하는 사람의 맥을 팍팍 꺾어 버리는 듯한 저 고저 없는 목소리까지.

말없이 창밖을 바라보던 정이현은 시선을 거두어 탁자 위를 바라보며 말했다. 해가 건너편 건물 뒤로 넘어가며 정이현의 얼굴에 그늘이 졌다.

"1학년 가을 체육대회 날이었어. 축구를 하다 코피가 터졌지. 수돗가로 달려가 씻으려는데 몇 개 안 되는 수도꼭지에는 애들이 길게 줄을 서 있었어. 그날 무척 뜨거웠거든. 그때 한 여자아이가 나를 잡아끌며 너, 먼저 씻어, 라면서 제 수도꼭지를 나에게 양보했어. 내가 손으로 얼굴을 가리고 있어서 넌 내 얼굴을 정확히 보지 못했어."

넌, 이라는 말이 들렸을 때 온조는 눈앞이 핑 돌았다. 그러고 보니 어렴풋하게 생각나기도 했다. 얼굴을 가린 한 남학생의 손가락 사이에서 삐짓이 흘러나온 피가 떠올랐다. 그게 다였다. 손가락 사이로 흘러나온 피만이 그날의 햇살처럼 따갑게 눈에 들어왔을 뿐이다.

그날 온조네 반은 모든 경기에서 예선 탈락이었다. 아무 낙이 없었다. 응원할 맛도 응원할 것도 없었다. 잠시 열이나 식히자며 아이들과 세수하러 갔을 때였다. 순서가 되어 막 씻으려는데 가느다란 손가락 사이로 흘러나온 피가 보였고 급해 보여 얼른 잡아끌어 씻으라고 했을 뿐이다. 그런 다음 담임의 호출로 급하게 자리로 돌아갔다.

정신은 온통 본전 생각뿐이었다. 전날 응원 도구를 만드느라 밤을 꼬박 새웠다. 생각할수록 억울한 일이었다. 담임이 응원상은 남아 있다고 기운 내라고 했다. 맘에 드는 선배반을 응원하는 것도 괜찮지 않겠냐는 담임의 제안이었다. 이참에 소리 지르며 스트레스라도 풀라고 했다. 좋은 생각이었다. 체육대회 오후 내내 맥을 놓은 채 망칠 수는 없는 일이었다.

온조는 비장의 무기인 카드섹션을 꺼내 아이들에게 나눠 주었다. 이렇게 조직적으로 응원을 준비한 반도 없을 것이라는 자신감이 하늘을 찔렀다. 전날 밤, 카드섹션을 디자인하고 오리는 것을 엄마가 도와주었다.

"왜, 네가 이걸 맡았어? 다른 아이들은 이 시간에 공부하고 있을 텐데."

엄마는 비꼬는 건지, 떠보는 건지 모를 말투로 말했다.

"응, 아이들하고 낮에 디자인해 봤는데 도대체 감을 못 잡아. 글자를 거꾸로 디자인해야 오려 붙이면 똑바로 보이는 거거든. 근데 손을 못 대더라고. 그래서 할 줄 아는 내가 하게 된 거지."

"그렇지, 그게 백온조 오지랖이지."

"왜? 싫어?"

"아니, 그건 아니고. 이 많은 글자를 언제 다 오리나 싶어서 그래. 엄마가 보기엔 밤을 새워도 모자라겠는데? 방은 오방난장이지, 뭐가 쓰레기고 뭐가 쓸 글자인지는 구분해 놓고 해야지. 가위

줘 봐. 디자인한 대로 오리면 되는 거지? 응원상 타면 엄마한테 한 턱 쏴야 한다."

결국 우리 반은 전교 응원상을 탔고 상금으로 시원한 냉면을 반 전체가 먹을 수 있었다. 그 덕분에 나는 한 반에 한 명에게 주는 봉사상을 받았다. 엄마는 상장을 냉장고 측면에 붙여 놓았다.

북새통에 수돗가의 그 짧은 기억은 까맣게 잊혔다. 그런데? 그게 뭐 어때서? 온조는 갑자기 그런 생각이 들었다.

"넌, 그게 나였는지 몰랐을 거야. 그렇지만 난 그날의 너를 정확히 기억해. 너 먼저 씻어, 하던 그 목소리와 발갛게 달아 있던 네 볼 색깔까지."

온조의 얼굴에 그때의 뜨거웠던 햇살이 그대로 되살아났다. 두 볼이 화끈거렸다.

"말하지 그랬어. 그랬으면 너와 내가 친구로 지낼 수도 있었잖아."

"그렇게 쉽게 말하지 마."

정이현은 기분이 몹시 상한 듯 단호하게 온조의 말을 끊었다. 그 속에는 정이현의 못다 한 말이 들어 있는 것 같은데 더 이상 듣기에 솔직히 겁났다. 정이현 입에서 그 이상의 말이 나오면 감당하기 힘들 것 같았다. 온조는 난주를 떠올렸다. 지금 이 자리는 난주를 위한 것이라는 걸 재차 생각했다.

"으흠, 나 난 난주 말인데, 무척 힘들어해."

"알아, 그 심정이 어떤 건지."

정이현은 차갑게 대꾸했다. 그 심정을 아는 사람 같지는 않았다. 입으로는 얼마든지 안다고 할 수 있지만 마음까지 숨길 수는 없는 일이다.

"안다면, 난주가 보내는 신호에 최소한 답이라도, 아니 거절이라도 해야 하는 거 아니야?"

"아니, 난 너와 생각이 달라. 상대를 좋아하는데 꼭 상대의 동의가 필요한 건 아니라고 봐. 그것을 상대에게 강요할 수도 없는 일이잖아. 나의 마음이 이러니까, 너도 그래야 한다 뭐 그런 거는?"

"그래? 그러고 보니 그 부분은 난주와 비슷한 것 같기도 하네. 난주도 그런 얘기를 한 적 있거든. 영화를 본 적이 있는데 거기서 한 여자가 그랬대. 상대가 자신을 좋아하기 전에는 절대 자신이 먼저 좋아하지 않는다고. 그러자 그 말을 듣던 남자가 이렇게 말했대. 넌 정말 멍청한 아이구나, 라고. 난주는 그 말을 듣고 위로를 받았다고 했어. 그리고 힘을 얻었다고 했어. 최소한 자신은 멍청하지 않다고."

잠깐이었지만 정이현의 눈빛이 흔들렸다. '멍청'이라는 말에 너무 악센트를 주었나, 하는 생각이 들었다.

"그러니까 내가 하고 싶은 말은 이건 순전히 내 생각인데, 누군가를 좋아하는 마음이 비난받을 일도 그렇다고 무시당할 일도 아니라는 거야."

오늘따라 말이 술술 잘 나왔다.

"그렇다고 다 존중받을 일도 아니지."

정이현은 여전히 고저 없는 목소리로 답했다. 어떻게 저렇게 목소리에 감정을 넣지 않고 말할 수 있을까? 온조는 물방울이 송글송글 맺힌 라테 잔을 만지작거렸다.

"그리고 네가 만약 나와 친구가 되고 싶다면……."

온조가 채 말을 마치기도 전에 정이현은 자리에서 벌떡 일어났다.

"홍난주한테 전해 줘, 최소한 멍청한 짓은 아니라고."

정이현은 인사말도 없이 티아모를 나가 버렸다. 도무지 짐작할 수 없는 아이였다. 프러포즈를 했다 거절당한 것 같은 무안한 기분을 추스를 새도 없이 사라져 버렸다. 온조는 정이현이 갖고 있는 호의를 저버리고 싶은 마음이 없었다. 친구가 되고 싶다면 친구가 될 수 있다는 말을 하고 싶었다. 정이현은 그 말에 대꾸도 없이 나가 버렸다. 차마 못 들을 말을 들었다는 듯.

티아모를 나와 광장 이팝나무 숲을 지나며 난주에게 문자를 했다. 난주는 수학 과외 중인데 지금 당장 끝내 달라고 할 테니 다락방 놀이터에서 만나자고 했다.

정이현과 아는 사이라고 말하자 난주는 잡아먹을 듯이 으르렁댔다.

"워워, 진정해라. 내가 아는 애가 아니고 정이현이 나를 알았다는 얘기야."

난주는 금세 사그라지더니 어떻게 된 일이냐며 다그쳐 물었다.

수돗가 코피 이야기를 해 주었다. 본인은 기억하고 있지만 상대는 전혀 기억하지 못하는 경우가 종종 있지 않느냐며. 그래서 온조의 문자에 반응한 것이며 얘기하기가 훨씬 수월했다고 했다.

"곧, 연락이 올 것 같은데?"

온조는 정이현이 자리를 박차기 전에 했던 말 속에서 가능성을 보았다. 정이현은 곧 난주에게 연락할 것이다. 거절이든 접수든.

"뭐? 무슨 근거로? 확실해?"

난주는 완전 흥분의 도가니였다. 일어섰다 앉았다를 반복하며 온조의 어깨를 감싸 안았다 풀었다 난리도 아니었다.

"정이현이 너한테 전해 달래. 최소한 멍청한 짓은 아니라고. 그게 무슨 뜻이겠니? 네 마음을 알았다는 뜻 아닐까?"

"뭐? 뭐라고? 그게 어째서 내 마음을 받아 주겠다는 말로 들려, 너는?"

난주는 남의 일에는 태평양처럼 너그럽고 긍정적이다가도 정이현과 관련된 일이라면 부정적이 된다. 어쩌면 그것이 난주의 마음을 더 깊어지게 하는지도 모른다. 사랑은 장벽이 많을수록 더욱 애틋하며 절절한 거라고 하지 않던가. 어쩌면 장벽은 외부에 있는 것이 아니라 난주의 내부에 있는 것인지도 모른다.

"글쎄, 나는 그렇게 해석되는데. 기다려 봐."

사람의 마음이 움직이는 것은 어느 한순간의 시간에 멈춰 버리는 것은 아닐까? 정이현이 작년 수돗가의 햇살 속에서 그대로 멈춰 있고 난주가 정이현을 처음 봤을 때 심장이 벅차올랐던 그 순간에서 헤어 나오지 못하듯이. 그리고 엄마가 아빠와의 추억에 늘 머물러 있듯이.

온조의 말에 힘을 얻은 난주는 기대에 찬 얼굴이었다. 난주의 가슴속은 둥그렇게 떠오른 저 보름달처럼 어떤 기대감으로 꽉 차오를 것이다.

가네샤의 제의

가네샤: 주인장 프로필을 보니 학생이네요. 이렇게 상업적인 일을 대놓고 해도 되는 건지 의아스럽네요. 돈만 주면 뭐든 할 수 있는 인터넷 유령카페처럼 보이기도 하네요. 그것도 아주 곱상한 여고생이 주인장이니 아저씨들이 보면 군침 흘릴 만하겠는데요? 설마 이러저러한 제의를 받아 보지 않은 건 아니겠죠?

카페의 한줄 게시판에 올라온 글이다. 온조의 얼굴이 후끈거렸다. 이마빡에 피도 안 마른 것이 벌써 돈맛을 알았다는 둥, 돈만 주면 몸으로 해 주겠다는 얘기 아니냐는 둥…… 그간 그러한 분탕질이 없었던 건 아니다. 그럴 때마다 온조는 정중히 카페 대문에 밝혀 놓은 상점의 취지와 목적, 계약 사항을 일일이 나열하며 댓글을 달았다. 어떤 것은 대꾸할 가치조차 없어 도에 지나친 글은 관리자의 판단에 의해 삭제할 수 있다는 조항에 따라 지워 버리기도 했다.

이 카페가 불온한 일에 쓰이지 않기 위한 선택과 판단은 온조에게 달려 있다. 그래서 온조는 카페에 이러한 코멘트가 달릴 때마다 카페 주인으로서의 위치를 상기하곤 했다.

온조는 되도록 상점의 존재를 비밀에 부치고 싶었다. 가네샤나 기타 다른 사람들이 지적한 것처럼 온조도 우려하는 바가 있다. 학생 신분에 돈이 오가는 것을 이렇게 공개적으로 한다는 건 아무래도 좀 켕기는 구석이 있었다. 뭐라고 딱 꼬집어 얘기할 수는 없지만 찜찜한 건 사실이다. 빵집이나 식당 설거지 알바와 다를 게 뭐 있냐고 되물으면서도 왠지 좀 거슬렸다. 그게 아직 뭔지 모르겠다. 엄마한테 털어놓지 못한 것도 사실 그 이유 때문이다.

한편으로는 제법 상점의 꼴을 갖춰 가는 것 같아 은근 신기하기도 하고 상점의 주인이라는 것에 자부심이 들기도 했다. 처음 장물 사건을 처리할 때는 상점의 폐쇄도 생각했다. 또 하나의 실패한 알바의 역사로 가슴 아프게 남을 것이라고 생각하며 접으려고 마음먹은 적도 있다. 그러다 의뢰받은 일을 해결했을 때의 기쁨을 맛본 후 그런 생각들은 흔적도 없이 사라졌다. 그것은 온조에게 알바 이상의 뿌듯함을 선사해 주었다.

온조에게 종이쪽지 한 장이 날아든 건 문학 수업이 끝난 직후였다.

크로노스!

점심시간에 소경의 잠꼬대 징검다리로.

헉,

온조는 쪽지에 적힌 크로노스라는 글자를 보는 순간 이마의 신경 줄 하나가 툭 끊어지는 듯했다. 눈앞이 핑 돌았다. 쪽지를 단박에 구겨 버리고 주위를 둘러보았다. 아무런 기미도 찾을 수 없었다. 교실 안에는 쉬는 시간의 평범한 소란스러움이 떠다닐 뿐이었다.

누구지?

아무리 휘둘러봐도 집히는 사람이 없었다. 크로노스의 존재를 안다는 건 시간을 파는 상점에 들락거렸다는 얘기인데. 누구일까?

온조는 점심을 거른 채 소경의 잠꼬대로 향했다. 소경의 잠꼬대는 학교 건물 사이에 있는 작은 정원 이름이다. 일본식 향나무가 둥글둥글 울타리로 세워져 있고 가운데 작은 연못으로 가는 길에 징검다리가 놓여 있다. 아이들은 모두 급식실로 갔기 때문에 더위에 겨운 매미 소리만 간간이 들릴 뿐 너무나 고요했다. 온조는 연못 주위를 돌며 쪽지의 주인을 기다렸다. 누구이며 왜 보자고 한 것일까?

저만치 헤드폰을 쓴 혜지가 걸어왔다.

설마, 오혜지? 퍼뜩 가네샤가 떠올랐다. 그제야 가네샤가 남겨 놓은 글과 오혜지의 말투가 같다는 것을 읽어 낼 수 있었다.

혜지는 징검다리를 하나하나 밟으며 온조를 향해 걸어왔다.

"오혜지?"

온조는 믿기지 않았다.

"어, 나야."

혜지는 짧게 답한 후 연못 둘레에 깔려 있는 자갈돌을 발끝으로 톡톡 찼다. 그럴 때마다 찰칵찰칵 사진 찍는 소리를 내며 돌들이 굴러다녔다.

"혹, 네가 가네샤?"

온조는 가네샤가 남겨 놓은 글을 읽었을 때의 불쾌감이 떠올랐다.

"어, 맞아. 너 대담하더라."

"무슨 말이야?"

"어떻게 그렇게 발칙한 일을 할 수 있는지, 네가 정말 맞는지 확인하고 싶었어."

"무슨 상관이야, 내가 발칙한 상상을 하든 일을 하든? 언제부터 그렇게 오지랖이 넓었니? 헤드폰 쓰고 귀 막은 채 세상과는 담 쌓은 애처럼 보이던데."

이렇게 나가려고 한 건 아니었다. 말은 먹은 맘과 다르게 나왔다.

"생각보다 감정적이네."

혜지는 빈정거리듯 말했다. 온조는 성질이 우르륵 끓어올라 참을 수가 없었다.

"뭐라고? 어제 카페에다 네가 한 말을 벌써 잊은 건 아니겠지?"

다시 어제의 코멘트가 떠오르자 그나마 혜지에게 갖고 있던 손톱만큼의 호의마저 달아나는 듯했다.

"그냥, 궁금해졌어. 네가 어떤 아이인지. 단순한 호기심으로 치부해도 좋아."

호기심? 온조도 혜지에 대해 호기심이 있었다. 그런데 혜지의 입에서 나온 호기심은 왠지 온조의 그것과 다르게 불순해 보였다.

"뭐가 궁금한데? 카페에 밝혀 놓은 그대로야. 무슨 말이 더 필요해?"

온조는 혜지와 같은 톤으로 대꾸했다.

"아니, 네 카페가 아니라, 네가 궁금해."

혜지는 목에 걸었던 헤드폰을 벗으며 뒤이어 말했다.

"보기 드물거든. 너 같은 애 말이야."

"야, 오혜지, 네가 하고 싶은 말이 뭔데?"

"범생이인 것 같으면서도 뒤로는 호박씨가 수북한 애. 규범 속에 들어 있는 것 같은데 그 속에서도 아주 자유로운 애. 어떻게 그럴 수 있는지 그게 궁금하다는 얘기지."

온조는 혼란스러웠다. 혜지의 말이 비아냥거림인지 진짜로 궁금해서 그러는 건지 감이 잡히지 않았다.

"아주 논문을 쓰는구나. 언제 그렇게 분석을 다 하셨을까아? 오혜지 너야말로 네 별명이 뭔지나 아니? 어떻게 알겠어, 소통하고 사는 건 그 헤드폰밖에 없는데."

온조의 말이 끝나자 혜지는 새무룩해진 표정으로 헤드폰을 뒤집어보며 온조를 정면으로 쳐다보았다.

"별명? 그따위 것 신경 안 써. 남들이 뭐 그렇게 중요하니?"

아무렴, 더 말해서 무엇 하랴.

짜증이 치밀어 올랐다.

"왜 보자고 한 건데?"

"네가 궁금하다고 했잖아."

"그래서 나보고 어쩌라고, 네 궁금증을 위해 나를 낱낱이 해부라도 해서 눈앞에 펼쳐 주란 얘기야? 어쩌니? 난 네 궁금증을 해결해 주고 싶은 마음이 전혀 없는데. 그리고 사람에 대한 궁금증을 그렇게 말 한마디로 해결하려고 하는 태도부터 바꿔. 사람을 알아가는 게 그렇게 간단한 일인 줄 아니? 그리고 너를 보여 주지 않으면서 어떻게 다른 사람을 알고 싶어 해? 순서가 틀린 거 아니니?"

온조는 혜지에게 옴팡지게 쏟아붓고 뒤돌아섰다. 말투로 봐서는 혜지가 아니라 온조가 꼬여 있었다. 뒤끝 작렬이다. 아무래도 어제 가네샤가 남겨 놓은 코멘트가 그대로 앙금이 된 모양이다.

"네가 처음이야."

끝으로 온조가 무슨 말을 꺼내려고 뒤돌아설 쯤 혜지의 입에서 먼저 나온 말이다.

"머, 뭐가 처음이라는 거야?"

당황하면 말을 더듬는 버릇은 아무래도 불곰한테서 옮은 것 같다. 처음에 이러다 말겠지 했는데 이젠 버릇처럼 중요한 순간에 증세가 나타난다. 정말 모양 안 난다.

혜지의 그 말에 온조가 하려고 했던 말이 엉키고 말았다. 무슨 말을 어떻게 해야 할지 말의 순서를 세우는 동안 혜지는 헤드폰을 쓰고 유유히 소경의 잠꼬대를 빠져나갔다.

매미 소리만 쩌렁쩌렁 남았다. 햇볕에 달구어진 자갈길을 밟으며 온조도 소경의 잠꼬대를 빠져나왔다. 발밑의 자갈들이 자기들만의 비밀을 공유하듯 째그락째그락 속삭였다.

온조의 책상 위에는 소보로빵과 바나나우유가 놓여 있다. 온조는 혜지의 자리를 보았다. 혜지는 여전히 헤드폰을 쓴 채 책을 보고 있다. 혜지는 늘 아무 일도 없는 아이처럼 보였다. 속엔 거센 파도가 치는데도 겉으로는 얼어 있는 호수를 연출하니 그 경지도 참 기네스북에 오를 감이다.

"점심도 안 먹고, 어딜 그렇게 쏘다녀?"

난주였다.

“웬 거야? 홍난주 네 우정에 눈물 난다.”

난주는 턱에 엄지와 검지로 각을 세우며 우월 포즈를 취했다.

“그렇게 감동할 거 없어. 실은 내가 감동해서 너한테 한턱 쏘는 거야.”

온조는 바나나우유를 한 모금 삼키다가 그만 사레가 들리고 말았다.

“켁켁켁 뭐 뭐 뭔데?”

“문자가 왔거든. 정이현한테.”

“정말? 축하해, 홍난주.”

사실 난주한테 확신한다고 뻥은 쳤지만 내심 걱정이었다. 그 싸가지가 과연 난주에게 연락을 할까, 슬슬 불안하던 차였다.

“그렇게 축하받을 일은 아닌 거 같아. 어떻게 해석해야 할지 모르겠어.”

단순하기 그지없는 홍난주의 머리를 저토록 복잡하게 만들어 놓는 사랑이라는 감정은 실로 위대한 것이다.

“뭐라고 왔는데?”

난주는 핸드폰 문장보관함에서 정이현이 보낸 문자를 꺼냈다.

혼자서 바라볼 수 있는 것이
더 완벽한 그리움이다.

이 말에 동의할 수 있기를 바라며.

홍난주가 헷갈려 할 만했다. 난제였다. 이것을 어떻게 해석해야 하나? 난주에게는 곰곰이 생각해 보겠다는 말로 갈음했지만 그 문장 속에서 어쩐지 서늘한 기운이 느껴졌다.

정이현의 마음을 모르는 것은 아니다. 그래도 어쩔 수 없다. 관계를 규정하기엔 우리 나이는 아직 어리다. 그간 난주를 지켜보지 않았다면 모를까, 난주가 어떻게 여기까지 왔는지 알기에 온조는 정이현의 마음을 알은체할 수가 없다. 정이현과 난주, 온조가 함께 할 수 있는 길은 없을까. 온조는 머리를 벅벅 긁으며 난주를 바라보았다.

"네가 생각해도 심각하지?"

난주는 온조에게 동조의 빛을 보내며 물었다.

"아니, 폼만 엄청 잡은 것 같은데?"

온조는 일부러 난주의 심각성을 흩트리고 싶었다.

"폼? 그렇지, 걔는 폼이 멋지긴 해. 그게 걔 생명이야. 일관성은 있지 않냐?"

중증이다. 난주는 여전히 꿈에 젖은 눈빛으로 허공을 응시하며 말했다.

"별게 다 멋있다. 뭔들, 안 이뻐 보이겠냐."

온조는 지난번 정이현과의 만남이 떠올랐다. 뭔지 모르게 찜찜

했다. 정이현은 걸핏하면 삐치는 왕소심에 샌님 스타일 같았다.

은근 혜지에게 신경이 쓰였다. 웬만해선 말을 섞지 않는 아이가 온조에게 말을 붙이고 싶은 처음 상대라고 했다. 그 말을 들었을 때 가슴이 철렁했다. 마치 남의 비밀스러운 고백을 엿들은 기분이랄까. 썩 유쾌한 기분은 아니었지만 혜지에 대한 궁금증이 증폭된 건 사실이었다. 아무튼 혜지의 고백이 놀라웠다.

상점에 들어가 보니 가네샤의 쪽지가 와 있었다.

가네샤: 설마, 내가 입 다물고 있으리라고 믿는 건 아니겠지? 학교에서 이 카페를 알면 널 가만히 둘까?

크로노스: 헐, 유치 대박이다 >< 뭐야? 협박이니? 학교에서 안다고 해도 전혀 문제 될 게 없어. 문제 삼는 이유가 타당하다면 학교의 제재를 받아들일 준비가 되어 있으니까. 굳이 학교에다 얘기하시겠다고 해도 겁날 건 없거든?

가네샤: 말했잖아, 네가 알고 싶다고. 그리고 네 발칙한 시간에 나도 동참하게 해 준다면 입 다물고 있을 용의도 있고.

크로노스: 생각보다 치사하구나? 그렇게 보진 않았는데. 누군가한테 관심을 그렇게밖에 표현 못 하니? 거기다 내가 하는 일에 껴 달라~ 그건 안 되지. 한글은 읽을 줄 알지? 계약서에 의뢰인과 주인장의 비밀이라고 명시되어 있는 것을 봤을 텐데. 그 비밀을 누설할 시에는 의뢰한 비용의 두 배를 물어야 한다고 되어 있잖아.

가네샤: 알아. 그러니까 너한테 의뢰하는 거야. 친구가 될 수 있냐고.

크로노스: ?????

가네샤: 네가 처음이라고 했잖아. 난 이제껏 외톨이였어. 외로운 섬이었다고. 아무에게도 다리를 놓을 줄 모르는 외떨어진 섬 말이야. 처음으로 다리를 놓고 싶은 맘이 생겼어. 낯간지러운 일이긴 하지만, 그것을 넘어설 수 있는 용기가 난 건 처음이야.

혜지가 어떻게 살아왔는지 그려졌다. 단박에 혜지의 많은 면을 보아 버린 느낌이었다.

크로노스: 가네샤 님, 미안하지만 그런 일은 의뢰받지 않습니다.

가네샤: …….

크로노스: 내가 왜 네 친구가 되어야 하는 건데?

가네샤: 거절하는 거니?

크로노스: 아니, 거절이라고 하지 않았어. 네가 날 알고 싶다고 한 것처럼 하고 많은 아이들 중 왜 내가 네 친구가 되었으면 하는 거냐고?

가네샤: 말했잖아. 너의 자유분방함과 자신감의 근원을 알고 싶다고.

크로노스: 난 내가 그렇게 자유분방하다고 생각하지 않는데? 그리고 자신감이 남다르게 많다고 생각지도 않고. 내가 너만큼 공부를 잘하는 것도, 몸매가 누구처럼 S라인도 아니고, 집안이 빵빵한 것도 아니고.

가네샤: 그러니까, 내 말이.

크로노스: 나는 그냥 내가 나인 게 좋을 뿐이야.

가네샤: …….

크로노스: 네가 본 건 나의 자유분방함도 자신감도 아닌, 내가 나를 그냥 인정하는 것을 본 건 아닐까? 잘은 모르겠지만.

가네샤: 내가 나를 인정하는 것? 그렇다 쳐. 글쎄 그런 마음이 드는 근원을 알고 싶다고.

크로노스: 환장하시겠다. 나보고 어쩌라고? 너 되게 집요하다? 나도 잘 모르는 걸 나한테 내보이라고 억지 쓰는 것 좀 봐. 나도 그건 몰라 정말. 내가 너한테 그렇게 보이는 것도 지금 처음 알았거든. 아직도 친구를 의뢰할 맘이 있는 거니?

가네샤: 당근.

크로노스: 그냥 친구가 되면 되는 거지. 그런 걸 의뢰하는 사람은 지구상에 가네샤밖에 없을 거다. 대체 뭐가 그렇게 힘든 거니? 솔직하게 말하는 게 그렇게 힘드니?

가네샤: 내가 워낙 그래. 솔직하게 표현하는 거에 익숙하지 않아.

크로노스: 나를 솔직하게 보여 주지 않으면 상대방과의 거리도 줄어들지 않아. 미안한 얘기지만 네 헤드폰에서 흘러나오는 음악을 들은 적 있어. 난 그게 훨씬 더 너답다는 생각이 들었어.

가네샤: 알아. 네가 내 헤드폰을 썼던 거. 아마 다른 아이가 그랬다면 무척

화냈을 거야. 난 결벽증이 있거든. 그런데 신기하게도 네가 내 헤드폰을 썼을 때 오히려 마음이 놓였어. 그때부터 너를 추적해 들어간 것 같아. 관심은 그 전부터 있었지만. 그러다가 네가 운영하는 카페까지 들어가게 된 거고.

크로노스: 나도 너한테 관심 있었어. 난 네가 알고 있으리라 생각했는데.

가네샤: 그래서 마음이 놓였는지도 모르지. 말로 선명하게 할 수 없지만 어떤 느낌 같은 걸로 말이야.

크로노스: 가네샤는 무슨 뜻?

가네샤: 지혜의 신이라는 뜻. 힌두교에서 코끼리 형상을 하고 있는 신 이름이야. 문학과 학문의 보호자. 내 이름을 뒤집어서 별뜻 없이 지은 거야.

크로노스: 그냥 지은 건 아닌 것 같은데? 너랑 어울린다. 문학과 학문의 보호자라. 그러면 문학에 관심이 있는 거니?

가네샤: 난 동화를 쓰고 싶어. 엄마 아빠는 결사 반대를 하지만 말이야. 동화는 다른 일을 하면서도 할 수 있는 거라고 하면서. 난 늘 그랬어. 엄마 아빠의 의견이 중요하지 내 의견이 중요하지 않았어. 공부도 친구도 내 마음대로 하지 못했어.

의외였다. 혜지는 누구보다 고집 세고 누구보다 제멋대로일 것 같은 아이였다.

혜지의 헤드폰에서 흘러나오던 음악의 정체를 알 것 같았다. 그것은 혜지의 유일한 언어였다.

네결에는 너무나 조용했다. 한 통의 쪽지도 메일도 없이 잠잠했다. 무소식이 희소식인 거다. 아니, 그렇게 믿고 싶었다. 이제껏 아무런 연락이 없다면 불씨는 저절로 사그라진 것은 아닐까? 장물 사건은 온조가 눈길만 줘도 어느 순간 잠에서 깨어나 난동을 부릴 것 같은 불안한 놈이었다. 이젠 마음을 놓아도 되지 않을까? 고요한 이 평화를 깨뜨리고 싶지 않았다.

불곰과 살구꽃

엄마가 아빠에게 반한 건, 그리고 아빠가 엄마에게 반한 건 지리산 계곡물이 엄청나게 불어났을 때였다. 당시 엄마는 야생동물 캠프를 주관하는 환경단체의 간사를 맡고 있었다. 지리산 야생동물 캠프를 열던 중 폭우가 내렸고 캠프 참가자들은 조난자가 되었다. 119구조대를 요청할 수밖에 없었다. 엄마는 인솔자로서 책임을 다하기 위해 가족 단위로 참석한 모든 참가자들의 안전이 확보될 때까지 침착하게 일행을 이끌었다. 구조대원의 한 명이었던 아빠 또한 모든 조난자와 구조요원이 안전할 때까지 책임을 다했다. 서로의 눈에 들어왔다면 그것이 곧 인연으로 가는 것일까. 그러니까 엄마 아빠는 여름철 장맛비가 맺어 준 인연이었다.

비가 거세게 내렸다. 태풍이 몇 호째 지나가는지 헤아릴 새도 없이 새로운 태풍이 북상하곤 했다. 아침마다 교복 치마가 비에 젖어 휘감겼다. 해마다 이맘때가 되면 엄마는 우울증을 앓는 듯 말수가 줄고 잘 웃질 않았다. 그런데 올해는 그렇지 않았다. 그건 지난 초여름부터 감지된 변화였다.

모의고사를 보고 일찍 집에 들어온 날이다. 창밖은 여전히 비가 거세게 내렸다. 한낮에 잠깐 멎는가 싶더니 오후 들자 다시 퍼붓기 시작했다. TV에서는 조난자들 소식이 속보로 이어졌다. 거세게 넘실대는 흙탕물 속에서 구조 작업을 하는 소방대원들이 보였다. 온조는 샤워 후 머리를 털며 무심히 화면을 바라보았다. 그러다 이제야 무심해졌다는 것을 깨닫게 되었다. 한동안 주황색만 보아도 면도날에 벤 듯 쓰라렸다. 엄마는 창밖을 바라보다 리모컨으로 TV를 껐다. 아니, 꺼 버렸다는 것이 더 정확한 표현일 것이다. 엄마도 무심해진 것일까? 아님 아직도 애쓰는 것일까?

온조는 엄마에게 말했다.

"요즘엔 사무실 운영 어때?"

"여전히 그래. 정부 지원이 많이 끊겼어. 상근자 월급도 제대로 못 챙길 정도야. 그래도 요즘 강의가 많아 그런대로 괜찮아. 그렇다고 백온조 너 딴생각 마라. 이제 2학년 1학기도 다 지나가는데 공부에 신경 좀 써야지?"

"으으응, 그럼."

"대답이 왜 그렇게 시원치 않아? 뭔 일 저지르고 있는 거 아니야? 학기 중이라 알바는 안 될 테고. 엄마한테 뭐 숨기는 거 있니?"

"숨기기는 무슨~ 그런 거 없거든. 비밀은 엄마가 있는 거 같은데?"

이때다 싶었다. 온조는 고삐를 바짝 조이며 말했다.

"수상해, 엄마. 내가 눈치 하나는 18단이잖아, 엄마 닮아서."

"나중에 말할게. 지금은 아니야. 온조 너도 그렇고 엄마도 아직 마음이……."

엄마는 식탁 위에 떨어진 물방울을 검지로 찍어 이리저리 그림을 그리며 말했다.

으잉~ 그냥 떠본 건데…….

"엄마에게 일어나는 일은 언젠가 나에게도 영향을 줄 수 있는 일이잖아. 나도 알 권리가 있어. 엄마도 나에 관한 거라면 모든 걸 알고 싶어 하잖아."

"그렇지. 그렇지만 너도 엄마한테 얘기하기 싫은 건 빼놓잖아. 엄마도 그래. 얘기하기 싫은 것도 있고 시기가 아니어서 뒤로 미루는 경우도 있어. 지금이 그래."

"그렇게 얘기하니까, 디게 궁금하다. 내가 맞혀 볼까?"

온조는 엄마의 얼굴이 금세 빨개지며 눈빛이 미세하게 흔들리는 것을 놓치지 않았다.

"남자 생겼어?"

엄마는 이리저리 움직이던 손끝을 멈췄다.

헉, 진짜인가 보네.

온조는 침을 꿀꺽 삼켰다. 언젠가는 엄마한테 이런 물음을 하게 되리라 각오했는데 생각보다 그 시기가 좀 빠른 것 같았다. 좀 더 멋지게, 좀 더 폼 나게 하고 싶었는데 그다지 폼 나지 않았다. 추측에 불과한 것이 눈앞에 선명하게 드러날 때의 긴장감이 온몸을 휘감았다. 남자라는 말을 할 때 아빠 생각이 났다. 아빠가 한쪽 구석으로 확 밀려난 느낌이 들었다. 엄마는 팔짱을 낀 채 거세게 쏟아지는 비를 바라보았다.

"온조야, 엄마를 이해할 수 있겠니?"

"……."

온조는 무슨 말인지 몰라 머리에 수건을 둘러쓴 채 멀뚱히 엄마를 바라보았다. 엄마는 여전히 창밖을 바라보며 말을 이었다.

"어떻게 이해할 수 있겠어, 엄마 자신도 이해가 안 되는데."

"뭐가 이해가 안 된다는 거야?"

"사람의 마음이 순식간에 옮겨 갈 수 있다는 거."

헉.

온조는 가슴이 철렁 내려앉았다. 갑자기 한기가 오스스 들었다. 거친 풍랑 속을 조각배 하나로 엄마랑 단둘이 가다가 달랑 혼자 남겨진 기분이랄까. 언젠가는 이런 날이 오리라 짐작했지만 생각보다 담담하지 않았다. 온조는 애써 표정을 감추려고 수건으로 머리를 털었다.

엄마는 세차게 쏟아지는 비를 바라보며 말했다. 온조가 듣고 싶어 하든 아니든. 온조는 머리를 털던 손을 멈추었다.

각 학교 환경 교사들을 대상으로 강의하는 날이었어. 강의를 마치고 한별중학교 골목길에 세워 둔 차로 가는 중이었거든. 중학교 바로 옆에 작은 공원이 하나 있는데 아이들 몇몇이 몰려 있었어. 공원의 가로등이 깨진 지가 언젠데 아직도 손보지 않았더라. 이 동네 아이들이 노나 보다 생각하며 지나치려는데 가운데 한 아이가 쓰러져 있는 게 아니겠어?

"거기 누가 다친 거 아니니?"

중학생 세 명만 모여 있으면 무조건 피해 가라는 말이 있는데 도저히 그냥 지나칠 수 없었어. 겁이 났지만 주먹을 꼭 쥐고 말을 건넸지. 덩치 좋은 아이가 스윽 고개를 돌리더니 그러더라.

"아줌마, 아줌마는 신경 끄시고 가던 길 마저 가시지?"

어찌해야 하나 잠시 망설였어. 덩치 말대로 그냥 갈까 생각도 했지. 그때였어. 어떤 남자가 아이들에게 저벅저벅 다가가는 게 아니겠어. 난투극이 벌어질지도 모른다는 생각이 들었어. 꼭 영화의 한 장면 같았다니까. 아이들도 잔뜩 경계를 하며 남자를 바라봤어.

"야, 저거 옛날 우리 꼰대 같은데?"

그중 한 명이 남자를 보며 말하자 아이들이 후다닥 뛰기 시작했어. 가운데 쓰러졌던 아이도 기신기신 일어나더니 무리를 따라 뛰어가더라. 근데 문제는 그다음이었어. 엄만 웃음이 나서 그 자리에서 쓰러질 뻔했잖아. 남자가 그 아이들을 향해 소리를 지른다고 지른 것 같은데, 엄마가 듣기엔 나오는지 들어가는지 분간이 안 가는 목소리였어. 뒤이어 나온 말이 뭔 줄 아니?

"야 이, 개 개 개 개새꺄!"

온조야, 너도 알잖니. 엄마는 한번 웃음 터지면 걷잡을 수 없는 거. 입을 틀어막아도 봇물처럼 쏟아지는 웃음 알지? 알고 보니 방금 전까지 내 강의를 들었던 선생님 중 한 분이었어. 남자는 내 웃음이 그칠 때까지 기다리더니 그러더라.

"웃음이 많은 분일 줄 알았어요. 으흐흐."

말을 맺은 엄마의 얼굴에는 여전히 그때의 웃음기가 남아 있었다. 온조는 하나도 우습지 않았다. 오히려 엄마가 도에 지나치게 웃는 게 아닌가 싶을 정도였다.

엄마는 웃느라 한가득 주름졌던 얼굴을 펴며 말했다.

"온조야, 넌 안 웃기니?"

"……."

온조는 아무 말 없이 방으로 들어가 버렸다. 엄마는 언제까지나 아빠에게 머물러 있을 줄 알았다. 그래서 뭐? 겨우 개새끼라는 말에 마음이 이사를 간단 말이야? 온조는 거울을 보며 중얼거렸다. 온조는 드라이기를 신경질적으로 윙윙 돌리면서 다시 중얼거렸다. 개 개 개 개새끼가 뭐 어때서? 그때 번뜩 스치는 얼굴이 있었다.

혹시 불곰 아니야?

환경 교사, 흥분하면 말 더듬는 거에, 으흐흐 웃음소리하며.

엄마가 문을 두드렸다. 온조는 대답하지 않았다. 생각할 시간이 필요했다. 엄마의 마음이 순식간에 옮겨 갔다는 말은 이제 엄마 마음에는 온조가 들어 있지 않다는 말로 들렸다. 억지 쓴다고 해도 어쩔 수 없다. 생떼라도 쓰고 싶은 심정이다. 아빠가 생각난 것은 아니었다. 아빠에게 미안한 일이지만 엄마 마음에 온조가 전부가 아닌 게 서운한 거였다.

"온조야, 얘기 좀 하자. 거봐, 엄마가 넌 아직 이해할 수 없을 거라고 했잖아. 네가 굳이 얘기해 달라고 해 놓고선 그렇게 방으로 들어가 버리면 어떻게 하니?"

온조는 신경질적으로 드라이기를 윙 돌려 버렸다. 그 소리에 엄마의 다음 말은 묻혀 버렸다. 지금 이 상황은 온조가 그려 온 그림이 아니다. 머릿속은 충분히 축하할 일인데 감정은 어딘가로 건잡을 수 없이 마구 비꾸러져 갔다.

온조는 침대에 누워 버렸다. 이 상태로 엄마에게 얼굴을 보여 줄 수 없다. 온조의 약점은 포커페이스가 안 된다는 것이다. 어쩌면 엄마는 온조에게 실망하고 그 남자와도 정리할지 모른다. 그건 온조가 바라는 게 아니다. 온조는 엄마가 누구보다 행복하길 바랐다. 항상 그러길 바랐고 이러한 순간을 예상 못 한 것도 아니었다. 막상 뚜껑을 열어 보니 마음이 뒤집힌 거다. 이건 어쩔 수 없는 거다.

온조는 방 불을 꺼 버렸다. 엄마는 더 이상 문을 두드리지 않았다. 수통에서 떨어지는 빗물 소리가 요란했다. 하필, 이렇게 비가 많이 오는 날, 혹 엄마 마음속에서 아빠가 흔적도 없이 사라진 것은 아닐까? 아빠가 엄마에게 쓴 유언장이 떠올랐다.

여보,

당신과의 약속을 지키지 못해 정말 미안하오.

이다음에 함께 산책도 하고 산에도 가고 여행도 하면서 당신 곁을 지키며 늙어 가고 싶었는데.

당신을 만나 정말 행복했고 나중에 내가 다시 태어난다 해도 꼭 당신을 만나고 싶소.

이 세상에서 누구보다 당신을 원 없이 사랑했고 또 사랑했소.

고맙소.

나의 아내가 되어 주어서 그리고 온조의 엄마가 되어 주어서.

당신이 나한테 준 행복은 이 세상에서 받은 최고의 선물이었소.

당신이 너무 오랫동안 슬퍼하지 않았으면 좋겠소.

내가 당신과 맺은 전생으로 다시 환생해 당신을 만났다면

당신에겐 분명 전생에 전생의 인연이 또 있을 거라 생각하오.

우리가 함께했던 시간만은 늘 우리 기억 속에 있으니

너무 슬퍼하지 말고 씩씩했으면 좋겠소.

당신은 온조 엄마니까.

사랑하오, 그리고 미안하오.

아빠 말대로 엄마에게 정말 전생에 전생의 인연이 다시 찾아온 것일까. 만약 그렇다면 어찌해야 하는 것일까. 온조는 혼란스러웠다. 아빠도 엄마가 오랫동안 슬퍼하는 건 원치 않는다고 했다.

온조의 귓가에는 엄마, 아빠를 처음 만나게 해 준 지리산 자락의 굽이치던 물살이 맴돌았다. 가슴이 아릿하게 아파왔다.

시간이 얼마나 흘렀을까. 수통으로 물 내려가는 소리가 조금은 가늘어졌다. 비가 그친 모양이다.

어느새 방에 들어온 엄마는 온조의 덜 마른 머리칼을 쓸어 올리며 말했다.

"자니? 안 자면 엄마 말 들어 봐."

온조는 잠이 오지 않았다. 생각의 실타래가 복잡하게 얽혀 들다가

도 그럴 것도 없지 않느냐는 식으로 갈피를 잡지 못하는 중이었다.

"온조야, 아빠와 살면서 후회되는 게 하나 있었어. 그건 말이지, 아빠와 시간을 많이 보내지 못했다는 거야."

엄마는 깊은 숨을 토해 냈다. 엄마도 지금 쉽지 않은 시간을 보내고 있다는 것을 느낄 수 있었다.

"아빠는 아빠대로 비상근무에 주야 2교대로 일했고 엄마는 엄마대로 세상과 맞서 싸우느라 바빴잖아. 물론 서로 그 부분을 존중하고 이해하며 살아서 문제 될 게 없었지만. 그런데 문제는 아빠가 너무 빨리 우리 곁을 떠나 버렸다는 거야."

"……."

온조도 말없이 깊은 숨을 토해 냈다. 더운 김이 이불 속을 가득 채웠다.

"엄마는 늘 시간이 있을 거라고 생각했어. 마음만 먹으면 얼마든지 있을 거라고. 그런데 그 시간은 어떤 예고도 없이 사라져 버렸어. 늘 바쁘다고 하면서 필요 없는 시간들을 너무 많이 소비하면서 시간 없다고 한 거라는 것을 알았어. 엄마는 다시 그렇게 시간을 보내고 싶지 않아. 엄마는 소중한 사람들과 많은 시간을 함께하고 싶어. 그게 결국 엄마를 행복하게 해 줄 거라고 믿어."

엄마가 행복할 수 있다면…… 그건 온조가 가장 바라는 거였다.

"엄마 옆에 새로운 사람이 있다 하더라도 아빠와의 시간이 사라지는 건 아니야. 그러니까 아빠를 사랑하는 마음은 변함이 없다는 얘기야. 조금 흐릿해진 빛깔만큼 누군가 대신하는 것도 나쁘지 않다고 생각해. 지금의 감정을 부정하고 싶지도 피하고 싶지도 않아. 그게 엄마의 솔직한 심정이야. 그치만 엄마한테 가장 소중한 사람은 우리 온조니까, 네가 상처받고 싫어한다면 당연히 엄마는 접을 거야. 너희들 말대로 아주 쿨하게. 왜냐, 엄마한테 가장 소중한 사람은 온조, 너니까."

이불을 머리끝까지 뒤집어쓰고 숨을 거칠게 몰아쉬는 통에 숨이 막혔다. 엄마의 맨 마지막 말에는 눈물이 나기도 했다. 코를 훌쩍이지 못해 얼른 이불깃으로 콧물을 찍어 냈다. 코도 막히고 산소가 부족한 탓인지 머리가 띵하게 아파 왔다. 그만 이불을 걷어 내고 신선한 공기를 마시고 싶었다.

수통에서는 이제 똑똑 빗방울 떨어지는 소리가 들렸다. 비는 멎었다.

불곰의 환사교는 아이들이 추측한 대로 환상적인 사교 모임인 것이다. 불곰의 휴대폰에는 살구꽃으로 엄마의 번호가 저장되어 있다. 살구꽃? 그건 솔직히 좀 오버다. 엄마는 꽃보다는 전사라는 말이 더 어울리는 사람이다. 어떠한 바람이 불어도 엄마의 신념을 굽히지 않고 그것을 지키기 위해 당당히 싸우기 때문이다.

불곰이란 사실에 신비감은 사라졌지만 한편으로는 마음이 놓이기도 했다.

그러고 보니 언젠가부터 불곰의 머리털은 덥수룩하지 않았다.

갑자기 난주가 보고 싶었다. 온조 곁에는 이제 난주만 남아 있는 것 같았다.

일 년 전에 멈춘 시계

장마 끝에 말갛게 벗겨진 하늘엔 어느새 가을빛이 묻어났다. 서쪽 하늘엔 서늘한 기운이 감도는 구름이 몽글몽글 피었다. 맑은 바람이 불었다. 자목련나무의 꽃 진 자리마다 열매가 빨갛게 익어 가고 있다. 난주는 아직 오지 않았다.

난주가 중3 때 난주 엄마는 재혼을 했다. 난주가 어렸을 때 이혼한 엄마는 어린아이가 둘 있는 남자와 재혼을 했다. 그때 난주는 새로 생긴 동생들이 정말 예쁘다고 했다. 열 살이 넘는 나이 차 때문에 꺽다리 난주가 동생들과 외출이라도 하면 꼭 엄마 같은 느낌이 든다고 했다. 늘 혼자라서 외로웠는데 동생이 둘이나 하늘에서 떨어진 것 같다며 무척 좋아했다. 새아빠 옆에서 엄마는 아주 든든한 버팀목을 가진 것처럼 전혀 불안해 보이지 않았다고 했다.

엄마가 그렇게 꽉 차 보였던 건 처음이라고 했다.

뭐든 좋게 생각하는 난주의 낙천성 때문이라고 생각했는데 그것이 얼마나 어려운 경지인지 난주가 새삼 존경스러웠다.

"야, 왜 그렇게 기운을 쭉 빼고 있냐?"

난주가 온조의 어깨를 치며 투덜거리는 투로 계속 말을 이었다.

"엄마, 아빠 영화 보러 간다고 애들 보라는 거 간신히 떨치고 왔네. 완전 애보개라니까. 너랑 약속 있다고 엄마한테 신경질 부리고 나왔어. 너랑 약속이 먼저라고. 미리미리 얘기해 줘야지, 내가 뭐 엄마의 필요에 따라 늘 대기 중인 줄 아냐고. 짜증 나 증말."

"너, 네 동생들 하늘에서 공짜로 떨어진 선녀같이 예쁘다고 했잖아."

"야, 만날 예쁘면 그게 사람이냐? 미울 때도 있고 예쁠 때도 있고 그런 거지."

"그렇지? 그런 거지? 그래도 홍난주 제법이다. 도 닦은 티가 제법 난다."

"그래, 내가 요즘 도를 닦고 있다. 정이현 때문에."

"그다음엔 연락 없었어? 뭐 다른 문자라도?"

"그게 끝이야. 꼭 유언이나 작별의 말 같지 않냐? 말투도 무슨 애늙은이처럼 사람 헷갈리게."

혼자서 바라볼 수 있는 것이

더 완벽한 그리움이다.

이 말에 동의할 수 있기를 바라며.

난주의 말을 듣고 보니 그런 것 같기도 했다. 어쩐지 온조는 정이현이 하고 싶은 말을 다 하지 않았다는 생각이 들었다. 지난번 만남 뒤에 찜찜함이 남은 건 그런 이유 때문이다. 그날 화를 내듯 온조의 말을 다 듣지 않고 자리를 박차고 나간 이유는 무엇일까? 정이현과 이따가 보기로 했다. 난주에게 말할까 하다 오늘은 혼자 보는 게 좋을 것 같아 입 끝에 뱅뱅 도는 걸 꾹꾹 누르는 중이다.

"그건 그렇고 왜 그렇게 기운을 빼고 있는데?"

"엄마한테 남자친구가 생겼어."

"어머, 그래? 호호호, 그럴 만도 하지. 네 엄마 좀 매력 있니? 그리고 아빠 돌아가신 지도 꽤 됐잖아. 엄마 나이도 너무 젊고. 그래서 네가 슬프다고 했잖아. 엄마가 어느 날 빨리 늙어 버렸으면 좋겠다고 해서 너 많이 울었잖아."

그랬던가. 하여간 홍난주 기억력은 알아줘야 한다. 정작 말한 사람은 까맣게 잊고 있는데 문득문득 토씨 하나 안 빠뜨리고 그대로 재현해 줄 때가 있다. 그럴 때마다 감탄하지 않을 수 없다. 난주가 되새김질시켜 준 말들은 처음 듣는 것처럼 생경스러웠다. 맞다. 그렇게 생각하면 분명 축하할 일이다.

"엄마를 생각하면 축하할 일인 거 같은데 널 생각하면 아닌 거 같기도 하고."

갑자기 심드렁해진 목소리로 난주가 말했다.

"무슨 소리야? 너라면 당연히 축하한다며 좋아할 줄 알았는데. 아닌 거 같다는 말은 뭐야?"

"공주야, 내가 얘기했잖아, 다 좋은 건 없다고. 새아빠와 동생들이 생겨 좋은 점도 있지만 꼭 그런 것만은 아니야. 생활이 불편해진 건 사실이야. 예전엔 좀 자유로웠다고 해야 하나? 엄마랑 의견만 맞으면 어디든 가고 뭐든 할 수 있었는데. 지금은 뭐 하자고 하면 울 엄마 돈 걱정부터 한다. 식구 수 많아서 계획적으로 살아야 한다나? 뭐라나."

난주는 한 김 빠진 듯 시드럭시드럭하게 말했다.

"가끔 엄마와 단둘이 살 때가 그리워지기도 해. 가끔이야, 가끔. 대부분은 좋아. 엄마랑 단둘이 살 때는 아무리 옷을 껴입어도 추운 것 같았는데 지금은 오히려 따뜻해진 것 같아. 생각하기 나름이라는 말이 맞아."

머리로는 다 이해할 수 있지만 마음은 여전히 단단하게 뭉쳐 있다.

상대가 불곰이라는 말에 난주는 잠깐 말을 잃는가 싶더니, 바로 호들갑을 떨기 시작했다. 잘 어울린다고 했다. 불곰한테도 엄마한테도. 난주가 불곰처럼 괜찮은 남자는 선생 중에서도 보기 드물다고 한 적이 있다. 얼마나 큰 행운이냐면서 난주는 온조를 끌어안고 등짝을 두들기며 수선을 피웠다.

그러더니 불곰의 말더듬을 흉본 거 정식으로 사과한다고 말했다. 다신 그러지 않겠다고 다짐했다. 난주는 당장 불곰이 온조의 새아빠라도 된 것인 양 굴었다.

"야, 홍난주, 제발 격하게 굴지 말아라. 아직 모르는 일이야."

"몰라, 몰라. 대박 대박 뉴스야."

온조는 아랫입술을 꽉 깨문 후 난주를 흘겨봤다.

"너, 비밀 사수 알지? 우리 학교에서 한 명이라도 아는 순간 그날 너랑은 끝장이다."

"기집애, 왜 내 입단속만 하냐? 나보다 불곰 입이 더 문제지. 아잉~ 좋겠다."

난주는 불곰이 제 아빠라도 된 것 마냥 정말 좋아라 했다.

"홍난주, 너 불곰 좋아했던 거 맞지?"

"기집애, 눈치 한번 되게 느리네. 그걸 지금 알았냐? 그치만 네 엄마라면 충분히 양보할 용의가 있어, 하하하. 백온조, 사랑에는 여러 빛깔이 있는 법이다."

난주의 매력은 가끔 이렇게 어른스러운 말을 할 때 더 빛을 발한다.

그래,

생각하기 나름이라고 했다.

그 조각배에서 엄마가 내린 것이 아니라 든든한 키잡이 하나 더 탔다고 생각하면 되는 것이다. 아무리 거센 파도가 덮쳐 온다 해도 엄마의 봇물 같은 웃음과 불곰의 진중함이 조각배의 균형을 잡아 줄 것이다.

온조는 같은 내용의 문자를 동시에 두 군데 보냈다. 하나는 엄마한테 하나는 불곰한테.

짜장면 사 주세요.

베이징 7시 ^^;

난주는 오 분에 한 번씩 울려 대는 호출 전화에 집으로 들어갔다. 난주 엄마, 아빠는 기어이 영화를 봐야겠단다.

"봤지? 이 생활의 불편함. 짜증 난다 정말. 자기들이 무슨 이십 대 청춘인 줄 아나 봐. 완전 연애하며 산다니까. 정작 연애해야 할 딸은 애보개시켜 집구석에서 푹푹 썩게 만들고. 세상이 뭐 이리 불공평하냐?"

투덜대며 집으로 향하는 난주의 뒷모습이 그다지 나빠 보이지 않았다. 난주는 맘 놓고 투정 부려도 좋을 든든한 백을 여러 개 가지고 있는 것 같았다.

젠장, 또 뛰어야 한다. 정이현을 만나기로 한 시각이 다 되어 갔다. 허겁지겁 티아모에 도착하여 빙 둘러보았다. 정이현은 아직 도착하지 않았다. 온조는 가쁜 숨을 몰아쉬며 광장을 내려다보았다. 저만치 정이현이 걸어오고 있다. 정이현의 그림자가 저녁 해를 받아 길쭉하게 늘어나 있다.

정이현은 의자 등받이에 등을 깊숙이 묻은 채 물 먼저 마셨다. 언제 봐도 여유로움을 잃지 않는 저 태도는 대체 어디서 나오는 것일까. 허둥대는 건 늘 온조 쪽이다.

온조는 지난번과 다르게 머뭇거리지 않았다.

"그, 그냥, 이건 내 느낌인데, 그날 너 말이야, 할 말이 있는데 다 못 한 거 같아서. 아니 아니, 내가 더 들을 말이 있는 것 같아서."

정이현은 눈을 내리깔고 테이블만 노려보고 있다.

"그럴 때는 눈치 되게 빠른데? 말도 제법 돌려서 할 줄 알고. 얼마나 공무가 바쁘시겠어, 들어 줄 말도 많고 해 줄 일도 많으셔서."

참, 알 수 없는 아이였다. 지난번과는 또 다른 분위기라 좀 놀라웠다.

"지금 비웃는 거니? 아님 놀리는 거니? 말을 그렇게밖에 못 하니?"

"아, 흥분하지 말고, 그렇게 들어 줄 말까지 다 챙기는 사람이 일 년 전에는 왜 그렇게 무심했는데?"

"또 일 년 전이야? 아주 넌 일 년 전에 시계가 멈춘 아이 같다. 일 년 전에 뭐? 내가 너의 존재를 몰랐잖아. 그건 너도 인정했잖

아. 손으로 얼굴을 가리고 있어서 누군지 몰랐을 거라고. 그리고 수도꼭지 양보한 게 뭐 그렇게 대단한 일이라고 내가 여태 기억하고 있을 거라고 생각하니? 같은 상황이라면 지금도 그렇게 했을 거야."

온조는 일 년 전이란 말에 푸르륵 열이 올라 속사포처럼 쏟아냈다.

"그러니까, 이 둔칭아."

"뭐? 두 둔 둔칭이라고???"

둔칭이는 온조의 또 다른 별명이다. 몸으로 하는 것은 죄다 둔해 빠져서 붙은 별명이다. 100미터를 달려도 꼴찌는 도맡아 놨고 춤을 춰도 장작개비 같다며 뻣뻣온조라는 말을 들을 정도였다.

왠지 정이현과 급 가까워진 느낌이 들었다.

"체육대회가 끝난 이후 너에게 연락을 했어."

"나한테? 난 받은 적 없는데?"

"그렇지, 받은 적 없다고 말하는 게 너한테도 나한테도 편하겠지."

"무슨 말이야?"

"난 너에게 몇 번의 전화와 몇 개의 문자를 보냈어. 넌 전화를 받지도 않았고 답장도 물론 없었지."

그래서 그때 연락하지 그랬냐는 말에 발끈했구나.

"체육대회 이후라고?"

온조는 그때의 일을 다시 떠올렸다. 그래, 딱 이맘때이다. 바람은 서늘했지만 햇볕은 작렬했던. 지금처럼 눈이 부셔 바라보기만 해도 눈물이 질금거리던 따가운 가을 햇살이었다. 작년 초가을? 맞다. 핸드폰, 재래식 화장실, 시골 순환 캠프. 작년 가을의 일이 선명하게 떠올랐다.

체육대회가 끝나던 주말, 엄마와 시골 순환 캠프에 가게 되었다. 쓰레기 없는 순환의 삶을 체험해 보는 캠프였다. 제일 중요하게 처리하고 관리해야 하는 것이 재래식 화장실이었는데 볼일을 보고 왕겨를 한 켜 올리고 재를 한 켜 올리는 식으로 뒤처리하는 거였다. 바지 뒷주머니에 휴대폰 넣은 것을 깜빡하고 볼일을 보게 되었다. 바지를 내리는 순간 뭔가 둔탁한 소리를 내며 떨어졌다. 왕겨를 뿌리고 재를 뿌리는데 그 속에서 금속성 물질이 반짝였다. 맙소사, 바꾼 지 채 한 달도 안 된 휴대폰이었다.

그러니까 정이현이 보낸 문자와 전화는 화장실 속에서 열라 울리다 발효되었다고 해야 하나, 묻혀 버렸다고 해야 하나. 정이현한테는 정말 미안한 일이었다.

이야기 듣는 내내 정이현은 인상을 찌푸렸다.

"왕겨와 재를 뿌리며 순간적으로 무슨 생각 한 줄 아니? 저걸 국자로 건지면 다시 쓸 수 있을까? 뭐, 그런 생각도 했다."

정이현은 냄새라도 나는 양 코를 감싸 쥐고 손부채질을 했다.

"그랬으면 모르지, 네 전화와 문자를 받았을 수도. 그 이후 난 한동안 전화기가 없었어. 엄마는 실수에 대한 응당한 처벌을 받아야 한다며 사 주지 않았거든."

정이현의 얼굴은 처음 봤을 때보다는 많이 노글노글해졌다.

"고의는 아니었지만 어쨌든 미안하게 된 일이다."

"둔한 건 어제오늘 일이 아니구나."

그렇게 말하고 정이현은 시선을 피해 광장을 내려다보았다.

하여간 말하는 본새라고는 꼭 그렇게 해야 지가 멋있는 줄로 무한 착각하는 거지.

생각보다 귀여운 구석이 있는 아이였다.

광장에는 오후의 서늘한 바람이 불었다. 파란 잎사귀로 한껏 부푼 이팝나무 가지 끝이 햇빛에 찰랑거렸다.

난주에게 이 말까지 전할 수는 없다. 정이현이 난주의 좋은 점을 조금이라도 안다면 얘기가 쉬울 텐데. 어색한 침묵이 흘렀다.

"흠, 흠, 난주 말이야, 꽤 괜찮은 아이야."

"그 얘기는 충분히 홍난주한테 전했다고 생각하는데?"

"충분히? 난주는 뭔 암호 같다고 하던데? 걔가 생각보다 둔한 데가 있어."

"그렇지, 둔한 애들끼리 놀아야지."

"야? 이~씨, 너 정말 그럴래?"

정이현은 억지로 웃음을 참다가 큰 소리로 웃었다. 난주가 어떤 모습을 보고 반한 것일까. 온조는 공연히 폼 잡는 정이현보다, 저렇게 팝콘 같은 웃음을 터뜨리는 정이현의 모습이 훨씬 보기 좋았다.

"내 말은? 지난번에 얘기했던 것처럼 다 같이 좋은 친구가 될 수 없냐는 거야. 너와 나, 난주 이렇게."

온조는 어렵사리 말을 꺼냈다. 이게 최선의 방법인지는 모르겠다. 특히 난주에게.

"신경 쓰여, 그런 아이들한테는 계속 멋있는 척해야 하거든. 너한테는 처음부터 코피나 쏟는 찌질이로 보였겠지만."

"뭐? 하하하, 너 꽤 웃긴다. 정말 카멜레온 같은 아이구나, 너."

제법 솔직한 구석도 있고 웃길 줄도 아는 애였다.

"착각하지 마. 누가 그래? 너 폼 잡는 게 멋있다고. 그건 그 사람을 잘 몰랐을 때 잠깐 드는 거지, 정작 상대를 사로잡는 건, 그 사람의 솔직함을 봤을 때 아니야? 조금 전 너의 모습처럼 말이야."

온조는 머리를 벅벅 긁었다. 어쩐지 좀 쑥스러웠다. 난주가 애보개로 집에 바로 들어가는 일만 없었어도 이 자리에 함께 있을 수도 있었다. 그렇지만 이렇게 허물없는 정이현의 모습을 볼 수는 없었을 것이다. 정이현은 폼 잡느라 잔뜩 굳어 있을 것이고, 난주는 난주대로 어울리지도 않는 내숭을 떠느라 천지 분간 못 했을 것이다. 난주에게 말을 꺼내지 않은 건 잘한 일이다. 정이현의 또 다른 모습을 보았기 때문이다.

온조는 가던 길을 뒤돌아보았다. 광장을 가로지르는 정이현의 발걸음이 왠지 가벼워 보였다. 정이현도 뒤돌아보았다. 온조는 정이현에게 손을 흔들어 주었다. 정이현도 손을 들어 보였다. 가을바람이 뽀송했다.

혜지와는 아직 자연스럽게 말을 트지 못했다. 혜지는 아무래도 오프라인보다 온라인이 더 편한 듯했다. 이제 막 장막 뒤에 숨어 있다가 자신을 드러내려고 할 때의 두려움과 낯가림이 혜지를 가로막고 있는 듯했다. 오늘도 몇 번인가 눈이 마주쳤지만 선불리 말을 걸어오지 않았다. 아무래도 온조 옆에 난주가 있기 때문에 신경이 쓰이는 모양이었다.

점심을 먹고 교실로 돌아온 온조는 혜지의 자리로 갔다. 혜지는 자리에 없었다. 헤드폰만 자리를 지키고 있었다. 헤드폰을 귀에 대 보았다. 여전히 알아들을 수 없는 괴성과 전자기타의 광란이 헤드폰 안에서 아우성쳤다.

"메탈리카야."

어느새 혜지가 다가와서 말했다.

"응? 그룹 이름이야?"

온조와 혜지는 교실을 빠져나와 소경의 잠꼬대로 향했다.

"얼마 전에 내한 공연도 했는데 앨범 들을 때와는 확실히 달라. 폭풍처럼 몰아치는 강렬함이 원시 그대로 살아 있는 느낌이었어. 야생의 짐승처럼 말이야. 헤비메탈을 들으면 마음이 편안해져. 처음으로 돌아간 느낌이랄까. 아무것도 덧붙이거나 포장하지 않아도 되는 원시 상태 말이야. 그 속에서 비로소 내 심장이 더운 김을 내며 힘차게 풀무질하는 것 같아."

"와, 그래? 난 잘 모르지만 네 표현 정말 멋지다. 확 끌리는데?"

"그래? 정말?"

혜지가 살포시 웃었다. 처음으로.

"내가 록을 좋아하게 된 건 에이브릴 라빈 때문이었어. 〈Nobody's home〉을 들었을 때 심장이 멎는 줄 알았어. 당시 내 마음을 가장 많이 알아주었으니까. 1학년 때 성적이 약간 밀린 적 있는데 엄마, 아빠가 몰아붙였거든. 집을 나와 버스를 탔는데 그 노래가 흐르고 있었어. 아마 라디오 음악 캠프 시간이었을 거야. 완전 내가 그 노래 속의 주인공이었어. 난 늘 집에 가도 아무도 없다는 생각이 들거든. 방마다 가족이 있는데도 말이야. 어둠이 내리기 시작하고 버스 유리창엔 가을비가 툭툭 터졌어."

혜지는 일 년 전의 그 풍경 속에 있는 양, 쓸쓸한 눈빛으로 허공을 바라보았다. 그때의 비 냄새가 코끝에 묻어오는 것 같다고 말했다. 가을비가 오려는 모양이다. 날이 잔뜩 흐렸다.

5교시 시작되는 종이 울렸다. 혜지와 나란히 징검다리를 건너서 교실로 향했다.

야자 시간이 시작될 즈음 교무실에서 호출이 있었다. 불곰이었다. 언젠가 이런 날이 오리라 생각했다. 엄마의 상대가 불곰이라는 사실을 알았지만 이에 대해 온조도 불곰도 먼저 말을 꺼내지는 않았다. 수업 시간에 몇 번 눈이 마주치긴 했지만 섣불리 먼저 말하지 말자고 약속이라도 한 것처럼 서로가 무덤덤한 척했다.

난주는 이러지도 저러지도 못했다. 예전처럼 불곰과 말장난을 할 수도 그렇다고 알은체할 수도 없어서 온조와 불곰의 눈치만 살폈다. 온조가 너무 티 나게 그러지 말라고 하자 난주는 그러는 게 어디 쉽냐며 지독한 인간들이라고 했다. 학교에 소문이 도는 건 시간문제겠지만 그 시간을 최대한 늦추고 싶었다. 아마 그건 불곰도 마찬가지일 것이다.

"덕분에 짜장면 잘 먹었다, 백온조. 왜 안 왔냐, 그날 늦게라도 올 줄 알고 엄마랑 기다렸는데, 으흐흐."

불곰이 의자를 내주며 말했다.

"제 생각이 변하기 전에 붙잡아 두고 싶었어요."

"그럼 지금은? 그때의 생각과 같은 거니?"

"네, 아직은요."

"고맙다, 짜식."

불곰은 온조의 머리를 쓰다듬으려 했다. 온조는 자기도 모르게 그 손을 피해 버렸다. 불곰은 겸연쩍은지 제 손을 앞뒤로 뒤집어 가며 바라보다 말을 이었다.

"실은 인마, 그간 내 마음고생이 심했다. 엄마는 너에게 말한 이

후 내 연락을 전혀 받지 않았어. 베이징에서 만난 그날이 그 이후 처음이었지. 그래서 네 맘이 어느 정도 정리가 되었다는 것을 알 수 있었다. 비로소 마음이 놓였다. 다행이다, 으흐흐."

불곰은 가슴을 쓸어내리듯 다행이다, 라는 말 앞에 크게 숨을 내쉬었다. 그런 다음 쑥스러운 듯 머리를 벅벅 긁었다. 저 웃음소리는 어떻게 안 되나? 온조도 머리를 벅벅 긁었다. 그러다 둘이 마주 보며 피식 웃음을 터뜨렸다.

"그리고 말이야, 사실 이 얘기를 내가 먼저 하는 것이 옳은지 아직 판단이 서지 않았는데 너와의 각별한 인연 때문이기도 하지만 선생으로서 걱정되기도 해서 말이야."

불곰은 다시 머리를 벅벅 긁으며 주저했다.

온조는 발치를 내려다보다 고개를 들어 불곰의 얼굴을 살폈다. 무슨 말이 나올지 짐작 가는 게 없었다. 설마 벌써 아빠 노릇하려는 건 아니겠지? 성적표를 열람했다거나 아님 이제 곧 고3이 되는 것을 환기시켜 주거나. 이건 아니다. 그런 오버는 싫다. 짧은 순간이지만 온갖 추측으로 머릿속이 어지러울 때 불곰의 입에서는 뜻밖의 말이 흘러나왔다.

"인터넷에서 운영하는 카페 말이야. 자식, 어떻게 그렇게 기발한 생각을 했냐?"

헉.

"어, 어떻게 아셨어요?"

"인터넷에 공개된 건 인마, 마음만 먹으면 알 수 있는 거 아니냐? 학생 신분으로는 문제 될 부분이 좀 있는 것 같더라. 나쁜 일에 악용될 소지도 있고. 아직 학교는 모른다. 학교에서 알면 그냥 두진 않을 거 같은데. 그렇다고 언제까지 모른다고 보장할 수는 없는 일이고."

"무슨 문제가 생긴다는 거죠?"

온조는 화가 났다. 알아보지도 않고 무조건 걱정부터 앞세워 미리 차단하는 어른들의 섣부름이 싫었다.

"상점의 운영 방향과 지침도 다 읽어 봤다. 의도는 아주 훌륭하더라. 그렇지만 세상이라는 게 의도한 대로 봐주지만은 않지. 나도 곰곰이 생각해 봤다. 엄마와의 인연이 아니라면 내가 이렇게 예민하게 생각했을까 싶기도 하고."

불곰은 다시 머리를 벅벅 긁었다.

그동안 카페에 들어와 분탕질해 놓고 간 모리배들의 생각과 다를 게 없었다. 돈만 주면 어떤 시간이든 가능하지 않겠냐고 들이대던 사람들이 많았다. 가네샤도 그랬으니까.

"엄마는요? 엄마도 알고 계세요?"

온조는 이렇게 빨리 엄마와의 사이에 누군가 개입하게 될 줄은 몰랐다.

"엄만 아직 몰라. 아마 알았다면 널 조용히 놔두시겠니?"

"모르죠, 엄마는 선생님과 생각이 다를지."

"그, 그, 그럼 인마, 왜 여태껏 엄마한테 말 안 한 건데?"

푹, 웃음이 새어 나왔다. 또 흥분지수가 올라가는 모양이다. 엄마가 불곰의 그 모습을 보고 봇물 터지듯 웃을 수밖에 없었던 심정도 이해가 간다.

"네? 그건 뭐……."

적당히 이어 갈 말이 생각나지 않았다. 엄마한테 말할 기회가 있었는데 피한 적이 있었다. 이제 알바 같은 거 하지 말고 공부에 신경 써야 한다고 했을 때 말하려던 것을 접기도 했지만, 시간을 파는 상점의 생명은 비밀에 있기 때문에 말을 꺼내지 않은 것도 있다. 그리고 돈이 오가는 것을 알면 엄마도 달가워하지는 않을 것 같았다. 어쩌면 온조한테 실망할지도 모른다는 생각까지 미쳤다.

"엄마는 아직 모르는 것 같다. 그렇지만 그것도 시간문제 아니겠니?"

"엄마가 안다고 해도 이젠 당당하게 말할 수 있어요. 누구한테도 부끄럽지 않은 일을 했으니까요. 카페에 밝혀 놓은 대로 그 기준을 넘어가는 일은 절대 하지 않아요. 돌아가신 아빠를 걸고요."

눈물이 핑 돌았다. 돌아가신 아빠를 이렇게 불러낼 줄은 몰랐다. 그것도 불곰 앞에서. 왜 그 순간, 아빠가 떠오르고 강토가 겹쳐 왔을까. 아빠를 실망시킨 건지도 모른다는 불안감과 얼굴도 모르는 강토와의 끈이 끊어질 것 같은 서러움이 밀려왔다. 그리고 아직

배달하지 못한 박스 안의 편지들이 떠올랐다. 이건 하늘이 두 쪽이 나더라도 마쳐야 할 일이다. 우편배달을 의뢰한 작은선생님에게는 환불을 할 수도, 양해를 구할 수도 없는 일이다. 이 편지들을 보내 주지 않는다면 작은 도서관의 화단은 남아나지 않을 것이다. 네곁에의 장물 사건도 깔끔하게 마무리된 건 아니다. 네곁에의 말대로 아직 불씨를 안고 떨떠름하게 남아 있는 상태이다.

"짜식, 인마, 내 말 끝까지 듣지도 않고. 질책하려고 한 건 아니야. 내 마음이 잘 전달이 안 된 거 같다."

불곰은 온조의 눈물을 보자 몹시 당황했다. 어찌할 바를 모르다 머리를 긁적이며 고개를 떨어뜨렸다.

"아무도 몰라요. 의뢰인의 신분과 의뢰 내용은 공개되지 않아요. 그건 의뢰인들이 더 철저하게 지켜지길 바라니까요. 쪽지나 메일로 연락하기 때문에 이제껏 크게 문제 된 건 없었어요. 처음엔 단순히 알바 개념이었는데 지금은 아니에요."

목소리가 자꾸만 떨렸다. 온조는 지지리 궁상으로 변명하는 것 같은 자신의 태도가 못마땅했다.

"백온조, 실은 비공개가 더 무서운 거다. 네가 전혀 생각지도 못한 일에 휘말릴 수도 있는 거고. 네 취지와 방향대로 운영된다면야 무슨 걱정을 하겠냐."

불곰이 걱정하는 것이 무엇인지 모르는 것이 아니다. 불곰의 그런 우려를 온조도 하고 있다. 꺼려 하는 마음이 있기 때문에 엄마에게도 털어놓지 못한 것이다.

"그래서 두 가지만 제안하려고 해. 우선 지금 맡은 일이 마무리될 때까지 시간을 두고 이 상점의 운영 여부를 다시 한번 생각해보자는 거야. 두 번째는 무슨 일이 있을 때 반드시 도움을 요청해야 한다는 거다. 이건 누구도 모르는 너와 나의 비밀이다."

불곰은 온조의 어깨를 툭 쳤다. 그런 다음 머리를 벅벅 긁으며 한쪽 눈을 찡긋했다. 온조는 아무 대답도 하지 않았다. 그렇지만 불곰의 마음을 모른다고는 할 수 없었다.

난주의 뒷모습에서 보았던 든든함이 온조에게도 생겼다. 그리고 엄마와의 사이에 한 가지 비밀이 더 생겼다. 오늘 밤, 엄마의 눈을 제대로 마주 볼 수 있을지 모르겠다.

불곰에게 시간을 파는 상점을 변호하다 그간 가물가물하게 잡히지 않던 것이 확연해졌다. 시간을 파는 상점은 온조가 만든 작은 울타리를 넘어 훨씬 많은 것을 품게 되었다는 것이다. 온조 개인의 상점이 아닌 우리의 상점이라는 생각이 들었다. 그렇다면 당연히 상점의 운영 방법은 수정되어야 한다.

망탑봉 꼭대기에서 뿌려 주세요

명치끝에 강토가 얹혀 있다. 법원까지 간 두 어른 사이에서 오랜 시간 견디고 있을 강토의 쓸쓸함이 물결처럼 밀려왔다. 이건 온조 자신도 모르게 자라는 자연스러운 감정이었다. 어쩌면 강토는 온조가 생각하는 것보다 훨씬 더 어른인지도 모른다. 아버지에 대한 할아버지의 감정을 알면서도 강토는 할아버지에 대한 따뜻한 마음을 잃지 않았다. 그 마음이 없었다면 시간을 파는 상점에 의뢰할 일도 없었을 것이고 온조가 할아버지를 만날 일도 없었을 것이다. 맛있게 먹어 달라는 강토의 목소리가 들리는 듯했다. 할아버지와의 두 번째 만남이 떠올랐다. 첫 번째처럼 맛있게 먹지 못했다.

온조는 메일 제목 란에 'A/S ^^'라고 썼다.

강토 님, ^^

이건 제가 최근에 들은 얘기인데, 사람의 마음을 바꿔 주었어요.

실제로 제가 경험을 했고 그 일로 무척 마음이 편안해져

문제가 절로 해결된 느낌이 들었어요.

지금 강토 님께도 그런 힘이 필요할 것 같아서 전해 드립니다.

어떤 사람과의 시간을 자꾸 피한다면

시간은 사람을 기다려 주지 않는다고 하더군요. ㅜㅜ;

이미 떠나 버려 함께 시간을 나눌 수 없는 아픔이 어떤 건지 전 너무도 잘 압니다.

강토 님에게는 할머니가 그렇겠지요.

정말 소중한 사람은 따로 있는데

이 시간에 그 사람이 나를 필요로 하는데,

미루거나 회피한 것은 아닌지,

그 사람의 말을 들어 주고 같이 있어 줘야 하는 건 아닌지

한 번쯤 되돌아보자는 겁니다.

할아버지는 할머니께 그렇게 하지 못했고 강토 님 아버지는 할아버지께 그렇게 하지 못했다고 하더군요. 지금 할아버지께서 원하는 것이 있다면 시간을 조금만 나누어 달라는 것이랍니다. 강토 님께도

아버지께도.

지난번에 할아버지께서 그러셨어요.

나는 살날보다 죽을 날이 더 가까운 사람이라고.

어쩌면 할아버지와 아버지는 모든 문제를 강토 님께 미루셨는지도 모릅니다.

지난번 식사는 맛있게 먹지 못했습니다. 그 이유는 제가 말하지 않아도 짐작하리라 생각됩니다. 그래서 이번 의뢰 비용은 돌려드리고자 합니다.

강토 님은 제가 계약을 위반하고 싶은 첫 번째 손님입니다.

강토 님을 만나 보고 싶다는 생각이 들었으니까요.

이건 제가 만든 계약 조건을 스스로 위반하는 바보 같은 생각이겠죠? ㅠㅠ;

강토에게서 곧바로 답장이 오지 않았다. 혹, 만나 보고 싶다는 말에 기겁한 것은 아닐까? 만나 보고 싶다고 했지, 만나자고 한 것은 아닌데…….

날짜를 헤아리며 강토의 답장을 기다리고 있을 때, 강토의 메일이 도착했다.

크로노스 님

이렇게 마음을 다한 A/S는 처음 받아 보는데요?

정말 감동입니다. ☺

고민을 함께 해 주는 사람이 있다는 것만으로도 그간 큰 위로가 되었는데, 크로노스 님이 막혔던 물꼬를 터주었습니다. ^^

할아버지에 대한 따뜻함을 잃지 않은 데는 크로노스 님의 역할이 컸습니다.

제가 한 일은 너무 힘들기 때문에 누군가에게 도움의 손길을 청한 것뿐입니다.

기대 이상이었어요.

좋은 소식부터 알려 드리죠.

할아버지께서 소를 취하하셨습니다.

크로노스 님 덕분입니다. 그 말은 정말 마력이 있는 것 같습니다.

크로노스 님의 편지를 받고 곧바로 아버지께 전화를 했습니다.

꼭 일 년 만이었습니다.

아버지가 할아버지께 한 만큼만 꼭 그만큼만 저도 아버지께 해 드리겠다고 했습니다.

아버지는 길고 긴 한숨으로 답을 하더군요.

할아버지와 내가 아버지께 원하는 건 함께할 수 있는 약간의 시간뿐이라고 했습니다. 그게 그렇게 어려운 거냐고, 물었습니다. 대답을

못 하더군요. ㅠㅠ;

가장 소중한 것들을 제쳐 두고 갖고 있는 게 무엇이냐고, 남아 있는 게 무엇이냐고 물었습니다. 그 역시 대답을 못 하더군요.

곧바로 할머니 유언장을 아버지께 보냈습니다. 할머니는 할아버지께도 아버지께도 아닌 옆집 아주머니에게 유언을 남겼습니다.

'내가 죽거들랑 불에 태워 간수했다가
가족들 중에 찾는 사람이 있씨믄
바람 많이 부는 날,
망탑봉 꼭대기에서 뿌려 달라고 해 주세요.'

할머니는 아무도 없는 방에서 죽음을 맞이했고 싸늘히 식어 갔습니다. 할머니 마지막 가는 길이 얼마나 추웠을까요?

할아버지는 그렇게 말씀하시더군요. 가장 자유를 갈망한 건 할머니였고, 가장 가족을 잘 안 것도 할머니였다고요. 그게 더 속상해서 견딜 수가 없다고 했습니다.

유언장을 보신 아버지는 한국에 들어왔습니다.

어제는 아버지와 망탑봉에 올랐어요. 망탑봉 너럭바위에 앉아 아래를 내려다보았습니다.

하늘이 손에 닿을 듯 가까이 있었어요. 쪽빛 보자기가 하늘에 둥글게 펼쳐진 것처럼 구름 한 점 없는 맑은 날이었어요. 겹겹이 둘러친 산자락이 하나둘 엎드리며 다가오는 것처럼 보이더군요. 작년 이맘때 할머니를 보내 드리던 기억이 났습니다. 저 아래 푸르게 펼쳐진 나무 잎사귀에, 가지에, 뿌리에, 바위 위에 할머니의 몸은 새 생명을 얻어 다시 태어났겠지요?

아버지는 내내 아무 말도 하지 않았어요. 한참 동안 산 아래를 내려다보며 서 있다가 무릎을 꿇더군요. 너무나 갑작스러운 일이어서 저도 당황했습니다.

아버지는 벌서듯 그렇게 한참 동안 너럭바위에 무릎을 꿇고 앉아 있었어요. 아버지는 그제야 할머니와의 시간을 갖는 것 같았습니다. 바람과 쪽빛 하늘과 아직 단풍 들지 않은 나무들이 증인이 되어 주었겠지요?

처음엔 제게 닥친 불편한 시간을 누군가 대신해 줬으면 하는 단순한 생각으로 상점을 찾았습니다. 크로노스 님은 손 내민 제 손을 부끄럽지 않게 해 주었고 시간을 파는 상점을 찾은 건 정말 잘한 일이라는 생각이 들었습니다. 고맙습니다.

상점 주인과 의뢰인의 관계가 아니라면 계약 위반은 아니겠죠?

저도 크로노스 님을 만나고 싶습니다. 그렇지만 만나고 싶지 않기도 합니다. 아, 오해는 하지 마십시오. 그건 순전히 저를 위해서니까요. 저는 앞으로도 이 상점을 종종 이용할 것 같아서요. 그렇게 되면 이 가게의 VVIP 고객이 되지 않을까요?

그건 크로노스 님과의 거리를 안전하게 유지해야만 가능할 것 같습니다.

다음 달 일요일엔 할아버지를 만나러 가겠습니다. 이젠 그 시간을 불편해할 일도 피할 일도 없으니까요.

크로노스 님이 보이지 않으면 할아버지께서 무척 서운하시겠지만요.

그럼, 안녕 ^^

엄마가 그랬다. 이 세상에서 일어나는 일의 대부분은 사람들로 인해 생겨나는 것이라고. 그렇기 때문에 사람이 해결 못할 일은 없다고 했다. 그들로 인해 생긴 문제는 그들과 또 다른 그들의 도움으로 해결할 수 있는 거라고 했다.

강토에게 의뢰 비용을 되돌려보내자, 마음이 한결 가붓해졌다.

엄마는 돈이 개입되지 않으면 훨씬 더 좋은 경우가 있다고 했다. 시민단체의 자원봉사자들을 움직이는 힘은 스스로 만들어 내는 신명이라고 했다. 그런데 돈이 개입되면 사람들은 시간 대비 자신의 수고를 계산하기 때문에 신명은 그만큼 줄어들어 단박에 시들해진다고 했다.

이제야 그 말이 무슨 뜻인지 알 것 같았다.

'들꽃자유'의 편지 배달은 오히려 온조의 용돈을 보태서 하는 일이다. 그렇지만 하나도 아깝지 않았다. 그게 무엇인지 조금은 감이 왔다. 언덕 위에 있는 작은 도서관으로 향할 때 온조는 동화 속 세상으로 들어가는 느낌이었다. 그 그림 속에 편지를 몰래 떨어뜨리고 오는 일은 무어라 표현할 수 없는 고귀한 기쁨을 맛보게 해 준다. 그것으로 이미 충분한 보상을 받은 것 아닌가?

시간은 우리를 어디로 데려갈지 모른다

난주, 정이현과 함께 일요일에 조조영화를 보기로 했다. 가장 자연스러우면서 민망하지 않은 방법이 없을까 고민한 끝에 나온 묘수였다. 난주에게 넌지시 얘기를 건네자 좋아라 펄쩍펄쩍 뛰었다. 벌써부터 두근댄다며 침을 삼키다 켁켁거렸다. 난주는 정이현과 관계된 일이면 온몸의 세포가 화들짝 깨어나는 느낌이라고 했다.

놀토에 어쩐 일로 눈을 일찍 뜨냐는 엄마의 말에 창밖을 보았을 때 맑고 청량한 햇살이 한가득 펼쳐졌다. 높푸른 쪽빛 보자기 위에 뭉게구름이 꿈결처럼 피어올랐다. 사랑의 메신저인 온조에게 난주가 풀로 쏘기로 한 날이다.

집을 막 나서는데 문자가 왔다. 발신번호표시제한이다.

하늘정원 아파트 옥상으로 급히 와 주길.

지난번 장물 사건, 도움이 필요함.

— 네결에

네결에는 쪽지나 메일 외에 문자나 전화로 연락한 적은 없었다. 무슨 일일까?

잘된 일인지도 모른다. 난주를 위해서 빠지는 것도 괜찮겠다는 생각을 잠깐 했는데 마침 어쩔 수 없는 상황이 자연스럽게 벌어졌다. 난주에게는 적당히 둘러대면 될 일이다. 오히려 온조의 깊은 배려라고 생각하여 난주가 눈물 흘리며 고마워할지도 모른다.

온조는 운동화를 고쳐 신고 달리기 시작했다.

옥상, 장물 사건, 네결에…….

왠지 불길했다. 네결에가 보낸 마지막 쪽지가 생각났다. 급한 불은 껐지만 불씨가 남아 있는 것처럼 찜찜하다는 말이 되살아나 거센 불길로 번졌다.

헐레벌떡 하늘정원 아파트에 다다랐을 즈음, 자전거를 타고 쌩하니 앞질러 가는 정이현이 보였다. 온조는 시계를 보았다. 난주와 극장에서 만나기로 한 시각이 다 되어 가는데 눈앞에 정이현이라니. 어쩌면 좋아, 붉으락푸르락 시근벌떡대는 난주의 얼굴이 떠올랐다.

온조는 정이현을 향해 뛰었다. 정이현은 아파트 입구에 자전거를 팽개친 후 엘리베이터로 향했다. 온조는 헐떡거리며 뛰어가 정이현의 팔을 잡았다.

"네가 여기 웬일이니? 지금 여기 있으면 어떻게 해? 영화는 어쩌고?"

정이현의 얼굴은 창백했다.

"급해, 지금 말할 시간 없어. 서둘러야 돼."

정이현은 엘리베이터 버튼을 연거푸 누르며 말했다. 엘리베이터는 16층을 지나 계속하여 올라갔다.

온조는 가쁜 숨을 몰아쉬며 말했다.

"뭐? 누구야, 너? 내가 여기 올 줄 어떻게 알았어? 넌 여기 왜 온 거야?"

"안 되겠다. 계단으로 올라가자."

정이현은 온조의 손목을 잡았다. 온조는 정이현의 손을 뿌리쳤다. 뛰어온 터라 온몸이 후끈거리는데도 서늘한 기운이 등골을 타고 내렸다. 안 그래도 뒤로 넘어가게 숨이 가빠 죽을 지경인데 정이현은 온조를 끌고 계단을 오르기 시작했다. 온조는 도저히 정이현의 발에 맞출 수가 없었다. 숨이 턱까지 차오르고 두 다리는 쇳덩이라도 매단 것처럼 계단 아래로 축축 처졌다.

정이현은 초조한 눈길로 엘리베이터 층수를 확인했다. 엘리베이터는 계속 올라가기만 했다.

"안 되겠다. 먼저 올라갈 테니까, 넌 엘리베이터 타고 올라와."

정이현은 계단을 뛰어오르기 시작했다.

엘리베이터는 25층에 멈춰 있다. 꼼짝도 하지 않았다. 온조도 계단을 오르기 시작했다. 모든 게 뒤죽박죽이다.

아직도 엘리베이터는 25층에 있다.

온조는 후들거리는 다리를 이끌고 계단을 올랐다. 어지러웠다. 9층을 막 올라갈 때 그제야 엘리베이터가 움직였다. 온조는 엘리베이터를 잡기 위해 버튼을 누르고 벽에 기댄 채 숨을 골랐다.

네곁에가 너무 급한 나머지 정이현한테 부탁했을지도 모른다. 네곁에와 정이현은 같은 반이다. 그러다가 온조는 그동안 네곁에의 정체에 대해 어떤 의심도 품지 않았다는 것을 알았다. 아니, 상점 주인으로서 그래야 한다고 생각했다. 굳이 신분을 밝히지 않는 경우, 알려고 하지 말 것, 알려고 하는 순간부터 의뢰인의 신분은 보장되지 않는 것이라고 생각했다. 그것도 장물 사건과 같이 대상이 누구인지 알려고 하는 것은 상대에게 위협을 가하는 문제이기 때문에 더욱 그랬다.

그동안 정이현이 했던 말 중 미심쩍었던 말이 없는 건 아니었다. 두 번의 만남 중 밑도 끝도 없는 말이 몇 가지 있었다. 꺼림칙했지만 그냥 묻어 두었다.

온조는 엘리베이터를 타고 맨 꼭대기층을 눌렀다. 가슴이 갑갑

했다. 무슨 일이 벌어지고 있는 건지 짐작이 가지 않아 두려웠다.

옥상문은 비스듬히 열려 있었다. 옥상 문을 밀었다. 바람이 훅 불어왔다. 일렬로 늘어선 환풍기가 돌 때마다 어느 한 귀퉁이에 햇살이 부딪혀 눈이 부셨다. 눈에 띄는 것은 아무것도 없었다. 너무나 조용했다. 저 멀리서 구급차 사이렌 소리가 들렸다. 출입구 옆 귀퉁이엔 엄지손가락만 한 무당거미가 배를 통통하게 불린 채 유유히 거미줄을 타고 있다. 햇볕도 무당거미도 아무 일 없는 양 태연히 옥상 위에 드러누워 있다.

온조는 두리번거리며 옥상 위를 걸었다. 물탱크 아래 정이현이 주저앉아 있다.

"무슨 일이야? 왜 이러고 있어?"

정이현은 멍 때린 표정으로 온조를 바라보다 이내 고개를 떨구었다.

"이 자식이 새벽에 나한테 문자를 보냈어. 죽으러 간다고. 아침 해가 떠오를 때 죽겠다고, 그래야 덜 무서울 것 같다고. 그 문자를 지금 본 거야. 영화 보러 가려고 막 나오려던 참에."

정이현은 고개를 떨어뜨린 채 말했다.

"뭐? 이 자식이라니? 누구?"

밑도 끝도 없이 말하는 정이현을 향해 온조는 소리를 질렀다.

"PMP 훔쳤던 아이."

온조는 조명이 서서히 페이드아웃되는 것처럼 눈앞의 빛이 사라지는 것 같았다.

"뭐? 무슨 소리를 하는 거야, 지금?"

"……."

정이현은 숨을 몰아쉬며 뒤로 벌러덩 누워 버렸다.

"그렇게 누우면 어떻게 해? 여긴 줄 어떻게 알았어? 해 뜨는 시각이면 벌써 지났잖아."

온조는 정이현의 어깨를 잡고 흔들었다. 눈을 감은 정이현의 얼굴은 땀으로 뒤범벅되어 있었다. 온조는 옥상 난간으로 달려가 아래를 내려다보았다. 한 줄기 바람이 회오리가 되어 온조의 얼굴을 때렸다. 숨이 막혔다. 아래는 너무나 까마득해서 현기증이 일었다.

"내가 다 둘러봤어. 여긴 아니야."

정이현은 눈을 감은 채 허공을 향해 중얼거렸다.

"여기가 아니면? 전화해 봐, 얼른!"

"이 아파트에 살아. 전에 이 옥상에서 얘기를 나눈 적이 있어. 옥상에서 바라보면 세상이 아무것도 아닌 것 같다고, 사는 게 장난 같다고 했어. 저 아래 까맣게 옴닥거리는 사람들은 개미 같고 자신은 걸리버 같다고 말이야. 그리고 저 아래에는 소실점 같은 게 있는데 사람을 빨아들이는 블랙홀 같다고 했어."

정이현은 전화기를 꺼냈다. 손을 마구 떨었다.

"꺼져 있어."

온조도 다리에 힘이 풀려 그 자리에 털썩 주저앉았다.

어떻게 해.

'PMP를 제자리에 돌려놓은 것이 오히려 그 아이를 옥상에서 떠다민 격은 아니었을까?'

"정이현, 너 똑바로 말해. 네가 네겔에니? 아니지?"

온조는 말하는 내내 심장이 쿵닥거려 숨이 찼다.

그때 온조의 전화벨이 울렸다. 정이현과 온조는 화들짝 놀라서 울고 있는 전화기를 바라보았다. 난주였다. 어떻게 해야 하나? 받을 수도 안 받을 수도 없다.

"야, 뭐야? 영화 시간 다 돼 가는데 왜 아직 안 오는 거야? 너 죽을래?"

"나 나 난주야, 미안."

진땀이 났다. 이 상황을 어떻게 설명해야 할지, 생각이 멈춰 버린 듯했다. 뭐라고 둘러대기라도 해야 할 것 같은데 도통 떠오르는 생각이 없다.

"아, 씨, 진짜. 어딘데? 정이현은? 정이현은 온다고 한 거야?"

"으응, 아직 안 왔지? 오기로 하긴 했거든?"

온조는 정이현의 눈치를 살피며 말했다. 정이현은 팔다리에 힘이 죄다 풀렸는지 큰대자로 널브러져 있다.

"난주야, 미안. 정말 미안해. 내가 나중에 다 설명해 줄게. 요번 한 번만 봐주라."

난주는 씩씩대며 말했다.

"이 자식도 끝이고 너도 끝이야. 그럼 미리 연락이라도 줘야 하는 거 아니야? 너희들 나 놀리는 거니? 지금?"

난주는 독이 바짝 올라 목소리에 삑사리가 나도록 소리를 질러댔다. 할 수 없다. 사실대로 실토할 수밖에. 더 이상 꼬이게 둘 수는 없는 일이다. 온조는 숨을 크게 뱉은 후 말했다.

"야, 홍난주, 거기서 멈춰라, 그런 건 진짜 아니다, 하늘에 맹세코. 그러면 지금 택시 타고 하늘정원 아파트 앞으로 와. 거기서 기다릴게."

온조는 더 이상 아무 말도 붙이지 않고 전화를 끊었다.

정이현은 벌떡 일어나 앉더니 동그래진 눈으로 온조를 바라보았다.

"홍난주를 이리 오게 하면 어떻게 하니?"

고개를 치켜들고 정이현은 잡아먹을 듯이 온조를 노려봤다.

"그럼, 나보고 어쩌라고. 방법이 없잖아, 지금 난리란 말이야. 입장을 바꿔 놓고 생각해 봐라. 그건 그렇고, 너 내 물음에 답 안 했다. 네가 '네곁에'냐고?"

온조는 소리를 빽 질렀다. 정이현은 또다시 고개를 떨어뜨렸다. 따가운 가을볕이 정이현의 목덜미에 내리꽂혔다. 단두대에 목을 내려뜨린 사형수 같았다. 그 목덜미는 처분만 바란다고 말하는 듯했다.

"맞아, 내가 네결에야. 누가 네결에인 게 지금 이 상황에서 그렇게 중요한 거니?"

정이현은 윽박지르듯 온조에게 쏘아붙였다.

"머, 머, 뭐라고?"

잘못한 놈이 오히려 큰소리치는 꼴이라니.

"생각보다 너 무척 둔하더라?"

어랍쇼~ 거기다 비아냥거리기까지~.

온조는 두 주먹을 꼭 쥐었다.

정이현은 바지를 툭툭 털며 일어섰다. 그게 뭐 어때서? 마치 그러는 것 같았다. 당연한 걸 이제야 알았냐는 투다.

온조는 부르르 떨렸다. 온조는 고개를 수그리고 바짓단을 터는 정이현의 머리를 세차게 후려쳤다. 손바닥이 얼얼했다. 정이현은 맞은 머리를 만지며 두 눈을 동그랗게 뜨고 온조를 바라보았다. 철퇴라도 맞은 듯 입은 반쯤 벌어진 채 쏘아보았다.

"나쁜 자식. 재밌냐?"

온조가 다시 손을 번쩍 들어 정이현의 머리통으로 향하자, 정이현이 손목을 잡았다.

"재미로 한 것 같냐? 이게? 너도 의심하지 않았고 말할 만한 상황도 아니었어. 너도 의뢰인의 신분은 보장해 준다고 했잖아. 난 그거에 협조했을 뿐이야. 말을 안 했을 뿐이지, 속인 건 아니야."

듣고 보니 정이현의 말이 틀린 건 없었다. 온조는 정이현이 잡은 손을 뿌리쳤다. 놀림당한 것 같은 불쾌함과 함께 모든 것을 노출당한 것 같은 수치심이 들었다.

"계속하시지 왜, 이제사 밝히는데? 오늘 왜 나를 부른 건데?"

"자신이 없었어. 혼자 감당할 자신 말이야. 더 솔직히 말하면 무서웠어. 누구보다 네가 제일 먼저 떠올랐어."

"도대체 어떻게 된 일인데? 왜 진작 네가 네곁에라고 말 안 했는데?"

"내가 네곁에면, 뭐가 달라지는데? 넌 아직도 '네곁에'라는 아이디의 의미를 몰라, 둔한 건 하루이틀 사이에 해결될 일은 아니지. 스읍~ 아우, 아파라."

정이현은 맞은 데를 문지르며 인상을 찌푸렸다. 온조는 얼른 때린 손을 뒤로 감추었다. 정이현의 말대로 네곁에가 누군지 안다고 해서 달라질 건 없다.

하늘 아래, 정이현과 온조 그리고 옥상 위에 내려앉은 가을볕만 있는 것 같았다. 너무나 조용했다. 이곳에서 누구 하나 죽어 나간다 하더라도 아무도 모를 것 같았다.

"어제, 우리 반에서 또 도난 사건이 일어났어. 이번엔 전자수첩이었어. 그 아이와 눈이 마주쳤지. 그 아이가 한 짓이라는 걸 알 수 있었어. 그 아이 얼굴에서 어떤 절망 같은 게 느껴졌어. 자신도 어찌할 수 없었다는 난감한 얼굴이었거든. 그리고 오늘 새벽 그런 문자를 나한테 보낸 거였어."

"그럼 그 아이 집에 알려야 하는 거 아니야?"

"집이 어디인지 정확히 몰라, 이 아파트에 산다는 거밖에."

"담임샘한테라도 연락해서 알아내야 하는 거 아니야?"

불현듯 불곰의 얼굴이 떠올랐다. 이런 때 불곰에게 도움을 청해야 하는 건 아닌가, 하는 생각이 들었다.

"이 상황을 어떻게 설명하라고. 잘못하다간 지난번 PMP 사건부터 너까지 다 드러날지도 몰라. 그렇게 되면 생각보다 문제가 커지는 건 뻔하지 않냐?"

그래, 불곰도 마찬가지야.

PMP가 되돌아왔을 때 학교가 얼마나 소란스러웠던가. 그 사건에 개입됐다는 걸 알면 불곰은 두 번 생각할 것도 없이 상점을 폐쇄하라고 할 것이다. 어쨌든 지금은 불곰의 등장 타이밍이 아니다.

"그럼 그 아이는 지금 어디 있는 걸까?"

"하아~."

정이현은 숨을 몰아쉬며 하늘을 올려다보았다. 그리고 눈을 감았다. 바람이 한차례 불었다. 정이현의 볼에 흐르던 땀이 꾸둑꾸둑 말라 갔다. 정이현은 다시 숨을 뱉으며 말했다.

"별일 없길 바라야지. 무슨 일 있었다면 벌써 소식이 있었을 거야."

온조와 정이현은 엘리베이터를 탔다. 정이현은 1층 버튼을 누르며 말을 꺼냈다.

"장물 사건 기억나지?"

그럼 기억하고말고, 기억하다뿐이겠니? 지금도 그 생각만 하면 두 다리가 꺾일 것처럼 후들거리는데.

온조는 그때의 심정이 되살아났다. 눈앞에 있는 정이현이 자신을 곤란에 빠뜨린 장본인이라고 생각하자 더욱 괘씸한 생각이 들었다. 온조는 입을 앙다물고 물었다.

"넌, 대체 나를 어떻게 만들려고 그런 짓을 한 거니?"

"시간을 파는 상점을 열었을 때, 첫 번째 의뢰인이 되고 싶었어. 그 일이 공교롭게 장물 사건이 되었지만 말이야. 일부러 장물 사건을 의뢰하려던 건 진정 아니다."

정이현은 자전거를 일으켜 세운 뒤 등나무 그늘에 앉으며 말을 이었다. 등나무 아래는 서늘할 정도로 차가웠다.

"장물 사건 이후로 나도 무척 힘들었어. 그 아이는 PMP를 제자리에 돌려 놓은 사람이 나라고 생각해. 그 아이가 훔칠 때 현장을 목격한 사람이 나였고 그 사실을 알고도 발설하지 않았으며 그다음 바로 훔친 물건이 다시 없어졌으니까 그럴 만도 하지.

나도 자기와 다를 게 없다는 식으로 말하더라. PMP가 돌아온 날, 학교가 시끄러웠잖아. 그 아이가 사실대로 말하겠다고 하는 거야. 주객이 전도된 꼴이 되었지. 오히려 내가 그 아이한테 사정하는 꼴이 되었다니깐. 일이 복잡하게 될 것 같아 어떻게든 막아야 한다고 생각했어. 자칫하다간 나는 물론 너까지 문제 될 게 뻔하잖아.

하루만 더 생각해 보고 결정하자는 말로 유예를 시켰지. 그날, 그 아이와 많은 이야기를 나누었어.

너만 조용히 있으면 넘어갈 일인데 왜 그러냐고 했더니, 더 이상 견디기 힘들다는 거야. 누군가 목을 조여 오는 것 같아 차라리 죽고 싶다는 거야. 그러면 애초에 왜 그랬냐고 했더니, 자신도 모르는 사이에 일어난 일이라고 하는 거야. 불안한 상황에서 벗어나려고 더 자극적인 일을 찾게 되는데 그게 바로 남의 물건에 손대는 일이었어. 물건을 훔칠 때는 앞뒤 가릴 것 없이 일종의 쾌감 같은 것만 남게 된다나? 그 순간 극도의 긴장감이 다른 심리적 불안감을 잊게 해 준다는 거지. 고쳐 보려고 여기저기 자료도 찾아보고 상담도 해 본 모양인데 죽기 전에는 고칠 수 없는 병이라며 절망감에 빠져 있더라.

초등학교 때 슈퍼에서 껌을 훔친 적이 있대. 엄마에게 들키고 말았지. 엄마는 어디서 났냐고 다그치면서 당장 슈퍼로 가자고 하더래. 저만치 슈퍼가 보이자 숨고 싶었대. 그래서 화단의 나무 뒤로, 놀이터의 미끄럼틀 뒤로 숨었지만 엄마는 막무가내였대. 뒤로 넘어갈 정도로 뻗대도 소용이 없었지. 그때 처음으로 수치심이 무엇인지 알았다나 봐. 그런데도 엄마는 개처럼 질질 끌며 슈퍼 아저씨께 데려갔다고 하더군. 훔쳤다고 분명히 사과드리고 껌을 도로 돌려주든가 사실대로 얘기하고 껌값을 지불하라는 거였지. 죽고 싶었대. 대신 엄마가 해 줬으면 좋겠는데 칼날처럼 날이 선 엄마는 어림도 없다면서 아이를 슈퍼로 밀어 넣은 거야. 훔치면 안 된다는 생각보다 얼음처럼 차가운 엄마가 살이 떨리도록 미웠대. 내 편을 들어줄 사람이 아무도 없다는 게 너무나 무서웠대. 가장 믿었던 엄마마저 나를 버린다는 생각이 들었대.

집안 또한 명문대 출신에 고시 패스한 사람들이 대부분이어서 엘리트 코스가 아니면 인정하지 않는 분위기래. 그 아이 성적은 상위권인데도 톱이 아니기 때문에 부모는 집안의 수치라는 말을 입에 달고 다닌대. 친척들 앞에서 버젓이 그런 말을 하고 집안 또한 동조하는 분위기라더군. 부모가 정해 준 대학이 아니면 꿈도 꾸지 말라는 말을 들을 때면 죽고 싶다는 생각밖에 들지 않는대.

그런 부모를 욕보일 수 있는 방법은 딱 한 가지밖에 없다는 생각이 들더래. 남의 물건에 손댔을 때 엄마가 병적으로 반응했던 것을 떠올린 거지.

일을 저지른 뒤 정신 차리고 나면 이것도 아니라는 생각이 든다고 하더군. 제 자신이 쓰레기 같아서 밤새 치욕스러움에 몸을 떨 때가 많대. 그런 자신의 졸렬함과 수치스러움에 대해 통렬하게 복수해 주고 싶다고 했어. 이렇게 사는 건 죽는 것만 못하다는 생각이 들어서 죽음만이라도 존엄성을 갖고 스스로 선택하고 싶다는 거야.

난 그 아이의 말을 듣는 내내 진저리를 쳤어. 그 아이가 창백하게 죽어 가는 모습과 처참하게 으깨지는 상상이 악몽처럼 찾아왔어. 차라리 그날 PMP에 손대는 것을 보지 않았다면 이렇게 괴로워할 일도 없었을 텐데, 아니 봤다손 치더라도 못 본 척 그냥 넘어갔으면 괴로움이 나한테까지 전이되진 않았을 텐데, 하는 생각이 들었을 정도였으니까. 그러곤 너를 떠올렸어. 너에게 정말 미안했어. 그 아이가 잘못된다면 평생, 너와 나는 그 짐을 떠안고 갈 수밖에 없을지도 모른다는 생각이 들었어. 겁이 났어."

온조는 겁에 질려 있는 정이현의 어깨를 잡아 주고 싶었다. 하지만 그럴 수 없었다. 머리를 맞은 것은 정이현인데 마치 온조가 맞은 것처럼 머릿속이 욱신거렸다. 정이현이 겁이 났어, 라고 말했을 때 온조도 무서웠다. 사태의 심각성이 눈앞에 선명하게 보였다. 한 사람의 목숨이 달려 있다.

온조는 빛 한 조각 흘리지 않고 빼곡하게 넝쿨진 등나무를 올려다보았다. 초록의 풋내가 진동하는 것 같았다. 주렁주렁 매달린 등나무 열매의 생명력이 무섭도록 선연했다.

택시에서 난주가 내렸다. 사복으로 쪽 빼입은 난주의 모습은 신경 쓴 티가 역력했다. 평소에 잘 입지도 않던 치마에 굽 달린 세미 구두까지 갖춰 신었다. 왜 안 그렇겠나, 그토록 목매던 일이었는데. 온조는 풋, 웃음이 새어 나왔다. 웃다가 지금 그럴 상황이 아니라는 것을 알고 난주를 부르며 뛰어갔다.

난주는 온조가 내민 손을 찰싹 때리며 눈을 하얗게 흘겨 떴다. 그러고는 정이현과 온조를 번갈아 보며 무슨 일이냐고 다그쳐 묻는 눈빛을 보냈다. 난주는 정이현 앞이라서 성질껏 화도 내지 못했다. 온조는 정이현과 같이 있는 게 오히려 불벼락 쓸 일은 면한 것 같아 마음이 조금 놓였다.

"안녕, 미안하게 됐다. 일이 좀 생겼어."

고맙게도 정이현이 먼저 손을 들어 인사한 후 말을 건넸다.

"어어, 안녕."

난주는 얼결에 대답했다. 삶은 예상치 않은 그림과 맞닥뜨릴 때가 많은 것 같다. 난주는 밤새 부드러운 조명과 팝콘 냄새가 진동하는 영화관 매표소 앞에서 정이현과 마주하는 그림을 그렸을 것이다. 첫인사 나누는 장면을 백 번도 넘게 시뮬레이션 했을 것이다. 온조 또한 그랬고 정이현 또한 그랬을 것이다. 엉거주춤 반갑지도 그렇다고 반갑지 않은 대답을 하기도 애매한 상황은 전혀 예상치 못한 일이다. 영화관 로비의 할로겐 조명과 쾌적함은 온데간데없고 적나라한 가을 햇빛 속에 눈이 부셔 인상을 찡그린 채 마주 인사하리라고는 아무도 짐작하지 못했다.

"어쭈~ 같이 있으면서. 거짓말까지 하냐?"

난주는 두 눈을 희번덕거리며 이빨을 물고 나직한 목소리로 온조의 귀에 대고 속삭였다. 정이현이 저 앞에 있다는 게 천추의 한일 것이다. 온조는 정이현을 바라보며 눈치만 보고 있었다.

"이 아파트에 내 친구가 살아. 새벽에 문자를 보냈어. 죽겠다고. 그걸 영화관 가려던 참에 보게 된 거야."

정이현은 특유의 고저 없는 목소리로 차분하게 설명했다.

"누군데? 왜? 그런데? 어떻게 됐어?"

난주의 촉이 광속도로 촉발하고 있다. 궁금해 죽을 지경이다. 죽음의 예고 앞에 누군들 태연할 수 있을까. 난주는 영화 약속을 깬 것 같은 사소한 괘씸함은 씻은 듯이 잊은 듯 궁금증으로 폭발했다.

정이현은 자전거를 끌고 앞서 걸었다. 세 사람은 자연스럽게 광장 쪽으로 향했다. 난주는 쉬지 않고 온조에게 그게 누구냐고 닦달하며 걸었다. 난주가 하도 찔러 대는 통에 온조의 옆구리가 얼얼할 지경이었다.

"나도 몰라 누군지, 얘기하자면 길어. 지금은 좀 그렇고 나중에 얘기해 줄게."

온조는 옆구리를 수없이 찔러 대는 난주의 손을 살며시 떼어 내며 걸었다. 온조의 손바닥에는 여전히 진땀이 배어 나왔다.

난주는 뒤따라오던 걸음을 멈추며 온조와 정이현의 뒤통수에 대고 소리쳤다.

“죽는다고 해서 다 죽냐? 그럼 이 세상에 살아 있는 사람이 몇이나 있겠냐? 우리 외할머니는 코가 땅에 닿도록 허리가 고부라졌는데 매일 아침마다 죽어야지 죽어야지 하는데, 난 그렇게 안 들리더라. 살고 싶다, 살고 싶다, 더 살고 싶다 뭐, 그렇게 들리더라. 그 아이도 분명 살고 싶다고 말한 걸 거야. 바닥을 친 거지. 참는 데까지 숨을 참다가 더 이상 견딜 수 없다고 생각할 때 물 위로 올라와 살고 싶다고 말한 걸 거야.”

걸음을 멈춘 채 듣고 있던 온조와 정이현은 동시에 뒤돌아 난주를 바라보았다.

“너희들 꼴을 좀 보란 말이야, 친구 살리려다가 너희들 먼저 돌아가시겠다. 내가 얌전 좀 떨어 보려고 했는데 도저히 못 봐주겠어서 하는 말이다.”

난주의 말이 끝나자 정이현은 그제야, 웃음을 터뜨렸다. 온조는 이제야 홍난주 같다는 생각이 들었다.

꼴? 꼴이 뭐 어때서? 그제야 온조와 정이현은 서로의 얼굴을 쳐다보았다. 꾀죄죄했다. 두 눈은 무엇엔가 놀라 기가 다 빠져나간 듯 퀭했다. 옥상에서 한바탕 전투라도 치르고 내려온 모양새였다.

정이현은 맞은 곳을 어루만지며 혼잣말처럼 중얼거렸다.

“뭔 여자애가 주먹이 그렇게 세냐? 번개가 치더라. 쪽팔리게.”

“더 안 맞은 걸 다행이라고 생각해라.”

온조는 어금니를 깨물며 나직하게 말했다.

온조는 걱정이 되었다. 장물 사건의 전말을 얘기하자면 상점의 존재를 밝혀야 할 것이고 그동안 난주에게 털어놓지 않은 것을 어떻게 설명해야 할지 난감하기만 했다. 그간의 사실을 알게 된다면 난주에게 뼈도 못 추릴 정도로 두들겨 맞을 게 뻔했다.

바람의 언덕

그 아이의 자리가 빈 지 일주일이 지났다. 그간 온조는 얼굴 없는 아이가 아파트 옥상 난간에 서 있다가 양팔을 벌리며 날아다니는 꿈을 여러 번 꾸었다. 꿈속에서는 날아다니는 것도 가능했다. 훨훨 날다가 땅에 사뿐히 내려앉으면 되는 거였다.

정이현도 그 비슷한 꿈을 여러 차례 꾸었다. 떨어지는 아이를 받으려고 달려가면 마치 바람 타는 눈발처럼 가볍게 날리며 다른 방향으로 날아오른다는 거였다.

그 아이가 보낸 엽서가 학교로 날아온 건 꼭 열흘 만이었다. 수신인은 정이현이었다. 깃털 같은 엽서 한 장은 또다시 학교를 발칵 뒤집어 놨으며 그 아이가 죽지 않고 살아 있다는 것만으로도 전교생의 가슴을 쓸어내리게 하였다. 엽서에는 달랑 정이현의 이름과 발신인에 그 아이 이름이 쓰여 있는 게 다였다. 잘 있다거나 살아 있다고 쓰여 있으면 좋으련만, 그러다가 미안하다고 쓰여 있지 않은 것을 다행으로 여기자며 모두 한숨을 돌렸다.

엽서가 도착한 날, 그 아이 부모가 학교에 왔다. 엽서를 손에 든 그 아이 엄마는 바들바들 떨었다. 그렇지만 얼굴은 평정을 잃지 않으려고 애썼다. 정이현은 수시로 교무실로 불려 가 그 아이 대변인 역할을 해야 했다. 그 아이의 심정을 전해 들은 부모는 엽서의 장터목 사진 속 상고대처럼 냉랭하기 그지없었다. 그들의 자존심에 상처 난 것이 불쾌해서 견딜 수 없다는 표정이었다.

그다음 날 학교로 작은 택배가 하나 배달되었다. 전자수첩이었다. 하얀 전자수첩 위에는 노란 포스트잇이 붙어 있었는데 거기에는 미안하다는 말이 쓰여 있었다. 그것을 받아 든 담임은 거의 패닉 상태에 빠진 것처럼 창밖만 바라보았다. 미안하다는 말을 아무리 땅속 깊이 묻어도 그것은 기어이 살아나와 사람들을 기함시켰다.

전자수첩을 보낸 곳은 남해의 섬이었다. 정이현은 담임과는 달리 마지막 타전 같은 그 아이의 구조 신호라는 생각이 들었다. 그래서 그 아이에게 메일을 보냈다.

어디 있니?

정이현이 보낸 메일은 네 글자와 물음표가 다였다. 그런데 그 아이로부터 장문의 답장이 왔다.

양쪽 발톱이 다 빠졌다.

여러 날 걸었다. 거림에서 지리산을 오를 때 발톱은 이미 새까맣게 죽어 있었다.

세석산장에서 묵을 때, 발톱 사이에서는 찌걱찌걱 진물이 새어 나왔다.

아주 고약한 냄새가 났다.

장터목을 지날 때 결국 피고름이 나왔다.

장터목에서 보낸 엽서 받았겠지?

가을 엽서를 보내고 싶었는데 작년 겨울 풍경밖에 남은 게 없어서 고사목에 상고대 핀 엽서를 보냈다.

장터목에서 다시 천왕봉으로 향했다. 발톱은 거의 달랑달랑 매달려 있었다.

냄새는 더욱 고약했다.

어떻게 죽지 않고 살아 있냐고?

죽는다고 한 놈이 버젓이 살아 지리산을 누비고 다녔다.

정상에 오를수록 나무는 낮아졌고 꽃 빛깔은 붉었다.

천왕봉 아래서 처음으로 울었다.

양쪽 엄지발가락이 너무 아파서 엉엉 울었다.

지나가는 등산객들이 몰려들더니 어떤 이는 소독약을 주고

어떤 이는 항생 연고를 발라 주고

어떤 이는 붕대를 친친 감아 주었다.

나는 다시 천왕봉 1915M라고 쓰여 있는 정상 표지석으로 올라갔다.

사람들 손때가 묻어 반질반질했다. 나도 거기에 손을 올렸다.

내게도 평범한 행복이 전이되길 바랐다.

붕대 위로 빨간 핏물이 배어 나왔다.

앞으로 걸을 수 없어서 뒤로 걸어 내려왔다.

결국 산중턱 비탈에 있는 법계사에서 하루를 묵었다.

그때 발톱은 완전히 빠졌다.

친친 감은 붕대를 풀어내자 거기에 달려 나왔다.

정이현은 답장을 보냈다.

짜식, 그렇게 씩씩하게 살아 있을 줄 알았다.

PMP를 제자리에 돌려 놓은 사람은 내가 아니다.

너를 지키기 위해 많은 용기를 내야 했던 네가 모르는 아이가 있다.

너의 강한 생명력을 누구보다 믿으며

살아 있을 거라고 확신한 아이도 있다.

시간이 지나면 새 발톱은 나올 것이다.

인마, 그거 아니?

새로 나온 발톱이 예전 것보다 훨씬 두껍고 힘이 세다는 거?

고맙다.

너를 보며 나도 용기를 낼 수 있었다.

그 아이에게서 다시 메일이 왔다.

실은 그날 새벽 옥상에 올라갔다. 상자 속의 물건들을 태운 후 결심을 실행에 옮기기 위해서였다. 그 상자에는 혼자 있을 때 가지고 놀던 곰돌이 푸 인형이 있었다. 인형 뽑기로 건진 이후 초등학교 때 그 인형은 거의 내 손을 떠나지 않았다. 천이 다 삭아서 팔과 다리가 떨어져 나갈 정도로 대롱거리고 터진 솔기 사이로 솜이 빠져나가 곰돌이 푸의 모습을 잃어 가는데도 그 인형을 버리지 않았다. 혼자일 때 그것은 내 곁에 있는 유일한 것이었다.

먼저 인형을 태웠다. 불이 붙는가 싶더니 후두둑 녹아내렸다. 상처투성이로 너덜너덜해진 내가 불타 없어지는 것 같았다.

상자 속에는 네가 보내 준 짤막한 편지들이 있었다.

— 앞으로 우리가 살 수 있는 날은 3만 일도 채 되지 않는다.

— 삶 전체를 24시간으로 본다면 우린 지금 몇 시쯤 됐을까? 아마도 새벽 다섯시?

— 혼자가 아니다. 그 누구도 혼자가 아니다. 고개 들어 하늘을 봐라, 거기 하늘만은 너와 함께 있다.

— 희망은 도처에 널려 있다. 발길에 차이는 희망, 그것은 기꺼이 허리 숙여 줍는 자의 것이다.

— 네 절정은 지금이 아니다, 앞으로 다가올 시간들이 너의 절정이다.

쪽지를 태웠다. 너의 우정에 가슴이 뻐근했다. 네 우정에 보답을 못하는 내가 못나서 울었다. 그런데 까맣게 타서 재가 된 그 글자들은 오히려 각인되듯 오롯이 살아나 내 가슴에 박혔다. 고개를 들어 하늘을 보았다. 혼자라고 생각했는데 머리 위에서 나를 지켜보는 별이 있었다. 네가 언젠가 얘기해 준 샛별이었다. 그 별빛은 너무나 맑고 환했다. 네가 적어 준 그 말들처럼 그 별도 내 가슴속으로 들어왔다.

까맣던 어둠은 어느새 하얗게 벗겨졌고 동쪽 것대봉 뒤에서 해가 솟기 시작하는지 빛살이 퍼지기 시작했다. 찬란했다. 내 생애 저렇게 빛나던 순간이 없다는 게 안타까웠다.

어쩐지 이렇게 죽기에는 억울하다는 생각이 들었다. 네가 말한 것처럼 우린 어둠이 벗겨지지 않은 새벽 다섯 시라고 했는데 난 아직 아침도 맞이하지 않았고 맛있는 점심도 먹어 보지 못했다. 발길에 차이는 그 희망을 나도 한번 주워 보고 싶었다. 그건 어쩌면 아주 쉬운 건지도 모른다는 생각이 들었다. 그러다 그동안 내가 용기라는 것을 한 번도 내지 않았다는 것을 알았다. 부모의 강압으로부터 자유로울 수 있는 용기, 내가 나를 정면으로 바라볼 수 있는 용기, 나에게 가장 나다울 수 있는 용기를 주지 않았다는 것을 말이다.

그길로 무작정 걸었다. 목적지도 없이 버스를 타고 걷고 그러다 다시 버스를 만나면 타고 걷기를 여러 번 반복했다. 몸이 힘드니 살고 싶다는 생각이 들었다. 발바닥에 물집이 잡히고 엄지발톱이 얼얼했다. 그렇게 도착한 곳이 지리산이었다.

땅끝까지 가보고 싶었다. 내 한계의 끝을 까발리고 싶은 심정으로 땅끝을 향해 걷고 또 걸었다.

당분간 이렇게 시간을 보내고 싶다. 이 시간을 아무에게도 방해받고 싶지 않다. 이런 시간을 빨리 만났다면 그간 그렇게 힘들지만은 않았을 것이다. 비로소 혼자 걸어가고 있는 내가 보이기 시작했다.

이곳에 너와 함께 꼭 가고 싶은 곳이 있다. 아직도 귓전에 그곳의 바람 소리가 들린다.

와 줄 수 있겠니?

추신: PMP를 제자리에 돌려 놓은 간 큰 아이가 궁금하다. 고맙다고 전해 줘.

정이현과 온조, 난주는 그 아이한테서 엽서가 오고 전자수첩이 올 때마다 약속이라도 한 듯 한자리에 모였다. 메일이 오거나 단 한 줄의 연락이 와도 그 아이의 안부를 함께 나누었다.

덕분에 난주는 정이현을 자주 볼 수 있어서 로또 맞은 얼굴이었다. 아무리 숨기려고 애써도 저절로 배어 나오는 기쁨이란 이런 것이다, 라는 것을 알려면 요즘 홍난주의 얼굴을 보면 된다. 복숭아꽃 같은 설렘이 홍난주 두 볼에 발갛게 피었다. 난주는 거울을 들여다보는 시간이 더욱 늘었다.

"홍난주, 책이랑 연애하냐? 거울은 한 시간 쳐다보고 책은 십 분만 만나게?"

"아하하하하!"

난주는 야자 시간에 담임한테 기어이 한 소리 들었다. 난주는 연애를 해도 여전히 반 친구들에게 빵빵 웃음을 터뜨려 주었다.

그 아이가 함께 가고 싶은 곳이 어디인지 몹시 궁금했다. 아니, 함께 가고 싶은 곳이 있다는 게 반가웠다. 그리고 무엇보다 온조는 PMP를 돌려 놓은 아이가 궁금하다는 말과 고맙다는 말을 전해 들었을 때는 가슴이 꽉 차오도록 기뻤다. 상점 폐쇄에 대해 생각해 보라던 불곰의 말이 떠올랐다. 희미하게 잡히지 않던 생각이 시간이 지날수록 또렷해졌다. 온조는 그들과 나눈 시간 속에서 행복을 느끼고, 그것을 기꺼이 나눌 마음이 있다면, 그것이 아빠가 말한 다른 사람과 행복을 나누는 것이라는 생각이 들었다. 시간을 파는 상점의 존재 이유는 더욱 분명해졌다.

그 아이를 만나러 가기로 했다.

난주는 영화관 약속이 어그러진 이후 정이현과의 만남이 다시 불발될까 봐 노심초사였다. 터미널에서 만날 때까지 계속해서 온조에게 전화를 하고 문자를 하며 재차 삼차 확인했다. 행여 자기만 빼놓고 가면 정말 끝이라는 엄포를 여러 번 놓았다.

바람이 좀 불긴 하지만 아주 맑은 날이었다. 여러 차례 버스를 갈아타야 갈 수 있는 곳이었다. 난주는 간밤에 잠을 설쳤다며 차를 탈 때마다 꺼떡꺼떡 졸았다. 졸고 난 뒤, 옷매무새와 머리 모양새를 어찌나 다독이던지, 눈 뜨고 못 봐줄 지경이었다.

아침 일찍 출발했는데 벌써 오후가 되었다. 걷고 있는데도 버스를 타고 있는 듯 여러 번 허방다리를 짚었다. 속이 매스꺼웠다.

터미널을 벗어나자 바다가 보였다. 속이 탁 트였다. 솜사탕같이 뭉싯한 구름이 수평선 위에 피어 있다. 강토가 말했던 쪽빛 하늘이 이런 것인가, 온조는 하늘빛과 꼭 닮은 바다 빛깔을 바라보며 강토를 떠올렸다. 할머니의 유해를 뿌리던 그 하늘, 아빠와 함께 망탑봉에서 보았던 그 하늘이 이랬을 것이라고 짐작했다.

난주는 연신 바다다, 라고 외치며 뛰어다니기 시작했다. 한 마리 나비처럼 가볍게 소풍 나온 기분을 냈다. 어떤 때는 무척 어른스럽다가도 어떤 때는 철딱서니 같은 건 약에 쓸래도 없는 아이처럼 보인다. 점점 말이 없어지는 정이현의 눈치가 보여 홍난주를 꼬집어도 난주는 여전히 그딴 건 나 몰라라 식이었다. 그러더니 정이현과 온조 사이에 끼어 은근슬쩍 정이현의 팔짱을 끼기도 했다. 정이현도 그다지 신경 쓰지 않는 듯 자연스럽게 난주를 받아 주어서 다행이었다. 외려 그런 난주를 은근 귀여운 눈길로 바라보는 것 같았다.

바람의 언덕으로 향했다. 그 아이가 함께 가고 싶다는 곳이다. 바닷가를 한참 걸었다. 길 위에는 그물과 부표가 이리저리 널려 있고 바람을 맞으며 말없이 그물을 손질하는 어부가 있었다.

저만치 배가 불룩한 언덕이 바다 쪽으로 뻗어 나와 있었다. 저 언덕을 돌아가면 어떤 풍경이 펼쳐질지 몹시 궁금했다. 그쪽으로 다가갈수록 바람이 점점 거세졌다. 온갖 신경을 쓴 난주의 머리는 이미 덤불처럼 부풀어 올랐다.

정이현은 그 아이와의 거리가 가까워질수록 표정이 굳었다. 솔직히 좀 긴장된다고 했다. 그건 온조도 마찬가지였다. 그 아이가 정말 이곳에 있을까, 미심쩍은 마음을 내려놓지 못한 터였다.

모퉁이를 돌아서자, 바다로 마중 나가듯 불쑥 튀어나온 또 하나의 작은 언덕이 보였다. 몇몇 사람들이 언덕 위에서 중심을 잡지 못하고 비틀거렸다. 바람이었다. 바람이 저쪽 바다에서 이쪽으로 넘어오는데 그 바람의 세기가 대단해 보였다. 언덕 아래에서는 도저히 짐작이 가지 않을 정도로 거세 보였다. 반대편에서 넘어오는 바람을 맞으며 언덕으로 올라갈 쯤 몸이 무력할 정도로 흔들렸다. 무시무시한 힘에 휘둘릴 것 같아 두렵기까지 했다.

아니나 다를까, 평평한 언덕 위로 올라서자 바람이 사정없이 얼굴은 물론 온몸을 때렸다. 귀에서는 얇디얇은 종이 문에 바람이 부딪는 소리가 끊이지 않았다. 정이현은 바람 속에서 연신 두리번거렸다. 그 아이를 찾고 있었다. 이 언덕에서 사람을 만난다 해도 알아보지 못할 것 같았다. 머리칼이 얼굴을 덮고 옷이 깃발처럼 펄럭이고 사람을 사선으로 날리는 통에 정신이 쏙 빠질 지경이었다. 온조는 난주와 손을 잡고 앞으로 한발 한발 디뎠다. 바람은 집어삼키듯 온조와 난주를 아수라장 속으로 끌어당겼다. 언덕의 비탈로 난주와 온조는 내몰렸다. 떠밀리지 않으려면 다리에 힘을 주어 가까스로 버텨야 했다. 난주는 무섭다고 했다. 조금만 방심해도 저 낭떠러지 아래 바닷물에 처박힐 것 같다고 했다. 온조와 난주는 손을 꼭 잡았다.

바람은 언덕 위에 나무 한 그루 허용하지 않았다. 머리카락처럼 길게 늘어진 풀이 땅 위에 납작 엎드려 바람의 방향대로 까부라졌다. 그 풀들은 바람의 모습을 눈에 보이게 하는 이 언덕의 유일한 것이었다. 마치 유속이 빠른 물속의 해초처럼 한 방향으로 계속 휩쓸렸다. 바람이 어찌나 때려 대는지 얼굴과 온몸이 얼얼했다. 바다와 바다 사이를 치고 나간 이 언덕은 다름 아닌 바다에 난 바람의 길이었다.

온조와 난주가 한 걸음도 떼지 못하고 방향을 잃은 채 허둥대고 있을 때 정이현이 어깨를 잡아 주며 돌려세웠다. 정이현 옆에는 그 아이가 서 있었다. 역시 정이현과 그 아이도 서 있기 벅찰 정도로 바람과 뒤범벅되어 펄럭였다.

그런데 왜 그 순간 웃음이 났을까. 온조는 정이현과 그 아이를 보자, 참고 있던 웃음을 터뜨리고 말았다. 난주도 이때다 싶은지 웃기 시작했다. 거센 바람 속에서 웃음보까지 터진 통에 더더욱 중심을 잡을 수가 없었다. 그러자 그 아이와 정이현도 큰 소리로 웃기 시작했다. 배를 잡으며 웃다가 쓰러질 뻔한 난주를 정이현이 잡아 주기도 하고 그런 난주를 잡기 위해 움직이던 온조가 쓰러질 뻔하면 그 아이가 잡아 주기도 했다. 마법에 걸린 것처럼 바람의 언덕에 서 있는 네 사람은 한참 동안 서로 쳐다보며 웃어 젖혔다. 배가 아파서 허리를 부여잡고 웃다 보니 저절로 눈물이 비어져 나왔다. 웃는 건지 우는 건지 모르게 뒤섞여 뒹굴다가 그 아이가 이

끄는 데로 걸었다. 한 걸음 한 걸음이 힘에 겨웠다. 그때 그 아이가 손을 내밀었다. 그 아이는 양쪽으로 정이현과 온조의 손을 나눠 잡았다. 난주는 정이현의 손을 잡았다. 혼자일 때와는 다르게 앞으로 조금씩 나아갈 수 있었다. 마치 바람과 싸우는 것 같았다. 바람은 이래도 굴복할 수 없냐고 계속하여 을러댔고 온조와 아이들은 그 바람과 맞서 언덕의 끝을 향해 걸었다. 바람이 더 세게 불어 눈을 뜰 수 없을 때는 넷이 모여 잠시 등으로 바람을 막아 주기도 했다. 그러다 바람이 더 세차게 몰아치면 온조의 어깨가 그 아이의 어깨에 맞닿기도 했고 정이현의 어깨가 난주의 어깨에 맞닿기도 했다.

언덕 아래에는 푸른 파도가 바위에 부딪혀 연신 하얀 포말로 버글거렸다. 바람을 탄 거센 파도는 초록의 작은 등대에 부딪혀 산산이 부서졌다. 파도가 아무리 바람과 힘을 합해도 등대를 어찌하지는 못했다. 초록의 작은 등대는 그 바람을 맞으며 야무지게 당당히 서 있었다.

아무도 말이 없었다. 하얗게 부서지는 파도를 한참 동안 바라보았다. 시원하기도 하지만 아프기도 했다. 파도에 쉴 새 없이 제 살을 내주고 있는 이 언덕의 일부라도 된 양 아픔이 얼얼하게 전해져 왔다.

다시 손을 잡고 언덕 위쪽으로 걸었다. 그 아이가 손을 놓더니 바람이 불어오는 쪽으로 등을 대며 뒤로 누웠다. 그 아이의 몸이 사선이 되도록 뒤로 누워도 절대로 바닥에 떨어지지 않았다. 그 아이는 바람의 힘은 휩쓸리게도 하지만 지탱해 주기도 한다고 했다.

바닷가를 벗어나 육지 쪽으로 올라가자 신기하게도 바람은 잦아들었다. 바로 아래와 바로 위일 뿐인데 딴 세상이었다. 머리와 옷매무새가 몹시 흐트러졌는데도 누구 하나 정리하지 않았다. 그냥 헝클어진 모습 그대로를 서로에게 보여 주었다.

그 아이가 언덕 위 벤치로 안내하며 말했다.

"여기 와서 놀란 점이 있어. 하나는 저 아래 바다와 바다 사이에 부는 바람의 길 때문이고, 두 번째는 혼자서는 도저히 바닷가 가까이 갈 수 없다는 것, 그리고 언덕 위에 있던 사람들 모습이었어. 혼자 바람을 맞는 사람들은 웃지 않아. 반드시 함께 있는 사람들이 웃어. 같이 온 사람의 몸이 바람에 날리는 것을 보거나 머리칼이 몹시 헝클어져 평소에 볼 수 없었던 우스꽝스러운 모습 때문에 배를 잡고 웃는 거야. 나도 누군가 곁에 있다면 웃을 수 있을 것 같았어."

그 아이는 쑥스러운지 뒷머리를 긁적이며 말했다.

언덕 아래에는 여전히 바람이 거세게 불었다. 긴 머리칼 같은 풀잎들이 쉴 새 없이 불어오는 바람을 맞으며 바람의 방향대로 눕고 있다.

그 아이는 우리와 함께 돌아오지 않았다. 조금 더 시간이 필요하다고 했다. 새로 나온 발톱이 더 튼튼해지면 그때 돌아가겠다고 했다. 누구도 그 말에 아무 말도 덧붙이지 않았다. 정이현은 그 아이를 꽉 껴안았다. 그렇게 한참 동안 둘은 엉겨 붙어 있었다. 온조와 난주는 그 아이와 악수를 한 후 헤어졌다. 악수할 때 그 아이는 고맙다고 했다. 그 순간 눈물이 핑 돌았다.

미래의 시간에 맡겨 두고 싶은 일

강토에게서 문자가 왔다.

> 할아버지께서 온조 양을
> 꼭 보고 싶다고 합니다. ^^
> 어찌나 온조 양, 온조 양 하며
> 입에 쩍쩍 달라붙게 말씀하시는지
> 제 굳은 결심이 흔들리는데요.
> 식사 시간이 끝나기 전까지 오세요.

하필.

영화의 하이라이트도 아직 안 지났는데. 온조는 난주와 정이현에게 화장실 간다고 한 뒤 영화관에서 빠져나왔다. 지난번 조조영화 못 본 것을 어떻게든 받아 내겠다는 난주의 생떼로 보게 된 영화였다.

온조는 영화관에서 나오자 달리기 시작했다. 택시는 쉽게 잡히지 않았다.

온조는 택시 기사에게 호수그릴이라고 말하지 않았다. 강토를 봐야 할지 결정을 내리지 못했다. 가슴은 벌써 두방망이질 치고 있었다.

"아저씨, 호수공원 쪽으로 가 주세요."

숨을 고르고 싶었다.

일요일의 호수공원은 여느 일요일과 다르지 않았다. 벚나무 터널은 발갛게 채색되어 있고 이깔나무 이파리는 노랗게 단풍이 들어 금비늘을 떨어뜨리고 있는 것이 지난번 풍경과 다를 뿐이다. 할아버지와 점심을 먹으며 내려다보았을 때의 그 자리에 온조가 있다.

지금이라도 늦지 않았다. 아직 식사 시간은 끝나지 않았다. 그런데도 온조는 호수그릴로 방향을 잡지 못했다. 할아버지와 앉았던 자리를 가늠하기 위해 호숫가를 걸었다.

강토가 저기 있다. 강토를 볼 수 있는 좋은 기회이다. 강토가 먼저 신호를 보냈고 온조는 아직 그 신호에 회신하지 못했다.

호수에 잇댄 목책로로 들어섰을 때, 혜지에게서 문자가 왔다. 정말로 하고 싶은 일을 찾았다고. 전에 혜지가 그랬다. 중학교 3년, 고등학교 3년은 자기가 뭘 잘하고 뭘 하고 싶은지 찾는 시간으로 채워졌으면 좋겠다고. 온조가 그 말을 듣고 교육부장관으로 강추한다고 하자 혜지는 하늘을 보며 웃어 젖혔다. 눈부시게 맑은 하늘만큼 웃음소리도 높았다. 처음 보는 모습이었다.

이젠 누구의 눈치도 보지 않고 분명하게 말할 수 있을 것 같다고 했다. 혜지에게서 단단함이 느껴졌다.

온조는 혜지에게 문자를 보냈다.

ㅊㅋㅊㅋ^^

뭐임?

대단히 궁금

?????

혜지로부터 답장이 왔다.

비밀.

너처럼.

자기만의 비밀을 간직한 사람만이 풍길 수 있는 꽉 찬 분위기를 잠깐이라도 누리고 싶다고 한 적이 있는데, 완전 복수혈전이다. 끝까지 잘난 척하는 오혜지다. 답을 보내기도 전에 다시 문자가 왔다.

아직도 그 발칙한 가게는
영업 중이니?

온조는 답장을 보냈다.

그럼,
나의 VVIP 고객을 위해.
글고 신입사원 두 명 정도
채용할 예정이얌 *^^*

혹 그 두 명에 나도
들어가는 거임?

글쎄, 그건 확답을 못 하겠네ㅠㅠ
지필고사와 구술면접을 포함한
심층면접이 있거든ㅠㅠ
너도 한번 응시해 봐.

문은 누구에게나 활짝~

정말?

나, 진짜 응모, 아니 응시한다. ^^

아, 한 가지

사장을 포함한 전 직원은

무보수야.

으응?

아항☼

역시 크로노스다!

멋쥐다ㅋㅋㅋ

*^^*

온조는 호수를 향해 낮게 읊조렸다.

"나는 시간을 파는 상점의 주인이다."

고개를 들어 하늘을 보았다. 조금은 냉정해진 구름과 하늘 속에 차가워진 바람이 들어 있다. 이 호수 건너 저 언덕 유리창 너머에 강토와 할아버지가 식사를 하고 있다. 맛있게, 그것도 아주 맛있게. 호수그릴 안에는 어떤 음악이 흐르며 강토와 할아버지는 어떤 음식을 시켰을까.

온조는 할아버지와 앉았던 자리를 더듬으며 호수그릴 쪽을 바라보았다.

나무 데크 위로 천천히 걸었다. 저기 호수 위로 시간의 무늬가 반짝거린다. 강토 할아버지를 처음 만났을 때의 온조가 거기 있었고 그 아이의 PMP를 제자리에 돌려 놓기 위해 긴장했던 시간들이 거기 있었다. 지금은 배달하지 못한 들꽃자유의 편지가 온조의 손길을 기다리고 있는 시간이다. 강토에게 회신할 수 있는 한 통의 문자메시지를 손에 쥐고 한 번쯤 보고 싶은 강토가 저기 있음에도 가지 않는 온조가 여기 있다.

온조는 지금 맞이할 이 순간을 먼 미래의 어느 시간에 맡겨 두려 한다. 시간이라는 것이 지금의 이 상황을 어떻게 변모시킬지 궁금하다.

시간은 '지금'을 어디로 데려갈지 모른다. 분명한 것은 지금의 이 순간을 또 다른 어딘가로 안내해 준다는 것이다. 스스로가 그 시간을 놓지 않는다면.

온조는 기꺼이 앞에 놓여 있는 다채로운 빛깔을 향해 뚜벅뚜벅 걸어가리라 생각한다.

오후 햇살에 호수의 물비늘이 눈부시도록 찰랑대고 있다.

난주에게서 문자가 왔다.

너, 빨랑 안 와?

우씨~.)(

새근거리는 난주의 얼굴이 떠올라 웃음이 났다. 이깔나무와 벚나무 숲길을 천천히 걸었다. 아주 천 천 히. 먼 데서 숨 가쁘게 달려온 바람이 나뭇가지를 흔든 후 온조의 두 볼을 쓰다듬고 머리칼을 올올이 날렸다. 이 바람은 또 어딘가로 내달릴 것이고 그 자리에는 난생처음 맛보는 새로운 바람이 불어올 것이다. 우리가 맞이하는 시간이 늘 처음인 것처럼.

제1회 '자음과모음 청소년문학상' 심사평

청소년문학을 한 단계 끌어올릴 디딤돌 | 이상권

광대무변한 상상력이라도 한 글 한 글
조각도로 파내야 하는 소설 글쓰기 | 박경장

아쉬움 속 '군계일학' | 박권일

제1회 '자음과모음 청소년문학상' 당선 소감

내 몸에 딱 맞는 옷, 청소년 소설 | 김선영

제1회 '자음과모음 청소년문학상' 수상자 인터뷰

시간의 양면성을 재미있게 엮어 낸 소설,
그 마법 같은 비밀은…… | 이상권 · 김선영

제1회 '자음과모음 청소년문학상' 심사평 1

청소년문학을 한 단계 끌어올릴 디딤돌

이상권(소설가)

다음 세대를 위한 인문학 잡지 『자음과모음 R』의 창간 1주년에 맞춰 공모한 제1회 '자음과모음 청소년문학상'은 2011년 9월 30일에 마감이 되었다. 약 30여 편이 응모되었다. 결코 적지 않은 응모 편수였다. 아무리 응모 편수가 많아도 여물지 않는 작품들이 태반이라면 그 숫자는 큰 의미가 없다. 투고된 작품을 심사하기 위하여 심사위원을 꾸렸다. 문학평론가 박경장, 『자음과모음 R』 편집위원이자 문화평론가인 박권일, 『자음과모음 R』 편집위원이자 작가 이상권, 이렇게 세 사람이 10여 편씩 투고작을 나누어서 예심을 보았다. 충분하게 작품을 검토하기 위해서 예심 기간을 약 20일 정도 잡았으며, 예심을 통과한 작품을 세 사람이 꼼꼼하게 돌려 읽고, 한자리에 모여서 당선작을 뽑았다.

'자음과모음 청소년문학상'은 다음 세대를 위한 인문학 잡지 『자음과모음 R』의 정신을 이어받는다고 할 수 있다. 그래서 타 출판사에서 제정한 수많은 청소년문학상이 있지만 '자음과모음 청소년문학상'은 좀 더 뚜렷한 우리 청소년들의 시대상이나 미래상을 요구하는 것이다. 우리 청소년들이 살아가야만 하는 이 세상에 대한 이야기를 치열하면서도 따뜻하게 그려 줄 것을 요구하는 것이다. 예심을 보면서 전체적으로 아쉬움이 많았다. 우선 청소년문학을 하려는 사람들의 의식이 너무 낮다. 청소년들을 바라다보는 눈이나 세상을 바라다보는 눈이 너무 겉모습만 훑고 있다. 당연히 요즘 청소년들의 눈높이를 따라가지 못하고 있다. 아니, 어림도 없다. 요즘 청소년들의 생각을 반만 알아도, 그들의 걸음걸이를 절반만 쫓아가도 좋겠는데, 그런 비교를 할 수 없을 정도로 뒤처져 있다. 그러니까 요즘 청소년들의 모습이 아니라 어른들이 안일하게 그려 낸 어설픈 이야기와 인물들로 채워질 수밖에 없다. 이런 현상들은 1990년대의 아동문학하고 비슷하다. 제대로 문학에 대해서 사유를 하고 덤벼드는 게 아니라 '나도 아이를 키워 봤으니까 저런 정도 이야기는 쓸 수 있어' 하고 덤벼든다. 그런 경험을 가지고 글을 쓰는 행위야 박수를 받을 일이지만 그 이야기에다 문학이라는 옷을 제대로 입히지 못한다는 뜻이다. 그래도 결말이 미덕이 있고, 적당히 교훈적이고, 적당히 문제의식을 건드리면 여기저기

박수를 받고, 여기저기 권장도서라는 화려한 탈을 쓰고 많이 팔려 나갔다. 아동문학이나 청소년문학은 판매구조가 권장도서에 의해서 절대적으로 움직인다. 이런 기형적인 판매구조 때문에 제대로 된 문학적인 평가를 받을 수도 없었고, 어설프게 옷을 입은 청소년 소설들이 대량으로 생산되고 있는 게 현실이다. 그러니 다루는 주제나 소재가 너무 뻔하다. 어쩌면 저렇게도 고민을 하지 않을까. 나는 요즘 중고등학생들이 쓰는 소설을 자주 보는데, 그 아이들이 다루고 있는 소재하고 비교해도 응모작들의 소재가 너무 뻔하다. 참으로 아쉽다. 신인작가란 가장 자유롭게 모험을 할 수 있는 특권을 가지고 있다. 그런데 응모작을 보면 도무지 그런 패기를 찾아볼 수가 없다. 다른 사람들이 쓰지 않는 소재를 찾아내는 것, 그 자체만으로도 이미 그 사람은 앞서가고 있다.

본심에 오른 작품들 중에서 『중독』, 『시간을 파는 상점』, 『게리 쿠퍼가 될 거야』, 이 세 작품을 가장 눈여겨보았다. 이번 응모작 중에서는 유독 청소년들의 성을 소재로 한 작품이 많았다. 『중독』도 그런 작품이다. 성에 호기심이 많은 주인공 남자아이의 모습은 잘 그려져 있지만 그 외의 인물들은 다 살아서 움직이는 역할을 하지 못한다. 20~30년 전의 청소년들의 모습과 요즘 청소년들의 모습이 어설프게 섞여 있어서 더욱 아쉬움이 남는다. 등장하는 인물들을 하나하나 추려 놓고 볼 필요가 있다. 과연 이 인물들이 요즘 우리 시대 청소년들의 얼굴을 얼마나 대변하고 있는지 심각하게 고민이 되었다. 그런 아쉬움이 컸지만 전체적으로 문장이 안정되었고, 이야기를 끌어가는 힘이 느껴졌다.

청소년 성을 소재로 한 다른 작품들 이야기를 조금 더 덧붙이겠다. 대체로 작품을 보면서 왜 이런 글을 썼는지 모르겠다. 청소년 성교육을 하려는 것인지, 청소년들이 자유롭게 연애할 수 있도록 해 달라는 것인지, 도무지 알 수가 없다. 차라리 그런 아이들을 찾아서 르포를 쓰는 편이 더 나을 수 있다. 그만큼 구체성이 없다는 뜻이다. 청소년들이 성에 대해서 민감하기 때문에 당연히 그런 소재들이 많이 쓰이겠지만 그만큼 예민하고 다루기 힘든 것 또한 사실이기 때문에 더욱더 신중하게 접근을 해야 한다. 순정만화 혹은 인터넷소설을 능가하는 거침없는 성적인 표현들이 너무 많이 나온다. 과연 그런 것들이 그 작품 안에서 얼마나 필요한 것들인지 고민을 해야 한다. 거침없이 외설적인 표현을 한다고 해서 그것이 현실을 반영하는 것은 아니지 않는가. 그 아이들의 삶을 표현해야지 겉모습만 그려 내서는 안 된다.

『게리 쿠퍼가 될 거야』는 안정적인 문장이 돋보여서 눈여겨보았다. 아쉽게도 그 이상의 미덕을 발견하지는 못했다. 글을 많이 써본 흔적이 또렷한 작가인데 너무 안이했다. 물론 오래된 이야기라고 해서 청소년들에게 장애물이 될 수는 없다. 나는 올가을에 약 40여 명의 청소년들을 서너 명씩 나누어서 만났다. 저마다 학교와 소속이 다른 그 아이들 중 절반은 작가 지망생이고 절반은 이과생들이거나 문학하고는 거리가 먼 아이들이다. 그 아이들이랑 문학에 대한 이야기를 하였는데 놀랍게도 아이들은 오래된 이야기를 잘 받아들였다. 요즘 문단에서 맹위를 떨치고 있는 소설가들의 작품보다는 이효석, 채만식, 김유정의 작품을 더 재밌어하였다. 토론도 하였는데, 깜짝 놀랄 정도로 아이들의 입에서 실제적인 이야기들이 나왔다. 시도 마찬가지다. 요즘 문단에서 잘나가는 시인들보다는 옛날 시인들의 시를 더 좋아하였다. 물론 내가 만난 아이들을 보고 요즘 아이들 전체를 그렇다고 평가할 수는 없다. 나도 안다. 다만 오래된 이야기라고 해서 요즘 아이들에게 읽히기 힘들다는 식으로 미리 선을 그을 필요는 없다는 점을 말하고 싶다. 『게리 쿠퍼가 될 거야』도 옛날이야기다. 게리 쿠퍼는 요즘 아이들이 알 수 없는 미국의 배우다. 그 배우를 좋아하는 아이의 이야기다. 그렇다면 충분히 요즘 아이들을 설득시킬 수 있다. 그러기 위해서는 좀 더 많은 고민을 했어야 한다. 구성에 대한 고민과 이야기를 끌어가는 재미를 만들어 냈어야 한다. 이 소설은 친절하지 않다. 모든 것을 시간의 흐름대로 배열해 놓고, 아이들에게 이런 이야기가 있으니까 읽으라고 하는 식이다. 그러니 힘들다. 수많은 사건, 이야기들이 보다 더 유기적인 연관성을 가지고 아이들이 읽을 수 있도록 해야 한다. 이런 유기적인 연관성이 없다 보니 맨 마지막에 등장하는, 이 소설의 절정을 담당하는 아주 중요한 악역 배우조차도 잠깐 스쳐 가는 인물로 묘사된다. 반전도 없고, 답답하고, 힘들다. 그렇다 보니 우리가 흔히 말하는 성장소설도 아니고 어정쩡한 작품이 되고 말았다.

내가 『시간을 파는 상점』을 펼친 것은 저녁 여섯시쯤이었다. 종일 머리가 아파서 이 작품을 볼까 말까 망설이다가 잡았는데 점차 머리가 맑아졌다. 아내의 저녁밥을 먹으라는 소리도 잊을 정도로 빠져들었다. 대체 결말이 어찌 끝날지 궁금해서 눈을 뗄 수가 없는 마력을 가지고 있었다. 요 근래에 어떤 작품을 읽고 이렇게 빠져 본 적이 없다. 나는 식탁에다 이 작품을 펼쳐 놓고 저녁밥을 먹었다. '시간'이라는 것은 인간들이 '시간'이라는 말을 만들기 전부터 존재했다. 그러니까 시간은 태초부터 흐르는 바람 같은 것이며, 햇살 같은 것이며, 달빛 같은 것이며, 땅 같은 것이며, 나무 같고, 풀 같고, 그냥 살아가는 모든 것이다. 지금 우리가 시간이라고 하는 것은 순전히 인간이 설정해 놓은 그들만의 약속일 뿐이다. 당연히 인간들이 하루를 24시간으로 나누어 놓은 것도 큰 의미가 없어지고, 시간은 금이다 후손들에게 훈계하는 것도 큰 의미가 없다. 작가가 작품 안에서 언급했듯이 하루는 25시간이 될 수도 있고, 26시간이 될 수도 있다. 시간은 지금 이 세상에서 살아가는 것들의 삶이다. 우리는 현재를 살아가지만 과거의 시간이 있었고, 미래의 시간이 있다. 그 모든 시간은 단절이 아니라 물이 흐르듯이 이어져 있다. 물에서 사는 작은 물고기의 삶이 돌고 돌아 산에서 살아가는 새와 나무와 작은 이끼로 이어지듯이, 그 모든 삶 속에는 시간이 흐른다. 이 작품은 그렇게 흐르는 시간이라는 소재를 다루고 있다. 다분히 철학적이고 관념적일 수 있는 이야기를 놀랍게도 편안하고 재미있게 들려준다. 추리소설 기법을 살짝 빌려다가 끊임없이 다음 이야기에 대한 호기심을 유발시키고, 이야기가 약해지려고 할 때마다 새로운 이야기를 끌어들이면서 끝까지 긴장감을 끌고 간다. 그 흐름이 자연스럽고 어느 한 곳에서도 동맥경화가 없이 잘 흐른다. 이야기를 풀어가는 힘도 돋보였지만 눈앞에 펼쳐지는 문장의 흐름에 푹 빠져들었다. 나는 어린이 청소년문학을 하면서, 우리나라 작가들의 가장 약한 부분이 문장이라고 확신하는 부류이다. 더구나 청소년문학은 그렇다. 그러다가 이 작품을 보았을 때는, 이 작품이 우리나라 청소년문학 동네에서 작은 언덕 하나를 넘어서는 디딤돌이 될 수 있겠구나 하는 확신이 들었다. 최근에 여러 문학상에서 당선된 작품을 보았지만 이처럼 빼어난 문장을 본 적이 없다. 우리 옛말을 잘 구사하면서도 요즘 청소년들의 언어를 적절하게 배합을 시켰다. 거기에다 작가가 오랫동안 사유해서 토해 내는 문장들이 조화롭게 배치가 되어 있다. 자기만의 문장을 만들어 내기 위해서 얼마나 많은 사유를 하였는지 알 수가 있었다. 작가는 이래야 한다는 좋은 모범을 보였다. 작가 지망생이 문장에 대한 고민도 없이 어찌 작가가 되려고 하는가. 작가 지망생들은 이 작품을 꼼꼼하게 곱씹기를 바란다. 물론 아쉬움도 있다. 우리나라 청소년문학 작가들이 갖고 있는 고질적인 문제가 이 작가에게도 존재한다. 어떤 식으로든 결론을 내려야 한다는 강박감, 그것도 착한 결론이어야 한다는 강박감으로부터 이 작가도 자유롭지 못하다. 이 작품에서는 그런 결론조차도 장점이지만 이 작품을 떠나 좀 더 넓게 보았을 때는 조금 아쉬운 점이라고 꼬집어 주고 싶다.

심사위원들은 『시간을 파는 상점』을 당선작으로 추대하였다. 누구 하나 반론이 없었다. 그만큼 이 작품이 돋보였다는 뜻이다. 우리는 당선작이 우리나라 청소년문학을 한 단계 끌어올릴 수 있는 힘을 가지고 있는 작품이라고 입을 모았다. 당선을 축하하고, 여기에 머무르지 말고 작가만의 자유로운 세상을 마음껏 만들어 가기를 바란다. 아울러 응모해 준 여러분들께도 감사드리고, 너무 청소년문학이라는 틀에 얽매이지 말기를 부탁드린다. 문학 하는 사람들일수록 틀에 매여서는 안 된다. 자꾸 거부하고 이탈하려고 해야 한다. 청소년문학이라고 해서 꼭 청소년 이야기만 써야 하는가, 꼭 청소년이 주인공이어야 하는가, 하는 가장 기본적인 문제부터 자신에게 의문을 던지고, 거부하고, 새로운 세상을 만들어 나가려는 몸부림을 해야 한다. 그래야 새로운 세상이 만들어지지 않겠는가. 그래야 남하고 다른 작품이 잉태되지 않겠는가.

제1회 '자음과모음 청소년문학상' 심사평 2

광대무변한 상상력이라도
한 글 한 글 조각도로 파내야 하는 소설 글쓰기

박경장(문학평론가)

소설은 이야기다. 하지만 모든 이야기가 소설이 되는 것은 아니다. 말로 하는 이야기와 글로 쓰는 소설이 다른 점은, 첫째로 소설은 말이 아니라 글로 쓰는 이야기여서 무엇보다 문장력을 갖추어야 한다는 점이고, 둘째로 소설은 중간중간 반응을 파악할 길 없는 얼굴 없는 독자를 상대로 해야 하기에 치밀한 전략을 세워야 한다는 것이며, 셋째로 소설은 일정한 분량 안에 끝내야 하기에 전체라는 구성, 유기적인 짜임새를 갖추어야 한다는 점이다.

문학 장르 중에서 가장 늦게 태어났으면서도 소설은 그 특유의 잡식성으로 인해 주변 모든 학문 분야를 제 안으로 끌어와 '소설화'시켰다. 그래서 소설 안으로 끌어 들여오지 못할 내용이 없고 새롭게 시도 못 할 형식이 없다. 하지만 그런 새로운 내용과 형식일수록 작품이라는 독립된 세계 내에서 더욱 견고한 자신만의 논리를 갖추어야 한다. 그 논리로 독자를 감동시키든지 놀라게 하든지 반성하게 해야 한다.

응모된 작품 중에서 다섯 편이 본심에 올랐다. 이 다섯 편이 본심에 오른 첫 번째 이유는 무엇보다 '글이야기'로서 기본적인 문장력을 갖추었다는 점이다. 한마디로 비교적 잘 읽힌다는 말이다. 그건 대다수 예심을 통과하지 못한 소설들이 기본적인 문장력을 갖추고 있지 않아 잘 읽히지 않았다는 것을 반증하기도 한다. 소설가의 첫걸음과 소설의 시작은 문장(력)임을 다시 한번 가슴에 새기기 바란다.

본심에 오른 작품 중 『소녀, 경』과 『중독』은 사춘기에 가장 많은 호기심의 대상인 '성' 문제를 다루고 있다. 『소녀, 경』의 문장은 한마디로 톡톡 튄다. 어쩔 땐 너무 튄다. 사춘기 성에 대한 호기심이라는 게 워낙 눌린 압력이 커서 삐져나오기만 하면 튀게 돼 있지만 튀는 이야기만으로 좋은 소설이 되는 건 아니다. 이 소설을 읽고 난 뒤 성에 대한 몇몇 튀는 문장을 제외하고는 남는 게 거의 없었다.

『중독』은 『소녀, 경』에 비하면 글이야기 구성에 대한 고민이 엿보이는 작품이다. 이 소설은 성과 매운맛과의 대비를 이야기 전체 구도로 놓고 "성욕보다 더 외로운 것은 없다"는 주인공 길선흠의 성에 대한 탐구를 줄기 이야기로 놓고 있다. 그 탐구의 길잡이가 길선흠에게 성의 매운맛을 느끼게 해 주는 고좋사(고추를 좋아하는 사람들) 카페지기 오은영이다. 하지만 지방법원 검사인 아버지가 가하는 신체, 언어적 상습 폭력으로 가출까지 감행한 그녀가 "이런 자식 필요 없다"는 무자비한 부모 앞에서 무릎 꿇고 비는 장면은 그동안 보아 왔던 당찬 캐릭터하고는 너무 안 맞아 개연성이 그만 뚝 떨어져 버리고 말았다.

『아토피 걸』은 무난하게 읽히지만 이야기 효과에 대한 전략이 많이 부족한 작품이다. 우선 시작부터 어떤 흥미를 유발하지도 못한 채 한동안 맥 빠진 이야기가 전개돼 답답했다. 이야기 중심부를 차지하는 류안과 나누는 사랑도 미지근하기만 하다. 다만 마지막 장면에서 아픈 곳에 손이 먼저 가기 마련이라는 엄마로부터 들은 사랑 고백으로 '아토피 걸'이라는 제목이 잠시 환기됐을 뿐이다.

『게리 쿠퍼가 될 거야』는 문장이 안정돼 있다는 강점이 있는 작품이다. 풍속소설이라고 부를 수 있을 만큼 1960, 70년대 지방 소도시 달동네 풍경과 풍습을 세밀하게 묘사해 놓고 있다. 삽화 같은 에피소드들 중에 중2 지훤이가 술집 작부인 미란 누나에게 연정을 품어 정부(情夫) 박 사장에게 복수를 가한다는 것이 이야기의 뼈대다. 그러나 지나치다 싶을 정도로 지난 과거의 풍습 묘사가 단순한 과거 재현에 그치고 만 것은 아닌지, 인물의 성격 형성이 갈등에 의한 사건 전개 등과 어떤 긴밀한 관련을 맺고 있는지 좀 더 깊은 숙고가 필요했다. 당시 외화 〈하이 눈〉과 달동네 사람들의 애환이 지훤이로 하여금 장난감 권총으로 박 사장에게 복수를 감행하게 했다는 이야기가 오늘날 청소년 독자에게 어떤 감동과 놀람과 반성을 가져다줄 수 있을지 좀 더 고민했어야 했다.

『시간을 파는 상점』은 추리 기법을 차용해서인지 시작부터 눈길을 끌었다. 다루는 소재도 만만치 않은 '시간'에 대한 것이다. 문제는 추리 기법과 다소 무거운 주제, 둘 사이의 긴장을 어떻게 유지하며 마지막 한방을 날리느냐인데 완벽하지는 않지만 상당히 성공한 작품이다. 추리라는 숨김과 드러냄 전략이 비교적 잘 세워져 있고, 청소년 주인공을 내세워 다루기엔 만만치 않은 시간이란 주제를 비교적 무난하고 자연스럽게 소화해 내고 있다. 하지만 소설 뒷부분으로 갈수록 꼭 드러내야 한다는, 모든 것이 해결돼야 한다는 강박관념에 쫓긴 것 같아 조금 아쉽기도 했다. 그래도 강토를 만나는 것은 미래 우연이란 시간에 맡겨 두는 것으로 끝맺음해 다행이란 생각이 들었다. 문장 하나하나, 사건들 하나하나에 부분과 전체 사이의 유기적인 짜임, 얽힘, 함의, 복선 등등을 촘촘히 깔아 놓은 솜씨가 보통이 아니다. 무엇보다 문장이 깔끔하고 잘 다듬어져 있으며 힘을 줄 때와 뺄 때를 정확히 알고 있는 것 같다. 사건 진행의 속도와 문장 호흡의 길이도 잘 어우러진다. 그래서 본심에서 세 명의 심사위원은 모두 한목소리로 이 작품을 당선작으로 내밀었다. 글깨나 쓴다는 사람들도 함부로 도전하기 힘든 게 장편소설이다. 이 힘든 글씨름에 도전한 투고자 모든 분들에게 존경의 마음을 표한다.

제1회 '자음과모음 청소년문학상' 심사평 3

아쉬움 속 '군계일학'

박권일(문화평론가)

처음에 손사래를 치며 사양했던 일이었다. 나는 철학과 사회학을 공부한, 그리고 여전히 공부하고 있는 사람이다. 문학에는 문외한이라 할 수 있다. 어떤 작품이 문학적으로 완성되어 있는지 판단할 능력이 없다. 다만 철저히 독자의 입장에서 응모작들을 보아달라는 이상권 선생님의 청에 마지못해 승낙을 하고 말았다.

솔직히 말해서 심사하는 내내 즐겁지는 않았다. 상당수 응모작들이 기본적인 문장구조에 문제가 있었다. 문학적 허용이라 용인해 줄 수 없는 수준의 거친 문장들이 너무 많았고, 읽어 나가는 것 자체가 고역일 정도인 작품도 몇 있었다. 노련하게 이야기를 끌어갈 줄 알면서도 주제의식은 다소 진부했던 작품들도 적지 않았다.

청소년의 성적 호기심, 그리고 몸에 대한 이야기들이 여러 작품 있었다. 그러나 유감스럽게도 하나같이 안일했고 시대착오적이었다. 그 작품들에서 형상화된 섹슈얼리티는 한마디로, 기성세대의 관점에서 상상적으로 재구성된 청소년의 섹슈얼리티였다. 오늘의 청소년들, 그들의 언어와 삶의 서사를 가지고 풀어 내는 성이 아니었다.

청소년문학을 읽는 독자의 입장에서 가장 끔찍한 경험은, 등장인물인 청소년의 입을 통해 작가의 설교를 듣게 되는 것이다. 이런 경험만큼은 절대로 하고 싶지 않다. 하지만 이번에 응모된 작품들 중 상당수도 이런 함정에서 자유롭지 않았던 것 같다. 아쉬운 부분이다. 이런 문제들이 단지 취재의 부족에서 오는 것인지, 아니면 문학 내적인 다른 요인에서 기인하는 것인지까지는 잘 모르겠지만, 다음번 '자음과모음 청소년문학상' 응모작들은 이런 한계를 세련되게 돌파했으면 하고, 간절히 바란다.

김선영 씨의 당선작 『시간을 파는 상점』은 다른 작품에 비해 압도적인 가독성을 보였다. 정말 단숨에 읽어 내려갔다. 문장도 탄탄했을 뿐 아니라 작중 청소년들의 입말도 자연스러웠다. 극적 긴장감과 주제의식을 끝까지 놓치지 않고 끌고 나간 뚝심도 좋았다. 모든 문학이 본질적으로 그러하듯, 청소년문학도 인간의 성장에 대한 서사이다. 성장이란 무엇인가? 나와 세계, 개체와 시스템 간의 투쟁과 화해의 드라마다. 『시간을 파는 상점』은 우리 시대를 살아가는 한 소녀의 근사한 성장담이었다. '세계와의 갈등'이 조금 만 더 치열하게 표현되었으면 좋겠다는 아쉬움도 있지만, 지금으로도 충분히 좋은 작품이라고 생각한다. 당선을 진심으로 축하드린다.

제1회 '자음과모음 청소년문학상' 당선 소감

내 몸에 딱 맞는 옷, 청소년 소설

김선영

나는 연말이 무섭다. 소득 없이 한 해를 보냈다는 생각에 감정이 걷잡을 수 없이 바닥으로 곤두박질치기 때문이다. 그때는 약도 없다. 올해도 그럴 것 같은 예감이 들었다. 진창으로 빠지기 전에 손을 써야 했다. 여행 계획을 잡았다.

떠나기 하루 전날, 전화를 받았다. 당선되었다는 말에 이게 무슨 말인가 실감이 나지 않았다. 축하드린다는 말에 '아, 됐구나' 하는 생각이 들었지만 얼떨떨하긴 마찬가지였다.

여행은 내키지 않는 애물단지가 되었다. 머나먼 이국땅, 낯선 것을 무척 즐기는 편인데 난생처음 고국을 그리워하는 유배자 신세가 되었다.

소설로 등단을 했다. 그것은 방황의 시작이었다. 소설집을 내고도 방황은 이어졌다. 소설이 과연 내게 맞는 옷인가, 때때로 물었다. 소설을 쓸 때 즐겁다기보다는 버겁다는 생각을 했다. 그지없이 넓은 들을 바라보고 있는 느낌이랄까. 무변광야 속에서 자유롭게 뛰어놀면 될 것 같았지만 막상 그 앞에 섰을 때의 막막함이 나를 주눅 들게 만들었다.

그때 눈에 들어오게 된 것이 청소년 소설이다. 품이 딱 맞는 옷을 찾았다는 느낌이 들었다. 언젠가는 이 옷이 작다며 갑갑해할 수도 있다. 그럴 때는 지금처럼 과감히 더 큰 옷을 찾아 나설 것이다. 그렇지만 지금 몸에 딱 맞는 이 옷을 입고 마음껏 놀아 보리라 생각한다. 가파른 산도 오르고 파도치는 바닷가도 거닐고 고요한 호수도 걸으며 이 옷이 질릴 때까지 입어 보리라 생각한다.

이번 작품을 시작할 때 스스로에게 몇 가지 주문을 넣었다. 요즘 쏟아져 나오는 청소년 소설과 다르게 쓰자, 표면적으로 드러난 문제아보다는 나름의 자기 빛깔을 찾기 위해 고군분투하는 평범한 아이가 주인공이 되는 것도 좋겠다. 무엇보다 철학을 녹여 넣어 청소년들이 쉽게 접근했으면 좋겠다는 희망을 품었다. 이러한 나의 고집이 세상과 통할 수 있는 카드가 되기를 바랐다.

그래서.

내가 입은 그 옷이 참 잘 어울린다며 추임새를 넣어 주고, 나의 고집을 읽어 주신 심사위원들께 진심으로 감사드린다.

상금의 40퍼센트를 요구하는 부분이 문제지만 중요 소재와 청소년들의 심리와 언어를 대변해 준 아들, 그리고 주인공 온조의 모델이 된 딸과 나의 초벌 독자로서 이 소설에 처음의 기를 불어넣어 준 남편에게 고마움을 전한다.

언제나 응원의 말을 적시적소에 날려주던 친구들과 이 기쁨을 나누고 싶다.

그동안의 투정을 어여삐 봐 주신 모든 신들께, 그리고 모든 순간들에 감사를 드린다.

이러한 자리를 펼쳐 주어 더없는 기쁨을 맛보게 해 준 자음과모음에 감사함을 전한다.

제1회 '자음과모음 청소년문학상' 수상자 인터뷰

시간의 양면성을 재미있게 엮어 낸 소설, 그 마법 같은 비밀은…

이상권 · 김선영

이상권 신인 작가들의 작품을 심사하다 보면 또 다른 저를 들여다보게 됩니다. 거기서 저의 옛 모습을 발견하기도 하고, 생각하지 못했던 기발한 발상이나 이야기를 보면 기분이 좋아지면서도 한편으로는 긴장됩니다. 어떨 때는 내가 너무 안이하고 판에 박힌 글을 쓰는구나 하는 반성도 하게 됩니다. 김선영 작가의 『시간을 파는 상점』을 보고는 참 기분이 좋았습니다. 문학상 심사를 하면서 작가를 만나 보고 싶다는 생각을 하기도 처음입니다. 하여튼 축하드리고, 먼저 수상 소감부터 들어 봐야겠네요.

김선영 사실, 기쁘기에 앞서 좀 얼떨떨했습니다. 응모 마감 후 한 달 보름이 지나도록 아무 소식이 없어 마음을 접고 있던 터였습니다. 워낙 큰 상이라 이렇게 큰 상이 저에게 쉽게 오겠는가 하며 새 작품 구상 잘하여 다시 도전해 보리라, 마음먹고 있었거든요. 그래서 마음 다잡으려고 여행 계획도 세웠고요. 떠나기 하루 전에 당선 전화를 받았습니다. 흐린 저녁 무렵 아들아이와 함께 있을 때였는데, 도무지 실감이 나지 않았습니다. 조금 전에 받은 전화가 꿈은 아니었나, 헛것은 아니었나, 여러 번 의심을 품기도 했습니다. 어쨌든 지금 이 순간은 마음껏 기뻐하려고요. 상에 대한 책임과 그에 대한 부담감은 좀 있다 생각하렵니다. 기쁜 소식을 접하게 해 준 모든 '순간'들에게 감사한 마음뿐입니다.

이상권 저는 비평가도 아니니까 주로 독자들이 궁금해하는 걸 물어볼게요. 저도 작가가 된 뒤에 수많은 강연을 다녔는데, 독자들이 궁금해하는 것이 제 삶이더라고요. '어떻게 살아왔고, 지금은 어떻게 살고 있는지, 또는 무슨 음악을 좋아하는지…….' 이런 소소한 부분에 관심이 많더라고요. 편안하게 그런 이야기 좀 해 주세요.

김선영 제 글쓰기의 원천은 가난과 아버지의 부재라고 생각했습니다. 아버지께서 일찍 돌아가셨고, 그로 인한 가난한 삶은 저에게 많은 독백을 하도록 만들었습니다. 많은 말들의 웅성거림은 감당할 수 없을 정도로 넘쳐흘렀고, 어느 날 그것을 뿜어내지 않으면 제가 지레 죽을 것 같은 생각마저 들었습니다. 그 말들을 뿜어내기 위한 출구로 선택한 것이 글쓰기였습니다. 중고등학교 때 줄곧 문예반을 했지만 끼적거림 정도에 머물렀을 겁니다. 학창 시절, 소설보다 더 재미있는 것은 없는 것 같아 이렇게 재미난 일을 직업으로 삼아도 좋겠다는 생각을 했습니다. 그로부터 좀 늦었지만 서른여덟 살 때 『대전일보』 신춘문예에 「밀례」라는 소설로 등단을 했고요. 현재는 아이들에게 글쓰기 지도와 생태 교육을 통한 감수성 불러내기 작업을 하며 어린 친구들과 어울리고 있습니다. 영화 보기, 여행하기, 산책하기, 자연 속에 홀로 걷기를 병적으로 좋아하며 지금 그런 것들을 짬짬이 짜릿하게 즐기며 살고 있습니다. 이제는 가난과 아버지의 부재로부터도 자유로워야 한다고 생각합니다. 그래야 더 다양한 빛깔을 담을 수 있을 테니까요. 가난과 아버지의 부재는 어찌 보면 세상에 대한 제 투정의 핑곗거리였는지도 모르겠습니다. 일종의 유세죠. 그래, 나 이렇게 살았어, 그러니 어쩔래? 그렇게 살아 보지 않은 사람은 몰라, 뭐 이런 식의 투정이었던 것 같아요. 그것을 다만 소설에 녹여 내어 고상하게 포장한 것뿐이죠. 그나마 퍽 다행이라는 생각이 들어요. 소설을 만났으니. 가난과 아버지의 부재가 그간 제 글쓰기의 보석 같은 글감이었지만 어느 순간, 이젠 그것도 벗어나야만 더 많은 것을 담겠구나 하는 생각을 하게 되었습니다.

이상권 저는 주로 생태에 대한 글을 쓰는데, 앞으로 자주 만나서 생태 문학에 대한 이야기를 나눴으면 합니다. 청소년문학에서도 생태는 중요하거든요.

요즘 청소년 소설에 대한 이야기가 문단에서는 화두입니다. 1990년대를 넘어서면서 아동문학이 크게 활성화되었고, 2000년대를 넘어가면서부터 청소년문학 쪽으로 그 불길이 옮겨 가고 있나 봅니다. 저 역시 일반 문학(이런 용어가 있는 것이 아니라 청소년문학과 구별하기 위해서 편의상 쓰는 표현이다)을 하다가 동화를 쓰고 청소년문학으로 옮겨왔는데요, 저는 어린이문학을 하다가 청소년문학을 하는 작가랑 일반 문학을 하다가 청소년문학을 하는 작가들이 조화를 이루면 좋겠다는 생각을 합니다. 김선영 씨는 이미 소설가로 등단을 하셨네요. 그런데 어떻게 청소년문학에 관심을 두게 되었는지요? 또 작가가 생각하는 청소년문학에 대해서도 한마디 해 주십시오.

김선영 전 일반 문학(?)을 성인문학이라고 칭한 것 같습니다. 제 출발은 성인문학이었습니다. 그런데 성인문학은 쓸수록 어렵다는 생각을 많이 했습니다. 왜 어렵다고 생각하는가, 스스로에게 물었죠. 범위가 없기 때문에 어려운 것이었어요. 저는 그렇게 무한대의 무언가를 담기에는 좀 그릇이 작은 편인가 봅니다. 어느 정도의 규제와 규범이 있을 때 더 자유로움을 느끼죠. 그래서 그런지 소설을 쓸 때마다 스스로에게 규범을 가하는 것 같았어요. 각이 선 제복을 입고 허리춤에는 칼이나 총이라도 차고 쓰는 듯한 느낌이 들어서 즐겁다기보다는 힘든 작업이라는 생각이 들었습니다. 성인문학을 함으로써 제가 말하고자 하는 것을 다양하게 담을 수 있다는 생각은 했지만 어쩐지 분에 넘치는 옷을 입고 있다는 생각을 떨쳐 버릴 수 없더군요. 등단하고 그런 생각이 들었으니 참 감이 늦은 편이죠. 오히려 등단 후에 저의 색깔을 객관적으로 보게 된 셈입니다. 그래서 좀 방황을 했습니다. 저에게 맞는 옷이 무엇일까, 하는 물음이 늘 뒷덜미를 잡고 늘어지더군요. 작년에 첫 소설집을 내자, 이제 내가 내놓은 출사표에 대한 책임은 어느 정도 했다는 생각이 들면서 내 성향에 맞는 것은 청소년문학이라는 생각을 하게 되었습니다. 제 성향이 청소년문학과 맞겠다는 말을 종종 듣고 있었거든요. 그렇다고 청소년문학이 그릇이 작다거나 규제와 규범이 있다는 것은 아닙니다. 개인적으로 제 문장이나 성격과 잘 맞는다, 정도입니다. 청소년 소설에 대해서는 생각만 굴뚝 같았지 그것도 쉽게 시작되지 않더군요. 무언가를 시작할 때 왜 이리 도움닫기를 오래 하는지……. 제가 청소년문학에 관심 가질 무렵에는 국내 청소년문학이 거의 전무한 상태였습니다. 몇몇 선생님들이 계셨지만 지금처럼 활발하지 않았죠. 가망성이 많다는 생각을 했습니다. 그렇게 생각에만 머무르고 있던 차에 청소년문학에 대한 국내 관심도가 증폭되기 시작하고, 지금은 신인은 물론 성인

문학과 아동문학을 하시는 분들도 대거 참여하게 되었습니다. 생각만 하다 그 시기를 놓쳐 버렸다는 조급함도 생겼습니다. 치열하게 쓰지 않으면 어디에도 참여할 수 없다는 생각이 들었습니다.

또 한 가지, 요즘 청소년 소설의 분위기는 대개 시니컬, 시크, 삭막, 드라이 하다는 낱말이 절로 떠오를 정도로 건조하며 냉랭합니다. 요즘 청소년들의 성향이기도 하다는 생각은 하지만 작품을 읽는 독자로서 오히려 상처받을 정도였습니다. 악의적이고 잔인한 경우는 차치하고, 가족이나 주변 사람들에 대한 냉소적인 묘사는 과연 그러한지 되묻고 싶을 정도였습니다. 요즘 우리나라에서 발표되는 청소년 소설의 분위기는 대체로 이와 비슷한 분위기와 구도를 가지고 있습니다. 실제로 요즘 아이들이 이러한가, 따스함이라고는 찾아볼 수 없을 정도로 이렇게 냉정한가, 되묻곤 했습니다. 마침 청소년기를 지나는 제 아이들이 있었고, 그 친구들의 얘기를 들어봐도 꼭 그렇지만도 않다는 것을 알 수 있었습니다. 경쟁 구도로 몰아세우는 사회가 몰염치하고 비인간적인 것이지, 그들은 그 속에서 따뜻함으로 숨을 쉬며 위로하고 격려하는 모습을 더 많이 보였습니다. 어른들이 만들어 놓은 제도 속에서 그들 나름의 숨통을 만들고 있다는 생각이 들었습니다. 그렇다면 그들의 숨통을 더 넓혀줄 수 있는 청소년 소설이 필요할지도 모르겠다는 생각을 했습니다. 문제를 일으키는 청소년도 많지만 문제를 안고 있되 표현하지 않고 묵묵히 견디는 아이들도 있으며 그들에게 따뜻함으로 다가가 위로해 주고자 하는 친구들도 많다는 것을 그리고 싶었습니다. 또래의 연대의식이 가장 강력한 힘이 될 수 있다는 생각이 들었고, 그들 자신의 에너지를 한번 믿어 보라는 메시지를 전달하고 싶었습니다. 경쟁과 속도를 요구하고 1등만 인정하는 사회에서 99퍼센트의 아이들을 위해 작가는 과연 무엇을 해야 할까 고민하게 되었습니다.

외국의 청소년 소설을 보면 상당히 그릇이 크다는 생각을 종종 하게 됩니다. 청소년의 세계지만 그것 또한 우리 사회의 축소판이기 때문에 아이들을 통해 사회의 모순을 보여 주기도 하고, 철학적인 테마를 다루는 경우도 볼 수 있었습니다. 무조건 선호하는 것은 아니지만 외국 작품이 훨씬 다양하고 스케일이 크다는 것은 국내 소설의 현주소를 객관적으로 바라봐야 한다는 뜻이기도 합니다. 개인적으로 우리나라의 청소년 소설이 훨씬 더 다양한 것을 담을 수 있는 그릇이 되었으면 좋겠다는 바람을 가져봅니다. 청소년문학의 일반적 특징으로는 주인공이나 등장인물을 청소년으로 상정한다거나 독자층이 청소년인 경우라고 볼 수 있는데, 이처럼 표면적인 것을 제외한 모든 것은 활짝 열려 있어야 한다고 봅니다. 작가 스스로 청소년문학이라는 타이틀에 얽매여 말하고자 하는 바를 제한한다면 같은 자리를 맴도는 결과밖에 나오지 않을 것이라고 생각합니다.

이상권 청소년문학을 하면서 작가의 의식이 자유롭고 편안해졌다는 말이 조금은 의외이면서도 기쁘게 들립니다. 일반 문학을 하신 분들은 청소년문학이 답답하다고 하고 자유롭지 못하다고 하는데, 그 반대로 이야기하시니까 정말 청소년문학이라는 옷이 딱 맞는 분 같아요. 『시간을 파는 상점』은 일단 뻔한 이야기가 아니라는 것, 그 자체만으로도 이미 큰 의미가 있어요. 남들이 하지 않는 것, 하지 못하는 것, 그런 이야기들을 자신만의 이야기로 되새김질한 다음 자기만의 색깔을 입혔어요. 시간이라는 것은 인간이 존재하지 않을 때부터 있었지요. 지구라는 세상이 존재하지 않는다고 해도 시간은 흐르는 것이지요. 어쨌든 우리가 알고 있는 시간은 인간들이 서로 편하게 살기 위해서 서로 합의를 하여 만들어 낸 것이지요. 영국의 작가 필리파 피어스가 쓴 『한밤중 톰의 정원에서』(1958)는 시간이라는 소재를 다룬 명작인데, 저는 이 작품이 훨씬 더 재미있으면서도 철학적인 메시지가 강렬하다고 생각해요. 특별히 시간이라는 다소 관념적일 수도 있는 소재를 택한 이유가 있는지요. 그러니까 이 소설이 탄생하기까지의 과정을 한번 들어 볼까요.

김선영 시간에 대한 생각을 하게 된 것은 『들뢰즈, 유동의 철학』이라는 책을 통해서였습니다. 몇몇 글 쓰는 친구들과 읽기 모임을 했었는데, 그때 만난 책입니다. 워낙 어려워서 뭐라고 정리해서 말하기 어려운 부분이 많은데 유난히 시간에 대한 들뢰즈의 철학이 긴 여운을 주었어요.

"현재란 결국 과거가 되어버리는 점(點)과 같은 것이 아니다. 우리는 종종 과거에서 현재에 이르는 시간을 그러한 점을 죽 늘어놓은 직선처럼 상상한다. 어떠한 현재도 과거와 함께 있으며 과거와 동시에 있기에, 사실 현재는 단순히 현재로서 생동하는 것이 아니다. 현재란 이미 언제나 현재와 과거의 복합체이고 결정체이다. (……) 기억을 단순히 지나간 약해진 지각으로 파악하는 것이 아니라, 지각과는 결정적으로(본성적으로) 다른 것으로서 고찰하지 않으면 안 된다. 기억이란 단순히 과거 지각의 각인과 잔상(殘像)이 아니라 무한한 과거의 연쇄와 상호 침투로 이루어져 있다. 지속으로서 생동하는 시간에서 과거는 단순히 지나간 현재가 아니며, 현재는 결코 과거와 단절되어 있지 않다. 현재와 과거는 절대로 동시적이며, 현재란 상호 침투하고 상호 연쇄하는 잠재적 과거의 집적의 선단(先端)임에 불과하다."*

시간에 대해 이렇게 정신 번쩍 나게 정리해 놓은 것을 본 적이 없었어요. 과거와 현재의 상호 침투와 상호 연쇄, 우리가 보낸 시간은 사라지는 것이 아니라 계속 존재한다는 거죠.

때마침 신문에서 예쁜 중국 여자의 사진과 함께 '제 시간을 팝

---

* 우노 구니이치, 『들뢰즈, 유동의 철학』, 이정우 · 김동선 옮김, 그린비, 2008.

니다'라는 기사를 보게 되었습니다. 그 기사를 보는 순간, 뭔가 씨실과 날실이 엮이는 듯한 느낌이 들었습니다. 또한 그때 한 아이의 죽음을 전해 듣게 되었습니다. 제 아들과 같은 또래였죠. 야자가 끝날 무렵 도난 사건이 있었는데, 범인으로 지목된 아이에게 선생님은 '내일 보자'라는 말로 시간을 유예시켰던 모양입니다. 그 아이는 밤사이 시간을 견디지 못하고 다음 날 스스로 죽었습니다.

너무 마음이 아팠습니다. 아들한테 그 말을 전해 듣는 순간 냉장고 앞에 털썩 주저앉고 말았습니다. 얼마나 그 시간이 견디기 힘들었을까요. 결국 앞에 놓인 또는 더 멀리 놓일 시간에 대한 두려움 때문에 꽃다운 아이들이 죽는다는 생각이 들었습니다. 그렇다면 그 두려움을 희망으로 바꿀 수도 있지 않을까, 그러면 그렇게 허망하게 목숨을 버리는 일은 없지 않을까 하는 생각이 들었습니다. 저도 모르게 제발 죽지 마라, 외치고 있었습니다. 다시 제가 생각하고 있던 '시간'과 교차되는 느낌이 들었고, 그 사건은 강력한 실타래 역할을 해 주었습니다. 그렇게 하여 이야기는 구성되었고 그리 길지 않은 시간에 완성할 수 있었습니다. 본격적으로 쓰기 시작하여 4개월 정도 걸린 듯합니다. 쓰는 동안 등장인물들이 살아 나와 저를 행복하게 했습니다. 그들은 스스로 연대하여 절망을 희망으로 바꿨으니까요. 그 친구들을 만나는 동안 이제껏 글쓰기에서 맛보지 못한 즐거움을 누릴 수 있었습니다.

추리소설 기법은 소설의 재미를 위해 생각하게 된 건데, 쓸 때는 추리소설이라는 생각을 전혀 하지 못했습니다. 이야기의 힘은 긴장감이 가미될 때 배가된다는 생각이 들어서 익명의 사람들이 점차 모습을 드러내는 것으로 설정하였습니다. 특히 요즘 매체는 그럴 만한 장치를 충분히 갖고 있잖아요. 이메일, 휴대폰 메시지, 채팅 등 익명성과 만나는 일은 일상에 널려 있거든요.

이상권 역시 시간에 대한 많은 고민과 연구를 하셨군요. 저는 이 소설의 소재나 구성도 좋았지만 문장이 가장 눈에 띄었습니다. 저한테 한국 어린이문학 혹은 청소년문학의 가장 큰 단점이 뭐냐고 묻는다면 저는 망설이지 않고 "문장입니다" 하고 대답할 겁니다. 그래서 더욱 이 작품이 반가웠습니다. 우리말을 잘 구사하더군요. 시적인 표현이 돋보이고요.

김선영 성인문학을 하며 좋았던 것은 우리말 중 고어를 살려 쓸 수 있다는 점이었어요. 특히 농경사회가 점차 사라지면서 그 문화와 관련된 정겨웠던 어휘들이 사회의 변화 속도만큼 빠르게 사라져 간다는 게 참 안타까웠어요. 일부러 사전을 뒤져서라도 찾아 써 보려고 하지만 그조차 잘 안 될 때가 많습니다. 우리말만큼 적확하며 풍성한 표현력을 가진 언어도 흔치 않습니다. 점차 사라지는 어휘들을 잡고 싶은 생각에 의도적으로 더 우리말 구사를 하고 싶어요. 청소년들에게는 외계어일 거라는 생각을 하면서도 작가는 써야 하고, 아이들은 맛봐야 한다고 생각합니다. 좀 현실성이 떨어지긴 하지만 그 또한 작가가 해야 할 일 아닐까요? 우리 세대에서 쓰지 않는다면 다음 세대에서는 기대조차 할 수 없게 될 것입니다. 청소년의 언어 속에는 심한 축약과 은어, 속어, 비속어, 신조어가 난무합니다. 무슨 뜻이냐고 일일이 물어봐야 할 정도로 날마다 새로운 말들이 태어나고 사라집니다. 세대 간의 소통의 문제를 생각해 본다면 그 거리는 엄청 크다고 볼 수 있습니다.

청소년문학을 한다면 그들의 언어를 담는 건 당연한 것이라고 생각합니다. 그들의 언어생활 중 바람직하지 않은 면이 있지만 그 시대를 반영하는 그들 나름의 몸짓이기 때문에 반영해야 한다고 봅니다. 그런데 제게 그 부분은 내내 걸리는 문제였습니다. 충분히 그들의 언어를 담아내지 못했고, 담아내려고 크게 노력을 기울이지 않았기 때문입니다. 그 이유는 언어에 대한 제 나름의 타협점을 아직 찾지 못했기 때문입니다. 그 부분은 좀 더 고민해 보면 정리될 수 있으리라 생각합니다.

글을 쓸 때 성인과 청소년의 문장을 따로 구분 짓지 않았고, 그다지 크게 신경 썼다고도 볼 수 없습니다. 등장인물의 감정에 집중하다 보면 그에 걸맞은 문장이 나온다고 생각하는데 그 부분도 좀 더 생각해 봐야겠습니다.

이상권 저도 청소년 소설을 쓸 때 아이들 말투라든가 문자메시지,

옷차림을 표현할 때는 아이한테 자문을 구합니다. 문자메시지는 제가 써 놓고 아이한테 수정해 달라고 합니다. 그래야 요즘 아이들의 어투가 제대로 살아나지요. 물론 반드시 이게 옳다고 할 수는 없습니다. 다만, 가급적 그들의 실제적인 모습을 보여 주는 게 더 나을 수도 있겠지요. 이 작품 속에서도 문자메시지의 대화, 고교생끼리의 대화, 어른과 고교생의 대화가 나오는데, 조금 어색할 때가 있더라고요. 특히 어른이 고교생에게 사변적인 이야기를 할 때 지나친 문어투와 리듬감 없는 설교조의 문장들이 아쉬웠어요.

김선영 저는 평소에 아이들의 언어파괴적 문화를 좀 거부하는 편이었습니다. 그렇다 보니 현란한 이모티콘과 지나치게 축약된 말을 되도록 사용하지 않게 되더군요. 저 혼자만의 저항이겠죠. 그러다 보니 그들만의 어투를 제대로 살리지 못하는 단점이 있더군요. 앞에서도 말씀드렸듯이 지금도 갈등 중이긴 해요. 그들의 삶을 담으려면 가장 먼저 그들의 언어를 받아들여야 하는데 아직도 썩 내키지 않는 부분이에요. 어찌 보면 제 게으름을 그럴듯하게 포장하고 있는 건지도 모르겠어요. 좀 더 부지런하게 그들의 문화를 연구하고 받아들여야 하는데……. 저는 대화체 구사가 좀 취약한 편입니다. 그래서 초고가 끝나면 가장 많이 손대는 것이 대화 부분입니다. 그 부분은 더 많은 수련과 공부가 필요하다고 봅니다.

이상권 이것도 많은 독자들이 궁금해하는 것이고, 강연 가면 독자들이 던지는 단골 질문 중 하나입니다. 문학 공부를 하면서 자신이 가장 존경하거나 혹은 가장 많이 배웠다고 생각하는 작가와 작품이 있으면 말씀해 주세요. 저는 이문구 선생님과 최정희 선생님 글을 늘 끼고 다니면서 보고 또 보고, 제 글을 다 써 놓고도 그분들 글을 보고 또 보고 그랬습니다.

김선영 초창기에는 이혜경 선생님 작품을 좋아했어요. 담백하면서도 간결하며 사변적이지 않은 육화된 문체가 좋았어요. 요즘엔 윤흥길 선생님 작품을 좋아합니다. 문장 하나하나 보석을 깎듯 다듬어 놓은 것 같은데, 그 보석들은 제각각 튀는 것이 아니라 이웃된 문장들과 어우러져 훌륭한 작품으로 빚어지거든요. 읽을수록 주제의 유기적 연결은 물론, 문장 하나하나 허투루 쓰인 게 없다는 생각을 하고 있습니다. 작품은 주로 단편을 많이 봤는데요, 그 짧은 단편 속에 인간의 본질은 물론 사회나 국가, 민족과 같은 무거운 주제도 농밀하게 녹여 내는 것에 감탄하고 존경할 따름입니다. 찾아뵙고 꼭 한 번 따뜻한 차 한잔 나누고 싶은 분인데, 같이 가실래요?

국외 작가는 일본의 나쓰메 소세키입니다. 『마음』(1914)이라는 소설을 보고 반하게 되었는데요, 어쩌면 문장이 그렇게 눈물 나게 촉촉하던지, 단번에 읽는 사람 마음을 사로잡는 것 같았어요. 장편인데, 처음부터 끝까지 사람 마음을 붙잡고 있더군요. 이야기도 이야기지만 그것을 연결해가는 문장들이 여성 작가 이상의 섬세함과 감수성을 지니고 있었어요.

이상권 이 글에는 수많은 배우들이 등장합니다. 그 하나하나 저마다 색이 다른 옷을 입고 있습니다. 인물이 살아 있다는 뜻이지요. '혜지'와 '할아버지' 캐릭터 역시 잘 그려져 있습니다. 특히 할아버지의 캐릭터가 인상적이지요. 그렇게 작품에서 차지하는 만만찮은 존재감에 비해 전체적으로 유기적으로 배치되었다는 느낌이 적어요. 특히 등장에 비해 퇴장 과정에서 작위적인 느낌이 듭니다. 작가 본인께선 이들 캐릭터에 대해 어떻게 생각하시는지요. 덧붙여서, 이 글에 등장하는 인물들을 어떻게 만들었는지, 뭐 재밌는 에피소드 같은 것들이 있는지 말씀해 주세요.

김선영 등장인물을 설정할 때 되도록 제 주변의 실제 인물을 모델로 잡을 때가 많아요. 소설에 있어서 인물의 전형화는 그 작품을 크게 좌우하잖아요. 대개 인물이 살아 있는 작품들은 깊은 인상을 남겨요. 단편이 됐든, 장편이 됐든 그것은 제가 평소에도 아주 중히 여기는 부분입니다. 그래서 인상적인 캐릭터를 보고 상상력이 펼쳐질 때도 있어요. 주인공 온조의 경우는 제 딸을 모델로 삼았습니다. 튀지는 않지만 은근히 한 고집 하거든요. 나름의 빛깔을 구축해 가며 성장하는 것을 가까이서 지켜봤습니다. 주인공 온조는 뭔가를 할 때 심장부터 벌렁거리며 주저하는 소심형이지만 조금씩 앞으로 나아가는 형이거든요. 성격상 주인공으로 잡기가 참 힘든 경우입니다. 그렇지만 보통 대부분의 아이들이 여기에 속한다고 봅니다. 평범이라는 말로 묶어 뭉뚱그려 놓지만 하나하나 들여다보면 그들 나름의 고유한 빛깔을 지닌 사랑스러운 존재입니다. 전 그들도 주인공이 돼야 한다고 생각했습니다.

사실 혜지는 온조가 시간을 파는 상점을 꾸리게 된 당위성을 좀 더 보강하기 위해 설정한 인물이었어요. 온조는 표면적으로는 상당히 평범한 아이지만 내면을 들여다보면 자기 중심을 잡고 주변에 휘둘리지 않으며 당당하게 제 빛깔을 냅니다. 그에 비하면 혜지는 취향부터 성격, 행동거지 등이 좀 튀는 편에 속합니다. 오히려 그런 혜지는 제 안에 제 자신이 없습니다. 많은 것을 갖춘 것 같지만 오히려 부모의 매뉴얼에 따라 움직이는 나약한 요즘 아이들의 표본이기도 하지요. 그렇지만 혜지에게도 끌어당기는 묘한 매력이 있어요. 한편으로는 외로워서 몸부림치는 모습이 아프기도 했고요. 혜지도 자기만의 독특한 빛깔을 찾아가리라 생각합니다.

할아버지는 세대 간, 시간에 대한 개념이 다를 것이라는 생각으로 등장시켰는데, 할아버지의 가정사가 무겁게 설정되어 좀 압도당하는 느낌이 들고, 카이로스의 시간을 끌어내기 위한 장치로도 작위성이 없지 않아 있다고 인정합니다. 주요 등장인물에 치중하다 보니 사실 다른 인물들 간의 유기적 배치까지는 생각을 못 한 것도 사실입니다.

이상권 온조는 '시간을 파는 상점'이라는 자신의 카페 상점 처음 화면에 시간의 신 크로노스를 올리고, 그의 얼굴 위로 시간의 양면성에 대한 문구를 적어 놓고 있어요. "세상에서/가장 길면서도 가장 짧은 것/가장 빠르면서도 가장 느린 것/가장 작게 나눌 수 있으면서도 가장 길게 늘일 수 있는 것/가장 하찮은 것 같으면서도 가장 회한을 많이 남기는 것/그것이 없으면 아무것도 할 수 없고/사소한 것은 모두 집어삼키고/위대한 것에게는 생명과 영혼을 불어넣는 그것/그것은 무엇일까요?" 그렇게요. 여기서 마지막 "그것은 무엇일까요?"는 결국 주인공 온조가 자신에게 던지는 물음 같아 보입니다. 온조가 그 물음의 답을 찾아가는 과정이 이 소설의 주요 플롯을 구성하고 있으니까요. 온조는 처음에는 "시간은 돈이 될 수 있으니 시간을 팔면 어떻게 될까? 하는 생각이 들어 카페 상점을 개설했다"고 했어요. 온조가 엄마에게 이런 물리적 시간의 금전적 가치에 대해 말하자, 엄마는 "시간은 우리가 생각하는 것처럼 그렇게 딱딱하게 각져 있지만은 않다는 거, 그리고 시간은 금이다, 라는 말이 좋은 말이기도 하지만 그 말이 얼마나 폭력적인 말인지도 한번 생각해 봤으면 좋겠다"라고 충고하지요. 하지만 온조는 그 말이 무슨 뜻인지 아무런 감도 잡히지 않았다고 고백합니다. 하지만 그 말은 동굴 속에 뱉어 놓은 말처럼 온조의 머릿속에서 여러 가지 메아리가 되어 울렸다고 말하고 있어요. 그러니까 온조가 처음 상점을 개설했을 때 문구로 올려놓은 시간의 양면성(크로노스와 카이로스)에 대해 이미 알고 있는 상태에서 개설한 게 아니란 것이죠. 온조가 의뢰받은 모든 사건이 크로노스라는 물리적 시간을 팔아 결국 카이로스라는 의미의 시간을 발견해가는 것이 아닌가 하는 느낌이 들었습니다. 그래서 "그것은 무엇일까요?"는 온조 자신에게 그리고 온조를 따라가는 독자 자신에게 던지는 질문이라는 생각이 듭니다. 이 점에 대해서 김선영 작가의 생각은 어떤지요?

김선영 어떤 작품이든 주인공의 변화나 성장은 꼭 따라야 한다고 봅니다. 그것이 작가가 이야기하고자 하는 바이기도 하고요. 온조가 처음 상점을 열 때의 취지 속에는 분명히 카이로스의 시간이 있습니다. 다만 온조가 카이로스의 시간을 의식하지 못했을 뿐이죠. 온조는 처음부터 크로노스를 선택하여 물리적으로 환치될 수 있는 시간을 얘기하지만 거기에는 반드시 유의미한 일이라는 단서를 붙이죠. 할아버지를 만나면서 카이로스 시간의 모습을 형상화합니다. 조금은 어설픈 시간에 대한 개념이지만 온조는 상점을 운영하는 동안 어떤 시간이 행복하며 당당한 건지, 그 의미를 깨닫게 됩니다. 그래서 상점의 운영 방향을 바꾸게 되죠. 그것은 곧

온조의 성장을 의미하고, 시간을 쌓아 가는 온조의 삶의 무늬가 달라진다는 뜻이기도 합니다. 그 질문은 온조에게, 또 상점을 찾는 사람들에게, 독자에게 또는 이 세상을 살아가는 사람들에게도 던지는 말일 겁니다. 당신은 어떤 시간을 선택하겠느냐고, 그리고 어떤 시간이 행복한 시간인지 스스로와 타인에게 매 순간 질문을 던져 보라는 뜻이 아닐까요? 정확한 의도는 온조에게 물어봐야 할 것 같습니다만…….

이상권 결국 이 작품의 핵심은 크로노스적인 생각이 카이로스적인 생각으로 변해 가는 그 과정인데요. 다르게 표현을 하자면, 크로노스적인 시간이란 '객관적 시간', 즉 우리가 익히 알고 있는 시간, 인간들이 시계라는 것을 만들어 내서 쓰고 있는 표준시간이라면, 카이로스적인 시간이란 그렇게 인간들이 만들어낸 시간의 개념을 이탈하는 '주관적 시간'이라 할 수 있겠지요. 『한밤중 톰의 정원에서』처럼 시간이라는 개념이 달라지는 것이지요. 주관적 시간은 단순히 흘러가는 시간이 아니라 주관적으로 의미화한 시간, 선택과 결단의 시간을 뜻한다고 볼 수 있습니다. 작품 속에 소제목까지 붙여 놓았고, 작품에서 시간의 의미는 중요한 주제의식이라고 할 수 있습니다. 이렇게 '대조적인 형태로 의미화된 두 개의 시간', 즉 시간의 양면성에 대해 문학적으로 형상화해 낸 점을 저는 높이 평가했어요. '성' '학교' '친구' 이 세 가지 소재를 빼면 문학이 되지 않는 것처럼 말하고 접근하는 청소년문학 동네의 수많은 작가와 평론가와 편집자들에게 신선한 충격을 주는 작품이라고 단언합니다. 그럼에도 불구하고 아쉬움은, 온조(크로노스)가 선택과 결단의 중요성을 깨닫는 계기 또는 크로노스와 카이로스의 갈등과 긴장이 제대로 부각되어 있는지 조금은 생각해 볼 여지가 있다는 점입니다. 결과적으로 카이로스적인 시간은 작품에 철학적이고 사변적인 느낌을 주기 위한 장치 또는 일종의 '포즈'로만 기능하고 있는 게 아닌가 하는……. 자칫 그렇게 생각하는 독자들도 있을 것 같아서요.

김선영 카이로스적인 시간은 작품에 철학적이고 사변적인 느낌을 주기 위한 장치나 포즈인 것 같은 느낌이 든다고 하셨는데, 사실 제 의도는 그렇지 않습니다. 많은 사람이 물리적으로 환치될 수 있는 시간을 따르고 있거나 그러기를 바랍니다. 그러다 보니 이기적으로 변하고, 남을 해치는 행위도 서슴지 않게 되죠. 시간을 쓰는 데 있어 그러한 태도는 삶을 불행하게 합니다. 우리의 삶을 행복하게 하는 건 의미로 남는 시간일 겁니다. 그렇다고 우리가 쓰고 있는 시간들이 물리적 결과물을 낳는 것이냐, 의미 있는 것이냐로 분명하게 나눌 수 있는 것은 아닙니다. 물리적 결과물을 낳기 위한 행위 속에도 반드시 그 행위자의 의도나 의미가 포함되어 있기 때문입니다. 이러한 일은 누구나 할 수 있고, 현재 누구나 하고 있습니다. 다만 물리적 결과물에 더 의미를 두느냐, 그 일 자체나 행위에 더 의미를 두느냐의 선택에 따라 신명과 빛이 가감되리라 봅니다. 세상에는 물리적 결과물을 떠나 자신을 희생하며 유의미한 일에 시간을 쓰는 헌신적인 사람도 많습니다.

크로노스와 카이로스의 갈등이 제대로 부각되지 않은 점은 아마 그래서일 겁니다. 우리가 사용하는 시간 속에는 둘 다 포함되어 있으며 명확하게 선을 그을 수 없으니까요. 다만 작품에서는 카이로스의 시간을 깨닫고 어떤 시간을 선택하는 것이 더 행복한 것인지 깨달아 가는 과정을 담고 있습니다. 크로노스와 카이로스의 갈등은 소설 속 인물들을 통해 전면전은 아니지만 조금씩 녹아 있다고 볼 수 있습니다. 할아버지와 강토의 아버지가 그러하고 온조와 또 다른 온조가 그러하며 강토와 또 다른 강토가 그러하다고 봅니다.

이상권 시간을 다양하게 해석한다는 것은 좋은 일입니다. 시간이라는 게 그런 게 아닐까요? 시간은 모든 사람에게 공평하게 흐르지만 그것을 어떻게 받아들이느냐 하는 것은 각자 다 다르거든요. 똑같은 시간이라고 해도 어떤 이는 느리다고 하고 어떤 이는 빠르다고 하니까요. 제가 이 작품을 읽으면서 조금 아쉬웠던 것은 결말입니다. 결말에 이르자 약간 조급해지는 것 같아서요. '아, 어서 문제를 해결해 주어야 한다' 하고요. 결말이 너무 착한 게 아닌가,

그런 생각도 들고요. 어때요, 결말을 미리 염두에 두고 글을 쓰셨나요? 저는 글을 쓰다 보면 결말이 전혀 생각하지 못했던 방향으로 흘러가는 경우가 많은데…….

김선영 딱히 다른 결말을 생각해 둔 건 없었습니다. 등장인물들을 따라가다 보니 자연스럽게 닻을 내린 거죠. 착한 결말은 일종의 제 강박이 개입한 듯합니다. 앞에서 언급하신 대로 문제 해결을 빨리 보고 착하게 결말을 내려야 한다는 생각 같은 것 말이죠. 착한 결말이라는 말씀에 머리를 한 대 얻어맞은 것 같았습니다. 어떤 다른 것을 생각해 보지 않았거든요. 너무 안이하게 생각한 것은 아닌가 되돌아보기도 했고요. 열심히 달려서 결승 테이프를 끊고 이제 좀 숨을 가라앉히며 쉬고 싶은 달리기 선수 같은 심정이었거든요. 이 작품뿐만 아니라 다른 작품의 경우도 결말 부분에 대해서는 한 번 더 치열하게 고민해야겠다는 생각을 해 봅니다.

이상권 이야기를 쭉 듣고 보니까, 문학에 대해서 오랫동안 고민하고 가슴앓이를 해 오신 분이네요. 문학에 대한 열정과 진지함이 느껴져요. 특히 2010년에 출간한 소설 창작집 『밀레』를 보고는 더욱 그런 생각이 드네요. '밀레'라는 말은 전라도에서도 씁니다. '묘이장'이라는 말인데, 지금은 사라진 언어입니다. 저도 이 언어를 몇 번 소설에 썼다가 편집자랑 싸웠는데 결국 굴복하고야 말았어요. 이야, 이런 언어를 지켜 낼 정도로 깡다구 있는 작가라는 사실을 알았습니다. 이런 깡다구를 청소년문학을 하는 데서도 잃지 말기를 바랍니다. 앞으로 이런 깡다구가 많이 필요할 겁니다. 끝으로 하시고 싶은 말씀 있으신가요?

김선영 인터뷰에 답하다 보니 요즘 아이들이 싫어하는 어려운 소설이 되는 건 아닐까 우려가 되는데요. 과분한 칭찬과 예리한 지적 감사드립니다. 작가가 글을 쓸 때 걸렸던 부분은 반드시 드러난다는 글쓰기의 원칙을 다시 한번 생각하게 되었습니다. 많은 것을 또 배웁니다.

청소년들의 세계에 더 가까이 다가갈 수 있는 작품을 쓰도록 노력할 거고요. 사각의 링 위에서 죽을 때까지 싸워 1등만 하라고 부추기는 현실에서 고군분투하는 청소년들에게 조금의 온기라도 나눠줄 수 있는 글이 되었으면 하는 개인적인 바람을 가져 봅니다.

시간을 파는 상점

초판 1쇄 발행일 | 2012년 4월 10일
초판 96쇄 발행일 | 2024년 9월 13일

지은이 | 김선영
펴낸이 | 정은영

펴낸곳 | (주)자음과모음
출판등록 | 2001년 11월 28일 제2001-000259호
주　소 | 10881 경기도 파주시 회동길 325-20
전　화 | 편집부 (02)324-2347, 경영지원부 (02)325-6047
팩　스 | 편집부 (02)324-2348, 경영지원부 (02)2648-1311
E-mail | jamoteen@jamobook.com

ISBN 978-89-544-2717-3 (43810)